전유성의
구라 삼국지

나관중(羅貫中) _ 지음

중국 진(晉)나라 때의 진수(陳壽)가 쓴 정사 『삼국지』를 기반으로 당시 민간인들 사이에서 떠돌던 다양한 버전의 영웅 이야기를 통폐합, 오늘날의 소설 『삼국지』를 만들어낸 인물. 직업은 비록 정부 하급 관리에 불과했지만 풍부한 상상력과 디테일한 캐릭터 묘사, 상식을 압도하는 스케일로 소설 『삼국지』를 동아시아 최고의 베스트셀러로 만들어냈다.

성격이 좀 까탈스러워 사람 사귀는 걸 좋아하지 않았고, 무슨 짓을 하며 살았는지에 대한 정보가 거의 없어 '행적이 묘연한 의문의 사나이'라고 할 만하다. 어쨌든 당시의 정사 『삼국지』에 대담한 수법의 구라를 섞어 넣고 흥미를 유발하는 짜임새 있는 이야기로 뽑아냈다는 점에서 존경과 찬탄을 받지 않을 수 없는 대단한 스토리텔러이자 당대 최고의 구라꾼. 언제 죽었는지는 모르지만 사람들에게 맞아 죽었다는 대단히 믿기 힘든 설도 있는데, 이는 구라를 쳐도 적당히 쳐야지 심하게 쳤다가는 결국 응징을 당한다는 교훈을 남겨주고 있다.

전유성의 구라 삼국지

전유성_구라 | 김관형_그림·사진 | 이남훈_구라 다림질

1

조심하라, 첫인상은 영원하다

소담출판사

혀를 자를 것인가?
삼국지를 쓸 것인가?

주위의 여러 사람에게 삼국지를 읽었냐고 물어보았다. 그랬더니 모두들 한 번씩은 삼국지를 읽었다고 한다. 물론 나도 삼국지를 읽었다. 초등학교 때 이미 서유기와 수호지 그리고 삼국지를 읽었다. 누가 번역했는지는 알 바 아니었다. 지금도 누가 번역했는지는 알 길이 없다. 일단 책을 빌려오면 밤새워 읽었던 기억이 난다. 그중에 『수호지』는 내가 평생 동안 책을 읽는 데 많은 도움이 된 책이다. 지금은 구체적으로 기억하지 못하지만 108명이나 되는 등장인물들의 이상향 양산박 이야기는 어린 내 두 주먹을 불끈 쥐게 했다. 때론 당장 중국으로 달려가 착한 주인공들을 곤

경에 빠뜨린 나쁜 놈들을 혼내주고 싶기도 했다. 아무도 책 보면서 밤새우라고 말한 사람은 없었지만 『수호지』, 『삼국지』, 『서유기』를 빌려온 날은 밤을 하얗게 새곤 했다. 그 폭풍 같은 영웅들의 이야기에 나는 완전히 매료되고 말았다. 워낙 책의 권수가 많다보니 한번은 대본소(지금의 도서 대여점이라고 보면 된다.)에서 책을 빌려다 읽는데, 예전에 읽었던 책을 또다시 빌린 적이 있었다.

'에이, 내가 읽었던 거잖아! 다시 갖다 줘야지.'

책을 빌린 지 몇 시간 안 돼 다시 대본소 주인 아주머니에게 갖다 주었다. 속사정을 모르는 아주머니는 "벌써 다 읽었어?"라고 물었고 나는 얼떨결에 "에……."라고 대답해버렸다. '예.'나 '네.'가 아닌 얼버무리는 듯한 '에…….'였다. 아주머니는 신기하다는 듯 "국민학생이 어쩌면 책을 이렇게 빨리 읽니? 다음 권은 그냥 빌려줄게."라고 말씀하셨다. 숫기가 없고 말도 잘하지 못했던 나는 신이 났다. 아주머니께서 알아서 돈을 안 받겠다고 하시니 얼마나 기분 좋은 일인가? 그 후 나는 많은 사람들 앞에서 들었던 아주머니의 칭찬을 또다시 듣기 위해 책을 빌린 뒤 다 읽지도 않고 마치 읽은 것처럼 다시 대본소에 갖다 준 적도 있었다. 가만히 되돌려 생각해보면 원했든 원치 않았든 '에…….'라고 했던 나의 대답은 '구라'였다. 완전한 거짓말은 아니었지만, 그렇다고 100% 진실도 아닌 '구라'. 이 구라의 성격은 바로 '에…….'라는 말에 잘 녹아 있다. 진실과 함께하는 과장, 과장 속에서 빛나는 진실. 나의 삼국지 편력은 이렇게 '구라'와 함께 시작됐다.

삼국지에 등장하는 기본 인물이 유비, 관우, 장비란 건 누구나 다 알고 있는 사실이다. 그 밖에 조조, 여포, 동탁 등 수많은 영웅호걸들의 이야기가 있다. 과연 호랑이는 죽어서 가죽을 남기고 사람은 죽어서 이름을 남긴다는 말이 틀린 말은 아니다. 물론 그때까지만 해도 사람은 죽어서 이름만 남겼다. 지금은 빚도 남기고 골동품도 남기고 비자금도 남기는 세상이 됐지만!

어린 시절의 '대본소 삼국지'에 이어 나를 사로잡은 삼국지는 〈일간스포츠〉에 연재됐던 고우영의 '만화 삼국지'였다. 물론 그 후에도 많은 소설가들의 이름으로 삼국지가 세상에 나왔다. 각각의 삼국지는 모두 저마다의 개성과 스타일로 쓰여졌고 색다른 재미를 풍성하게 간직하고 있었다. 같은 이야기라도 구라를 푸는 사람에 따라 재미가 달라진다는 걸 알게 된 건 대학시절이었다. 어떤 방식으로 이야기하느냐, 같은 것을 이야기하면서도 무엇에 초점을 맞추느냐, 또는 어떤 걸 더 부각시키고 어떤 구라를 치느냐에 따라 하나의 이야기도 천차만별이 될 수 있다는 것을 알아차린 것이다. 초등학교 다닐 때 엄마랑 〈강화도령〉이라는 라디오 연속방송극을 재미있게 들었다. 그런데 그 〈강화도령〉이 영화화되어 개봉된다는 것이 아닌가. 나는 엄마와 신나게 영화 〈강화도령〉을 보러 갔다. 그런데 이게 무슨 일일까. 아이고! 데이고! 이렇게 재미없을 수가!!! 라디오로 듣던 내용하고 전혀 다른 이야기였다. 엄마한테 '너무 재미가 없다.'고 투덜거리며 집으로 돌아갔던 기억이 뇌리에 선명하다. 라디오로 그렇게 재미있던

〈강화도령〉을 영화로 봤을 때 왜 그렇게 재미가 없었을까. 나중에 커서 알고보니 그게 바로 '각색'이란 거였다. 한 달 동안 했던 연속극을 전부 다 영화로 만들 수는 없으니까 영화 상영시간에 맞게 줄이고, 늘리고, 빼고, 집어넣고 한다는 걸 몰랐던 거다. 그러니 당연히 내용이 달라지고 재미가 없을 수밖에.

'나도 언젠가는 삼국지를 한번 써보리라.' 하는 생각은 절대 하지 않고 살아오던 어느 날, 소담출판사 이태권 사장이 삼국지를 써보는 게 어떻겠냐고 꼬시기 시작했다. 물론 처음에는 두 눈 부라리며 완강히 안 된다고 하다가 어느 날 술김에 쓰겠다고 말해버렸다. 아, 얼마나 많은 나날들을 후회를 했던가. 혀를 자르고 싶은 마음이었다. 혹여 출판사 사장에게 그냥 이렇게 말해버릴까 하는 생각도 했었다.

"미안허이. 내가 삼국지를 못 쓰겠네. 대신 약속을 어겼으니 내 혀를 잘라서 수제비나 끓여 먹지."

결국 나는 혀를 자를 것인가, 삼국지를 쓸 것인가를 고민하다 '혀를 자르고 평생 동안 고생하느니, 한 2~3년 동안 삼국지 쓰는 걸로 고생하고 나머지 삶을 행복하게 사는 게 현명하지 않겠는가.'라는 결론에 도달했다.

그때부터 이 사람이 쓴 삼국지, 저 사람이 쓴 삼국지를 전부 구해서 다시 읽어보니 쓴 사람마다

"약속을
잘 지키자."

소담출판사 이태권 사장

자기 나름대로의 구라를 치는 거다. 구라에도 '맛'이 있었다. 쎈 맛의 구라가 있는가 하면, 권위가 넘치는 구라도 있고, 또 아주 부드러운 구라도 있었다. 그래, 그렇다면 나도 한구라 하지 않던가.

짜장면도 중국음식점마다 맛이 다르면서도 '짜장면'이란 같은 이름으로 팔리고 있고 배달도 되지 않는가 말이다. 삼국지도 그럴 것이다. 꼭 정색을 하고 글을 써야 삼국지인가. 교훈을 왕창 줘야만 삼국지인가. 짬뽕과 짜장면이 합쳐져 '짬짜면'이 되고 볶음밥과 짜장면이 합쳐져 '볶짜면'이 되지 않는가. 구라와 삼국지가 합쳐져서 '구라 삼국지'면 또 어떤가?

생각해보면 삼국지에 나오는 등장인물들을 웬만하면 현실에서도 대부분 한 번씩 만났다. 잔인한 놈, 착한 놈, 어리버리한 놈, 멍청한 놈, 용기 있는 놈, 인생을 코미디처럼 살다가 간 놈, 누구나 부러워하는 영웅호걸로 살다 간 놈…….

어쩌면 삼국지는 중국 고대의 이야기가 아니라 2000년대 오늘의 이야기일지도 모른다. 그래서 오히려 오늘날의 인물을 중심으로 삼국지의 인물을 다시 한번 들여다보고 싶다는 열망이 솟아났다.

특히 삼국지를 쓰면서 삼국지 등장인물의 심리적인 면도 함께 다뤄보고 싶었다. 도대체 영웅호걸이라고 불리는 그들이 하는 행동의 이면에는 어떤 진정한 의미가 담겨 있는지, 또 무엇 때문에 그런 행동들이 유발되는지를 낱낱이 밝혀보고 싶었다. 그래서 한국 심리학회 정회원이자 심리학 박사인 김효창 님이 참여를 해주었다. 김효창 박사님은 1800년 전 인물들과 현대인의 심리에 대한 맛깔난 해설을 해주었으며 『구라 삼국지』 본문의 '구라 심리학' 부분을 집필해주었다.

또 나는 '재미있는 삼국지'를 쓰고 싶었다. 삼국지를 읽었건, 혹은 읽지 않았건 많은 사람들이 하는 말은 비슷하다. '너무 딱딱하다, 도대체 줄거리가 너무 헷갈린다.' 등이다. 원본에 충실한 스토리를 따라가려니 자연스레 문체가 딱딱해지는 것은 피할 수 없었을 것이다. 그럼에도 삼국지에서 우리가 얻을 수 있는 많은 다양한 것을 생각한다면 그 형식적인 딱딱함은 다소 완화되어야 한다는 생각이 들었다. 개그맨인 필자가 삼국지를 썼다. 개그맨은 화려한 말빨, 재치 있는 언변, 즉 '구라'가 직업인 사람들이다. 한마디로 '구라쟁이'다. 웃음 속에 현실을 비판하는 풍자의 의연함이 있고, 농담 속에 상대의 허를 찌르는 뼈가 있듯이, 구라 속에서도 우리가 얻을 수 있는 오늘날의 지혜는 반드시 있을 것이다.

자, 이제 고대 중국 100년의 역사에 걸쳐 펼쳐진 무수한 영웅들의 이야기로 들어가보자. 깊고 깊은 계곡과 광활하고 드넓은 광야에서 펼쳐지는 '구라의 세계'로 달려가보자.

2007년 2월
전유성

"우리가 하는 말들의
  상당 부분은 구라가 아니었던가?
  옛날 놈이나 요즘 놈이나……."

1권을 이끌어가는 주요 인물들

유비

한나라 왕실의 혈통을 이어받았다고는 하나 집안이 가난해 돗자리와 짚신을 짜면서 불우한 어린 시절을 보냈다. 인덕이 있다고는 하지만 때때로 우유부단한 면을 보여주기도 하고 순수한 인간적인 매력에 비해 능력이 좀 모자란다는 평을 받기도 한다. 촉의 황제가 되기는 했지만 천하통일과 한나라의 부흥에 대한 꿈을 이루지는 못한다.

관우

죽어서 신으로까지 모셔질 정도의 충직한 의리를 보여준 유비의 오른팔. 지조, 충성의 대명사이자 천하무적의 호걸로 불리지만 인정에 다소 약한 면을 가지고 있다. 쌈질에서는 타의 추종을 불허한다. '대춧빛 같은 피부'와 '미염'이라고 불리는 길고 아름다운 수염이 강한 인상을 주는 캐릭터.

장비

술 먹으면 개가 되는 스타일. 성질이 급한 데다 아랫사람들을 패는 버릇이 있다. 하지만 역시 관우와 함께 당대 최고의 쌈꾼으로 이름을 떨치며 유비의 왼팔 역할을 톡톡히 해낸다. 삼국지 초반부에는 좀 머리가 비어보이는 듯하지만 후반부에 가서는 나름대로 전투 아이디어도 내는 등 열심이다. 호탕한 성격은 나름대로의 장점.

조조

'난세의 교활한 영웅'이라고 불리지만 현대에 들어서는 '군주의 자질을 갖춘 인물'로 새롭게 조명받는 인물. 냉철한 현실인식과 과감한 실천력으로 위나라의 왕이 된다. 잔머리를 잘 굴리고 임기응변에도 강해서 승승장구한다. 위험에 빠졌을 때도 '천운'이라고 할 만한 도움으로 그때그때 잘도 살아난다.

동탁

삼국지 최대의 악역. 폭행과 강간, 도둑질, 방화 등 온갖 악행을 저지른 장본인이다. 변방의 장수였지만 환관을 없애는 과정에서 황실로 묻어 들어오고 그때부터 불순한 작당을 벌인다. 죽은 후 배에 심지를 꽂고 불을 붙였더니 개기름 때문에 몇 날 며칠이나 탔다는 탐욕스러운 신체를 가졌다.

여포

관우와 장비 못지않게 쌈질은 잘했지만 '골이 간단한' 인간이라 수차례의 배신을 거듭한 인물. 돈에 쉽게 매수되어 동탁과 한편이 되었지만 결국 동탁을 살해하고 나중에는 유비에게 도망 와 지내기도 했다.

손견

한때 '강동의 호랑이'라고 불릴 정도로 용맹스러운 인물. 〈동탁 타도를 위한 연합군〉에서 중요한 역할을 했지만 그 와중에 우연히 주운 옥새에 대해 허황된 욕심을 품기도 했다.

원소

명문귀족 출신의 〈동탁 타도를 위한 연합군〉의 맹주. 지조가 없는 듯이 보이기도 하지만 나중에 조조와 맞서 과감하게 싸우는 장면을 연출했다.

유표

어려서부터 똑똑했던 황실의 후예. 초반에 자리를 잡지 못하고 여기저기 떠돌아다니던 유비를 따뜻하게 맞아주고 형주까지 맡아달라고 한 인정 많은 사나이.

왕윤

당대의 미인 초선이를 투입, 동탁의 악행에 종지부를 찍게 만든 장본인. '미인계를 앞세운 연환지계'라는 이중의 전술을 구사하는 과정에서 배짱과 쌩깜, 화려한 구라까지 선보였다.

초선

춤과 노래에 뛰어난 뷰티풀 우먼. 자신의 스폰서였던 왕윤의 '연환지계 시나리오'에 따라 결국 여포로 하여금 동탁을 살해하게 한 치명적 팜므 파탈.

차례

1

'선수'끼리는 '탁' 하고 알아본다

– 유비, 관우, 장비의 첫 미팅

지금으로부터 약 1800년 전이다. 황건적이라는 놈들이 날뛰던 어수선한 AD 184년. 당시는 고대 중국의 '후한(後漢) 시대'라고 일컬어지는 때이다. 전국의 마을 곳곳에 지나가는 사람들의 눈길을 땡기는 심각한 포스터한 장이 붙었다.

지금 같으면 군대 3년 다녀온 후 대학을 졸업할 나이인 28살의 유비(劉備)가 이 포스터를 먼저 발견하고 읽고 있었다. 불멸의 영웅 유비, 관우(關羽), 장비(張飛)는 거리에서 의병을 모집하는 이 포스터를 보고 있다가 만나게 되는 것이다. 술 좋아하는 장비가 먼저 술을 한잔하자고 하니 유비가

불멸의 영웅 유비, 관우, 장비는 거리에서
의병을 모집하는 이 포스터를 보고 있다가 만나게 되는 것이다.

募

먹여주고
재워주고
입혀준다,
가족적분위기
잠깨나황건적
때려잡자황건적

그러자 했고, 잠시 후 벌어진 술자리에 관우가 합세했다. 이들은 사실 몇 마디 나눠보지도 않았다. 그저 통성명을 한 후에 '세상이 어지러우니 우리 한번 힘을 합쳐볼라우?'라는 의기투합만이 있었을 뿐이다. 그리고 곧장 도원에서 결의를 하기로 결정했다. 어떻게 보면 한때 중국의 역사를 뒤흔든 세 명의 장수가 만나는 장면치고는 너무 초라해 보일지도 모르겠다. 뭔가 숙명적이고, 뭔가 필연적인 것이 있어야 한다고 생각할지도 모른다. 하지만 아니다. 그들은 한눈에 반한 거다. 서로를 단박에 알아본 거다. 선수끼리 뭔 말이 길게 필요하나?

면접시험을 쳐본 사람들은 안다. 면접이 끝나고 내가 붙었는지 떨어졌는지를! 시험관들도 알아본다. 저 아해가 우리 회사에 맞는 아해인지 아닌지를 탁! 보는 순간 안다. 개그맨 시험을 봐도 마찬가지다. 떨어진 놈들은 처음에 '지가 뭔데 날 떨어뜨려?' 하며 원통해하지만 세월이 지나면 알게 돼 있고 살다보면 깨닫게 된다. 마찬가지다. 나이트클럽에서 부킹해보면 오늘밤 거시기가 될지 안 될지 안다. 끼리끼리 노는 거다.

깍두기 추가 구라 _ 나도 탤런트 시험을 본 적이 있다. 네 번이나 봤다. 내가 현재 탤런트가 아니고 개그맨이니까 탤런트 시험을 네 번이나 봤다는 이야기는 네 번 다 떨어졌다는 거다. 없는 돈에 양복까지 맞춰주신 부모님께 죄송스럽게도 떨어졌다. 고등학교 때 연극부에 있었고 대학도 연극과를 나온 놈이 네 번 다 떨어졌다. 정말 세상이 원망스럽더라. 서

소문 동양방송에서 효자동까지 걸어오면서 끊임없이 생각했다. '왜 떨어졌나? 아니 내가 왜 떨어진 거야. 왜 떨어뜨린 거야? 지네가 뭔데 날 안뽑은 거야?'

합격자 명단을 잘못 본 건 아닐까 싶어 시청 앞까지 걸어왔다가 다시 되돌아가 방송국 게시판에 가 봤더니 역시 합격자 명단에 내가 없는 거다. 혹시 불합격자 명단을 붙여놓은 건 아닌가 하는 헛된 생각도 들었다. 하여튼 집까지 걸어오는 동안 쏟아지려는 울음을 삼키느라 고생했다. 딴 놈들은 빽으로 들어간 게 아닌가하여 빽 없고 돈 없는 아버지를 원망하기도 했다. 그때 하늘은 웬일인지 노란색이었다.

번호표 순서대로 심사위원들이 부르면 10명씩 면접장으로 들어가는데, 나한테는 한마디도 묻지 않은 적이 두 번이나 있고 한마디만 물어본 적도 있다. 퉁명스러운 말투로 "야, 너 키가 몇 센치냐?", "네 178센치입니다." 그리곤 질문 끝! 옆에 예쁘게 생긴 여자 지망생들에게로 질문이 들어간다. 여자들에게 질문이 들어가면 그 다음부턴 나를 거들떠보지도 않는다. '지가 뭔데! 내가 초등학교 4학년 때부터 하고 싶어 했던 배우의 꿈을 키 몇 센치만 물어보고 떨어트리나!!!', '누구는 돈 얼마 주고 됐다더라, 재는 빽으로 됐다더라.' 하는 소문이 떨어진 놈들 사이에선 정설인 양 떠돌던 시절이었다.

근데 세월이란 게 흐르고 내가 심사하는 면접관이 되어보니 알겠더라! 탁! 보면 아는 거다. 될 놈! 안 될 놈! '그랬구나! 될 놈처럼 안 보여서 날 떨어뜨렸구나! 세월이란 게 정말 묘한 거로구나!' 탁 보면 아는 거다. 탁 보면 저놈이 나보다 쎈 놈인지! 저놈이 나보다 돈이 많은지! 저놈이 나보다 정력이 쎈 놈인지! 탁 보면 아는 거다. 선수끼리는 그렇게 서로를 알아보는 거다. 탁, 알아보면 상생하는 거고 탁, 알아주지 않으면 상극이 되는 거다.

삼국지를 읽다보면 여기저기서 탁, 탁 하는 소리가 많이 들린다. 탁! 저놈은 같이 일할 놈! 탁! 저놈은 배신할 놈! 탁! 저놈은 못 배웠지만 가르치면 될 놈!

유비는 제갈공명을 한눈에 알아보고 삼고초려를 통해 그를 얻었으며 자룡을 보는 순간 그를 자신의 마음속 깊은 곳에 넣었다. 손책은 생포한 태사자의 기개를 보고 자신의 손으로 오랏줄을 풀어주고 휘하에 들어올 것을 권했다. 동탁도 여포를 보고 '이놈, 같은 종목의 선수구만.'하고 알아봤다. 이렇게 탁, 탁 알아보는 거다.

유비, 관우, 장비가 도원결의를 했다는 것은 누구나 다 아는 이야기다. 그런데 여기서 한 가지 질문! 세 사람은 복숭아나무 밑에서 결의를 했다고 하는데, 과연 누구네 집 복숭아나무 밑일까. 여기서부터 사람들은 고개를 가우뚱한다. '유비네 집 아니에요?', '장비네 집 아닌가?' 자신 없어하는 대답이다. 음하하하! 그래, 자신 없어한다. 사람 이름은 기억해도 구체적인 질문을 해나가면 잘 모르는 거다. 물론 이런 질문은 텔레비전 퀴즈 프

근데 왜 하필

복숭아나무

아래였을까.

로그램엔 절대로 나오지 않는 문제다. 왜냐하면 '과연 누구네 집 복숭아나무 밑이냐.'하는 것이 바로『삼국지』마다 다르기 때문이다. 유비네 집이란 책도 있고 장비네 집이란 책도 있고 유비네 집 뒷동산이라고 나와 있는 책도 있다.『구라 삼국지』에서는 이렇게 해석한다. 이 친구들이 도원결의를 하면서 술을 마실 때 1차, 2차, 3차를 안 했을 리가 없다. 유비가 살던 탁현 누상촌에 '유비, 관우, 장비가 형제의 의를 맺었다더라.'는 소문이 퍼졌을 것이고 도원결의를 한다니 구경 간 사람들도 꽤 있었을 것이다. 그 도원결의의 광경을 일찍 본 사람은 유비네 집에서 술 마시는 걸 보고 유비네 집에서 했다 하고 시장에 갔다 늦게 온 동네 사람은 2차를 하고 있는 장비네 집 앞을 지나가다가 여기서 했나보다 했을 것이다. 따라서 도원결의는 유비네 집에서도 했고, 장비네 집에서도 했고, 그리고 유비네 뒷동산에서도 했을 가능성이 높다. 여기서 한 가지 더 물어보자. 근데 왜 하필 복숭아나무 아래였을까. 매화나무도 있고 대나무도 있는데 왜 하필 복숭아나무냐 말이다. 예로부터 중국 사람들은 복숭아나무를 매우 귀하게 여겼다고 한다. 설화나 전설에 보면 신선이나 옥황상제가 먹는 과일이 보통 복숭아였다. 뿐만 아니라 영원한 생명에 대한 기원이나 귀신을 쫓는 능력, 또는 새로운 생명을 상징하는 다양한 의미로 쓰인 거다. 결국 우리의 '불멸의 영웅들'이 모이는 자리이니 만큼 복숭아나무 밑이 가장 적절하지 않겠나. 나쁜 무리 황건적을 몰아내겠다는 성스러운 의지, 새로운 나라를 건설하겠다는 희망, 그리고 남자 대 남자끼리 뭉쳐지는 이 '싸나이다운' 분위기에는 뭐니뭐니 해도 복숭아나무가 딱인 거다. 군대 갔다 온 사람들은 안다. 피엑스에서 제일 많이 사먹은 게 복숭아 통조림이다. 이름하야 황도!

도원결의에선 별의별 이야기를 다 했을 것이다. 유비, 관우, 장비가 뭉쳤다는 소문이 뭉게뭉게 퍼지니 스폰서들이 나타났다. 요즘 말로 하면 사람들을 모아놓고 고사를 지냈겠지. 돼지 한 마리 잡고 돼지 머리에 절하고 콧구멍, 귓구멍에 돈 꽂고 절하고 술을 올렸다. 돈이 없으면 돈 대신 말을 바치는 사람도 있고 무기 만들라고 쇳덩어리를 바치는 사람, 술 한 동이를 가져오는 사람이 여기저기에서 나타났다. 실제로 말 장사하던 친구가 말 50필을 바치기도 하고 어떤 이는 금은 500냥과 쇳덩어리를 돼지

"하늘과 땅은 우리의 마음을 굽어 살피시고 의리를 배반하고 은혜를 잊는 자가 있으면 천벌을 내려주소서!"

머리 앞에 갖다 바치기도 했다. 분위기가 달아오르니 당연히 제문이 낭독되었겠지!

"우리 삼총사는 위로는 국가에 충성하고 아래로는 백성들이 잘 살도록 하겠다. 한날한시에 태어나진 않았지만 <u>한날한시에 죽기를 원하오니</u> 하늘과 땅은 우리의 마음을 굽어 살피시고 의리를 배반하고 은혜를 잊는 자가 있으면 천벌을 내려주소서!"

<u>공깃밥 추가 구라</u> _ 여기서 빼놓을 수 없는 말이 '한날한시에 태어나진 않았지만 저세상에 갈 땐 한날한시에 갑시다.'라는 말이다. TV 토크쇼에 가끔씩 나이 지긋한 부부가 나온다. 프로그램이 끝날 때쯤 사회자가 남편에게 꼭 묻는다.

"집사람 고생 많이 시키셨지요?"

여기서 아니라고 대답하는 남편 한 번도 못 봤다. 그러니까 '물어보나 마나한 질문'을 '부부가 나올 적마다' 물어보는 거다. 이런 지겨운 멘트 또 있다. 결혼식 날 주례가 "신랑신부는 어떤 어려운 일이 있어도 서로 사랑하겠는가?" 하고 물으면 신랑신부는 짜고 치는 고스톱처럼 "네!" 하고 씩씩하게 대답한다. (진짜일까?)

다시 토크쇼 이야기로 돌아가자. '집사람 고생 많이 시키셨지요?'라는 질문을 한 그 다음에 이어지는 질문은 두 가지 유형으로 나뉜다. 첫 번째 유형은 '집사람에게 사랑한다고 한마디 하세요.'이다. 이거 나이 든 사람

특종이 풍부한 종합 시사삼국신문

일요삼국

www.dreamsodam.co.kr 제 창간1 호 판매 기간 12월 1일

'도원결의 황도' 불티나게 팔려

● '의리와 우정'의 상징, 황도를 안주삼아 세 명이 술 먹는 '도원결의 주법(酒法)' 급속 확산
● 유통기한 지난 황도, 유명세에 은밀 유통 내막

모자이크 인터뷰 도원결의 훔쳐본 행인 1

"처음에는요 ~ 남자 셋이서 손을 잡고 어쩌구 하길래~"

내막 추적 도원결의 스폰서들의 지분 다툼 왜?

앞으로 있을 전투의 전리품 놓고 치열한 지분 확보 신경전
'말 한필 스폰에 지분 2%?' … 유비는 묵묵부답

가상 시나리오 도원결의 없었다면?

유비, '돗자리 장인' 됐을것 네티즌 43.4%

- 관우, 조조에게 최고 장수감, 장비는 술 땜에 크지 못했을 공산 커
- 소설적 장치에 불과 … 매화나무 아래서 보리차 마시면서 했을 것

긴급 설문 조사 황건적 523명에게 물었다

"유관장의 활약, 과연 어디까지?"

● '일회성 이벤트에 그칠 것' 56% …상당수가 '유비의 출신' 깔봐

단독공개 유비의 육필 제문 긴급입수

● '한날한시에 죽겠다' 명문장으로 손꼽아
● 유비가 초안, 운장이 교정, 장비는 뒷짐

도원결의 현장서 '음란 야동' 살포

닉네임 '김봉좌' 전격 체포 했다 내막

포도청 잡혀 들어가며 '너희들 컴 안에 야동 한 개라도 없는 자, 나를 창으로 찔러라'
일부 네티즌, '아, 김봉좌!' 탄식
… 집 대문에 '▶◀' 표시

9 771739 422005
ISSN 1739-4228

들에게는 대단히 쑥스러운 주문이다. 그냥 멋모르고 '사랑해!' 하고 말하는 사람, 쑥스러워하면서 '사랑해!' 하는 사람, 닭살스럽게 혹은 우스꽝스럽게 '사랑해!' 하는 사람들이 있다. 그러나 50세가 넘은 사람들은 사랑한다는 말 자체를 전혀 사용하지 않던 사람들이기 때문에 집에서 TV로 보고 있기에는 어쨌든 싸잡아서 어색하게 보인다. 모 토크쇼에 출연한 임권택 감독 부부를 본 적이 있다. 프로그램 끝에 임권택 감독보다 훨씬 어린 사회자가 "집사람에게 '사랑합니다.'라고 해주시죠."라고 부탁을 했다.

임권택 감독은 대단히 쑥스러워하며 "됐습니다."라고 하는데 사회자가 억지를 부리며 사랑한다는 말을 하라고 강요하니까 임권택 감독 왈!

"알고 있을 겁니다."

이 장면을 집에서 보면서 웃었던 기억이 난다. '사랑합니다.'라는 말은 원래 우리나라에서는 사용한 지가 별로 되지 않는 미국 젊은이들의 말인 거다.

약간 옆으로 샜다. 토크쇼에서 자주 하는 두 번째 질문 유형은 '집사람에게 한마디 하세요.'라는 것이다. 이런 질문을 하면 가끔 이렇게 대답하는 사람이 있다. 물론 표정은 사뭇 진지하고 애절하다.

"여보! 이 세상 올 땐 한날한시에 안 왔지만 저 세상 갈 땐 한날한시에 갑시다."

유비, 관우, 장비가 제문에서 낭독했던 바로 그 말이다. "한날한시에 태어나진 않았지만 한날한시에 죽기를 원하오니……"

82근짜리 청룡언월도도 사실은
16Kg 정도에 불과(?)했던 것이다.
16kg을 다시 우리에게
익숙한 음식으로
바꿔본다면,
200개, 80마리,
177봉지,
42그릇(그릇 무게는 빼고)이다.

16

　이러면 방청석에서 바로 튀어나오는 소리가 '어흐~응.' 하는 감탄사와 박수소리다. 문제의 늑대소리! 우리나라 늑대는 다 멸종되었다던데 늑대울음만 남아 온갖 방청객이 있는 프로그램에서 '어흐~응, 어흐~응.' 하고 울어댄다. 분명히 말하지만 부부가 한날한시에 가고 싶어하지 마라! 한날한시에 함께 가는 건 사고밖에 없더라! 교통사고, 화재사고 등 사고가 나면 반드시 함께 간다. 불미스러운 일이다. 남편 죽었다고 아내가 따라가면 남은 자식들은 어떡하라고! 남은 재산은 어떡하라고!

　도원결의도 했고 제사도 지냈고 스폰서들이 생겨나니 본격적으로 황건적 때려잡을 일만 남았다. 유비는 당장 쇳덩이로 긴 칼을 만들고 관우는 청룡언월도(靑龍偃月刀)를 만들고 장비는 창을 만들었다. 청룡언월도의 무게는 82근이라 하는데 82근이 요즘 무게로 치면 도대체 얼마나 될까?

요즘 1근은 600g이니까 여기에 82를 곱하면 49.2kg. 거의 50kg이다. 흔히 슈퍼나 대형 마트에서 파는 제일 큰 쌀 한 포대가 20kg이다. 그러니까 관우는 이거 두 개 반을 들고 자유자재로 적의 목을 땄다는 이야기다. 하지만 이러한 계산은 한나라 때의 도량형과 지금의 도량형이 다르기 때문에 생긴 오해일 수도 있다. 지금과 달리 한나라 때에는 한 근이 약 200g 정도였다고 한다. 따라서 82근짜리 청룡언월도도 사실은 16kg 정도에 불과(?)했던 것이다. 물론 16kg짜리 칼을 휘두른다는 것도 보통 일이 아니지만 50Kg짜리 칼에 비하면 훨씬 현실적인 설득력이 있어 보인다. 16kg을 다시 우리에게 익숙한 음식으로 바꿔본다면, 후라이드 치킨 닭다리가 200개, 꽃게 큰 것 80마리, 새우깡 177봉지, 짜장면 42그릇(그릇 무게는 빼고)이다.

무기가 완성되었으니 이제 황건적과 붙어야 하는데 황건적이라고 하니 제일 먼저 드는 의문이 왜 그놈들은 또 하필 '노란색 두건'을 쓰고 있었냐 하는 것이다.

때는 2004년 5월의 어느 날이었다. 내 차는 강변북로를 달리고 있었다. 계절의 여왕이라는 5월의 날씨가 왜 이리 찝찝한가? 빌딩 숲이 오늘따라 유난히 희미하게 보이고 사방을 둘러봐도 뿌옇기만 하다. 마치 안경을 벗고 세상을 보는 듯하다. 이유가 뭘까? 황사가 저 멀리 중국으로부터 매년 몰려오는 거다. 초청한 것도 아니고 기다리는 사람이 있는 것도 아닌데 매년 봄이면 찾아오는 황사! 신문과 방송에서 '황사를 조심하세요.'라는 안내 멘트가 나온다. 황사! 이 징그러운 황사를 볼 때마다 떠오르는 황건적! 나는 매년 찾아오는 황사가 황건적처럼 느껴진다. 그렇다. 황건적이다. 누런 수건을 둘러썼다고 해서 황건적이라고 불리웠단다. 그들의 노란색은 과연 무엇을 의미하는 것일까.

학문적인 해석으로는 이른바 '오행종시설(五行終始說)'이라는 게 있다. 그러니까 만물을 이루고 있는 것이 '물, 쇠, 흙, 불, 나무'인데, 왕조 역시 이것에 대응해서 탄생하고 망하면서 전체적인 흥망성쇠를 거듭한다는 이야기다. 한나라의 경우에는 불에 대응해 탄생한 왕조인데, 불을 이기는 건 흙이라고 한다. 바로 이 흙의 색깔이 노란색이라는 거다. 결론적으로 황건적은 한나라를 멸하고 '흙의 왕조'를 세우는 데 있어서 노란색을 선택했다고 볼 수 있다.

그러나 꼭 이런 학문적인 해석만이 전부는 아니리라. 우리의 일상에서도 노란색은 여러 가지 의미가 있다. 도화지에 밑그림을 그릴 때 노란색으로 제일 먼저 그린다. 우리나라에서 제일 먼저 피어나는 꽃도 노란 개나리다. 교통신호의 경우 노란 신호가 들어온 후에 다음 신호로 바뀐다. 노란건 밑그림이자 시작을 알리는 신호다. 황건적, 그들은 '세상의 새로운 시작'을 알리고 '새로운 밑그림'을 그리고 싶어서 노란색 두건을 두르고 다녔을지도 모를 일이다.

황건적의 우두머리는 장각(張角) 형제다. 장각 형제가 뭐 하던 인간들이냐? 한마디로 약장사다. 장각은 어느 날 산에서 남화노선(南華老仙)이라는 신선을 만나 『태평요술』이라는 신통한 책을 받았다고 한다. 밤낮을 가리지 않고 이 책을 열심히 읽고 도를 닦아 마침내 신통력을 얻었다는 것이다. 당시 전염병이 돌자 장각이 사람들의 병을 고쳐주었으니 그를 따르는 무리만도 수만 명이 되었다고 한다. 사람들의 병을 고쳐주니 속칭 '약장사'가 아니던가. 그런데 약장사의 특징은 말을 잘한다는 거다.

<u>약 추가 구라</u> _ 내가 고등학생 때 길거리 약장사들을 열심히 관찰한 적이 있는데 구라가 정말 죽여주는 거다. 길거리에 사람들을 모으는 방법도 여러 가지다. 손으로 맥주병 모가지를 팍팍 날려버리면서 '수상격파!', 다

"그럼 이 뱀이 왜 좋으냐? 이놈들은 암수가 붙으면 48시간 교미를 한다 이거야!"

시 맥주병을 자기 이마에 때리면서 '두상격파!' 하면서 맥주병을 박살내는 거다. 이 신기한 장면에 사람들이 모여들면 슬슬 구라를 풀기 시작하는데 한 손에는 다 썩은 사운드의 마이크를 들고, 한 손에는 색연필로 죽죽 그은 주간지의 어떤 페이지를 펼쳐들고 구라가 시작된다. 작명소와 약장수의 특징은 반말이다. 구라가 시작된다.

"여러분! 남자가 애 낳는 거 봤어? 못 봤지? 여기 〈선데이 서울〉 1965년 4월 31일 (날짜는 아무러면 어떠랴!) 강원도 춘천시 남면 장촌리 둔일 부락 탑안골에 32살 먹은 노총각이 산에 나무하러 갔다가……. (다시 한 번 더 강조한다.) 남자가 애 낳는 거 못 봤지? 1965년 4월 31일 〈선데이 서울〉 56 페이지에 난 걸 자세히 읽어봐! 32살 먹은 노총각이 산에 나무하러 갔다가 나무를 지게에 하나 가득 짊어지고 내려오다가 동네 입구 논두렁에서 갑자기 배를 끌어안고 쓰러진 거야. 아이고 배야 나 죽네! 동네 사람들이 깜짝 놀라 리어카에 이 노총각을 싣고 춘천 병원에 입원시키고 수술실에서 배를 쩍 갈라보니까 (관중들은 남자가 아이를 낳는 걸 봤느냐는 소리에 홀려 있는데, 갑자기 배를 갈랐다고 하니 다음이 궁금하지 않을 수 없다.) 회충이 562마리!!!!!!! 뱃속의 도둑놈 잡아!!!……."

이렇게 자연스럽게 회충약 이야기로 넘어가는 약장사의 구라에 홀딱 넘어가지 않을 수가 없다.

아주 오래전에 대구의 한 야간업소에서 일을 할 때였다. 내가 하숙하고 있는 건물 1층에는 약을 팔아먹는 약장수가 있었다. 이 친구들은 하루에

네 탕씩 구라들을 푸는데 토씨 하나 틀리지 않고 똑같이 풀어대는 거였다. 두어 달쯤 지나 같이 있던 후배에게 "야, 지금 몇 시냐?" 하고 물으면 "잠깐만요." 하고 약장사의 구라에 귀를 기울인다. 약장사가 한창 구라를 풀다가 "어이, 지금 가면 어떻게 해. 약 먹는 용법을 알고 가야지!"라는 말이 나오면 '아, 지금이 2시 30분이구나.' 하는 정도까지 되었다. 이들의 수법은 대단히 과학적이고 합리적이고 약장사적이고 변태적이고 엽기적이다. 한마디로 고도의 심리술을 가진 구라꾼들이었다.

처음엔 원숭이 한 마리를 매장 밖으로 데리고 나와서 인도에서 훈련받은 원숭이라고 소개하면서 차렷, 열중쉬어, 경례 자세를 시킨다. 말 잘 듣는 원숭이를 구경하겠다고 사람들이 점점 모여든다. 원숭이 이름은 그 당시에 잘 나가는 연예인 이름으로 부르면 사람들은 그것 하나만으로도 낄낄대기 시작한다. 어느 정도 사람들이 모여들면 원숭이를 데리고 매장 안으로 들어간다.

"자, 우리 원빈이 하는 16개의 동작을 모두 보려면 안으로 들어오세요! 길 가는 사람들에게 방해가 되니까 안으로 들어오세요."

명분이 좋다.

원숭이를 실내로 데리고 들어가면 엉거주춤 따라 들어가는 사람, 밖에서 기웃기웃하는 사람으로 잠시 어수선한 분위기가 연출된다. 밖에서 기웃거리는 사람들을 안으로 끌어들이는 결정적인 수법이 있다. 원숭이를 무대 위에 올려놓고 밖에서 기웃거리는 사람들이 보지 못하도록 문에 설치되어 있는 휘장을 확 쳐버린다. 정말 바쁜 사람들이야 그냥 가겠지만, 그렇지 않은 사람들은 호기심 때문에 대개 매장 안으로 들어온다. 하지만 원숭이 재주는 사실 여기서 끝이다. 다음은 운동복을 입은 건장한 사내들이 맥주병을 나란히 세워놓고 손으로 그 모가지를 날리는 거다. 여기서 다시 한 번 죽이는 구라를 풀어낸다.

"여러분 귀에는 맥주병 깨지는 소리가 쨍강! 쨍강! 하고 나겠지만 이 맥주병이 한 병에 삼십 원입니다. 그래서 우리 귀에는 맥주병 모가지 짤리는 소리가 삼십 원! 삼십 원! 하는 소리로 들립니다."

다시 몇 번의 격파시범! 이 격파시범은 구라를 풀어가는 내내 중요한 역할을 하게 된다. 사람들이 약간 지루해하거나 해야 할 일이 생각나서 슬슬 매장 밖으로 나가려는 눈치가 보이면 쨍강! 쨍강! 삼십 원! 삼십 원! 쨍강! 삼십 원! 하면서 맥주병 모가지를 날려버린다. 마치 '니들 밖으로 나가면 모가지를 쳐버릴 거야.' 하는 암시 같다. 요기까지는 존댓말이다. 하지만 갑작스런 한 영감태기의 등장이 이어지고 말투는 자연스럽게 반말 짓거리로 바뀌게 된다.

"인간의 힘은 어디에서 오는가? 사람이 건강해야 돼! 재산이 많으면 뭐하나! 빌딩이 몇 채 있으면 뭐 하나? 검사 판사가 되면 뭐 하나?"(두어 달 동안 관찰해본 결과에 의하면 거기 모인 사람들 중에 재산이 많아 보이는 사람은 한 명도 없었고 빌딩주인도 없었을 것이며 판사·검사도 없을 것이었다. 그리고 여기서 제일 많이 등장하는 사람이 삼성그룹 초대회

장님이다.)

"이병철이가 아무리 돈이 많으면 뭐 하나! 밤중에 자다가 갑자기 배가 아프다고 금고 속에 있던 돈다발을 부엌으로 들고 가 도마 위에 올려놓고 썰어서 가마솥에 넣고 끓여서 그 돈국물을 한 사발 마신다고 아픈 배가 낫겠어! 모든 걸 손에 쥐고 건강을 잃는다면 무슨 소용이 있어!"

사람들은 여기서 구라의 미로에 빠져들어 나갈 길을 잃게 된다. 심지어는 그 장소를 빠져나가려고 하는 사람이 보이면 이제는 아예 노골적이다.

"이런 싸가지 없는 인간들이 있나? 어른이 좋은 말씀 해주고 있는데 딴생각, 집에 갈 생각을 해?! 오늘 여러분들은 땡잡은 거야! 우리 회사에 마침 일본 구라모도 대학에서 체질학 박사학위를 받으신 천태산 선생님께서 방문해주신 기념으로 일본에서 나온 뱀을 원료로 해서 만든 약을 한 봉지씩 나눠줄 거야! 단원들 뭐 해? 바쁘신 분들에게 빨리 갖다 드리지 않고!"

맥주병 모가지 자르던 놈들이 잽싸게 뛰어다니며 사람들에게 성분과 약효를 알 수 없는 약들을 나눠주기 시작한다.

"그럼 이 뱀이 왜 좋으냐? 이놈들은 암수가 붙으면 48시간 교미를 한다 이거야! 그렇지만 홍수환이의 주먹을 잘라 삶아 먹는다고 주먹 힘이 쎄지겠어?"

약을 손에 쥐어주면 사람들은 이거 정말 공짜로 주는 건가? 의아해하면서도 안 받을 수가 없다. 약을 받았으니까 서서히 가려고 폼 잡는 사람들이 생긴다. 이때를 놓치지 않고 목소리가 한 3도쯤 올라간다.

"약 먹는 용법을 알고 가야 해!"

순간 약봉지를 받아든 사람들은 '그렇지! 약 먹는 용법 알고 가야지!' 하고 생각한다.

구라가 이어진다.

"아침에 먹어야 하는 사람, 저녁에 먹어야 하는 사람, 식후에 먹어야 하는 사람, 술에 타서 먹어야 하는 사람, 냉수에 먹어야 하는 사람, 온수에 먹어야 하는 사람, 체질에 따라 약 먹는 용법이 다 달라! 냉수에 먹어야 하는 사람이 온수에 먹으면 그날 밤 피 토해!"

여기가 절정이다.

"체질을 알고 가야 해! 체질에 따라서 약 먹는 용법이 달라! 오늘 마침 구라모도 대학에서 체질로 박사학위를 받으신 천태산 선생님이 뒤에 사무실에 와 계시니까 체질 상담하고 가! 자, 저기부터 한 줄로 들어가!"

사람들은 원숭이 구경하다가 갑자기 공짜 약 한 봉지 받고 체질까지 무료로 상담해준다니 줄서서 들어갈 수밖에 없다. 그 다음이 궁금하지? 사무실이라고 들어가면 각종 뱀들이 각자의 폼을 잡고 병 속에 죽어 있고 조금 전 병 모가지를 자르던 단원들이 얼굴 가득히 미소를 띠면서 공손하게 허리 숙여 인사를 한다. 이놈들은 아무리 공손하게 폼을 잡아도 약간은 겁을 주는 외형을 가지고 있다. 천태산 선생님께선 웃으면서 환자 아닌 환자를 진맥하면서 걱정스런 표정으로 '어떻게 이런 몸으로 여태 살았냐.'며 약 이름을 불러대는데, 그 속도가 고속철도 열차 같다.

원숭이에게 '경례!'라고 소리를 지른 다음,
언제나 막대기로 원숭이의 오른쪽 머리통을 내리친다는 거다.

"당귀 20그람에 감초 30그람, 백봉령에 도라지 다섯 뿌리, 어쩌구 50그람 저쩌구 37그람하고……"

7초 안에 약 이름을 다 불러대면 옆에 있던 덩치 좋은 단원이 '당귀 20그람, 감초 30그람……'을 복창하면서 흰 봉지에 정말 잽싼 솜씨로 담아서 한 제를 만들어놓는다.

"집에 가서 달여 먹어! 오늘 특별히 천태산 선생님의 체질 감별은 무료고 방문 기념으로 이 약 20일분을 반값에 드릴 테니까 바로 집에 가서 달여 먹어!"

환자(?)는 우물거리며 "돈이 없는데요."라고 말한다.

"그까짓 돈이 문젠가? 건강이 문제지! 시계라도 끌러놓고 갔다가 나중에 돈 생기면 가져와!"

사무실에는 뒷문이 있어서 그곳으로 나가게 되어 있다. 그러니까 원래 들어왔던 문, 즉 또 다른 환자들이 줄을 서서 기다리는 그곳으로는 나가지 못하게 하는 것이다. 여기에도 고도의 전략이 숨어 있다. 들어온 문으로 다시 나가면 기다리고 있는 사람들과 마주치게 될 터이고, 그러면 뒷사람들이 '안에서 뭐 해요?'라고 물어볼 것이 아닌가. 그러면 '그냥 약 사라는 거예요. 그냥 가세요.'라고 말할 게 뻔하고 그렇게 되면 다 된 밥에 코 빠뜨리는 격이 된다. 그러니 앞에 약을 산 사람과 그렇지 않은 뒷사람 간의 만남을 차단하는 것이다.

나중에 그 약 파는 아저씨들이랑 친해져서 원숭이가 경례하는 건 어떻게 훈련시켰냐고 물어봤더니 비법을 가르쳐주었다. 원숭이에게 '경례!'라고 소리를 지른 다음, 언제나 막대기로 원숭이의 오른쪽 머리통을 내리친다는 거다. 이 과정을 수없이 반복하면 원숭이는 조건반사적으로 '경례'라는 말이 나오면 맞지 않으려고 손을 들어 오른쪽 머리통에 갖다댄다는 이야기다. 남들이 보면 원숭이가 뭘 알아듣고 경례하는 것처럼 보이지만 사실은 구라라는 거지! 내가 이거 한번 해보려고 원숭이 사려고 했잖아!

　이야기가 옆으로 샜나? 미리 말해두지만 앞으로도 많이 샐 거다. 옆으로 뒤로 앞으로 새고 말 거야 ! 독자들은 각오해야 한다. 좌회전 우회전으로 막 새는 거야.
　아무튼 장각이도 약장사였으니 얼마나 구라가 좋았겠어! 그때 레퍼토리가 뭐겠어! 구라모도 대학이 있었을 리도 만무하니 자연히 '깊은 산중의 도사'를 만나 약의 비법을 전수받았다고 구라를 칠 수밖에 없지 않겠어!
　숱하게 많은 약장수들이 태어나고 사라지고 피고 지고 했지만 아직도 장각이의 이름이 오르락내리락 하는 이유는 그가 천하를 자기 손안에 넣으려고 했기 때문이라는 거다. 구라를 쳐보니까 먹히는 거지. 예나 지금이나 약장수들이 잘 써먹는 불후의 멘트!! '천하를 손에 넣고도 건강을 잃으면 무슨 소용이 있느냐? 건강도 얻고 천하도 얻고!' 그런데 장각이 형제들도 끝내 병으로 죽고 말았다. 약을 파는 약장사도 병으로 죽는다. 의사들도 거의 다 병으로 죽는다. 슬픈 우리네 인생의 아이러니다.

약장수 장각의 무리들인 황건적이 날뛸 때에는 그럴 만한 이유가 있었을 것이다. 당시 궁중의 상황은 소위 '십상시(十常侍)'라는 환관들이 떡 주무르듯 주무르고 있어 세상이 어지러웠기 때문이다. 환관. 이놈들은 우리나라에서는 내시(內侍)라고 불렸다. 그러니까 '없는 놈'이라는 이야기다. 중국에서는 환관이라는 말 대신에 '화자(火者)'라는 말을 쓰기도 했는데, 이는 성기를 거세하고 마지막으로 불로 깔끔하게 마무리(?)했다고 해서 붙여진 이름이었다.

원래 환관은 남녀 간의 질투가 심한 궁중에서 이러한 질투의 혐의에서 벗어나기 위해 중성(中性)으로 만들었다는 설과 많은 후궁을 거느린 왕의 일을 보좌하기 위해서 어쩔 수 없이 그렇게 했다는 설이 있다. 그런데 환관은 우리가 사극이나 코미디에서 보듯이 늘 그렇게 간사하고 약삭빠른 놈들만은 아니었다. 환관을 뽑기 위한 신체검사의 기준에는 '젊고 용모가 아름답고 행동거지가 우아하고 영리해야 한다.'는 것이 있었다고 한다. 명나라 때는 3백 명의 환관을 모집하는 데 무려 2만여 명의 지원자가 있었을 정도로 당시에는 '인기 직업'이었다. 그러니까 입궁 지원율이 무려 67:1인 거다. 가히 환관이라는 직업의 인기를 실감할 수 있을 것이다.

물론 환관 중에는 십상시처럼 정권을 찬탈하고 정치를 제멋대로 주무른 놈들도 있었지만 꽤 멋있는 환관들도 있었다. 『사기(史記)』를 지은 한나라 때의 사마천(司馬遷), 종이를 발명한 후한의 채륜(蔡倫) 등이 바로 그들이다.

"제97차 내시 시험

누가 누가 등용됐나?

內侍

이색 경력 내시 총집합, 최고령 32세
승려 출신도 합격
'트랜스 젠더' 내시도 최종면접 올라…
면접 관계자들, 합격 여부 놓고 격론

제 97차 내시 시험의 결과가 공개됨에 따라 누가 누가 등용됐는지에 대한 관심이 집중되고 있다. 내시 등용을 총괄하는 내시등용과의 김창식 과장은 "이번 내시 등용에 관심을 가져준 모든 예비 내시 지망생들에게 큰 감사의 말씀을 드린다"며 "비록 불합격됐다고 하더라도 문지기나 옥지기 등의 다른 직종이 많으니 더 많은 응시를 바란다"고 말했다.

무엇보다 이번 내시 등용에는 이색 응모자들이 많았다는 것이 특징. 특히 한 트랜스젠더 내시가 최종 합격면접까지

올라와 관계자들을 놀라게 했다. 일부 면접위원은 "이렇게 되면 내시들의 성 정체성에 심각한 문제가 생기기 때문에 절대로 합격시킬 수 없다"라고 강력 반발했다. 한편 또 다른 일부 면접 위원들은 "지금 시대가 어느 시대인데 그런 성적 취향을 문제 삼느냐"며 "이제 황실도 오픈 마인드를 가질 때가 됐다"고 맞섰다. 이 트랜스 젠더 내시에 관한 문제는 격론 끝에도 결론이 나지 않아 내시헌법재판소에서 최종 결정을 하기로 했다.

32세의 최고령 승려 출신 합격자도 이색적이었다. 23세의 어린 나이에 출가한 그는 26살에 계를 받은 후 줄곧 승려생활을 해오다가 어느 날 산에서 우연한 기회에 내시를 만난 후 자신의 삶을 전격적으로 바꾸기로 결심했다는 것. 특히 그는 "예전에는 내시들을 우습게 알았지만 가만 보니 권력을 쥐고 흔드는 것도 장난아니었고 잘 풀리면 한평생 잘 먹고 잘살 수 있다는 생각에 응모를 하게 됐다"고 말했다.

하지만 이들 합격자들은 마지막 단계를 거쳐야 정식 내시가 될 수 있다. 이른바 '커밍아웃 거짓말 탐지기'를 통과해야 하는 것. 최근 동성애적 성향을 가진 일부 내시들이 자신의 커밍아웃 사실을 숨긴 채 황실로 잠입, 난잡한 이성교제를 하고 있다는 첩보에 따라 이번 년도부터 새로 신설된 절차라고 한다.

〈이구라 기자〉

결과 공개,,

황실을 움직이는 사람들

전격해부

내시의 등용과 인사에 대한 모든 실무를 담당하고 있는 내시 등용과는 황실 내부에서도 가장 힘 있는 권력 기관 중의 하나로 불려지고 있다. 내시에 관한 모든 정보들이 이곳으로 모일 뿐만 아니라 각종 정치적 음모나 권모술수에 대한 첩보 역시 모두 1차적으로 이곳을 거쳐가기 때문이다.

특히 내시 등용과를 이끌고 있는 김창식 과장은 입지전적인 인물로 평가되고 있다. 내시 등용 23년차인 그는 고도의 심리 테크닉을 이용한 탁월한 아부 능력은 물론 단 하룻밤 만에 전 황실 대신들에게 나눠줄 엄청난 양의 뇌물을 모을 수 있을 정도로 뛰어난 뇌물 동원능력을 가지고 있는 것으로 알려지고 있다. 하지만 최근 들어 그의 권력이 지나치게 커져가는 것을 우려, 일부 내시들이 서서히 '거리 두기'를

통해 그를 견제하는 움직임도 감지되고 있다.

하지만 이에 맞서 그가 내놓은 특단의 대책이 바로 '커밍아웃 거짓말 탐지기' 라는 것. 외부에는 그저 '내시들의 커밍아웃 사실을 밝혀내기 위한 절차에 불과하다' 고 말하고 있지만 실제로는 자신을 반대하는 내시들의 거짓말을 알아내기 위한 것이라는 소문이 퍼지고 있다. 또한 김 과장은 매주 내시들을 통해 입수된 각종 정보를 취합, 황제에게 '직보' 를 하는 것으로 알려지고 있지만 내시 등용과 자체에서는 그러한 문서의 존재 여부조차 강력히 부인하고 있는 실정이다.

내시 중에서도 최고 엘리트가 모인다는

내시 등용과, 암암리에 「황실 권력 2 인자」 소문 무성

내시들의 소문을 집대성한 「정세 보고 - Y 파일」 과연 있나

皇

◇막후에서 강력한 힘을 과시하는 내시등용과 김창식 과장.

낮에게 가장 중요한 그것이 없는 사람들은 상실감도 컸을 거다.

남자에게 가장 중요한 '그것'이 없는 사람들은 상실감도 컸을 거다. 그 상실감을 채우기 위해서 더욱 열심히 일을 했거나 아니면 그 마음이 비뚤어져 정치를 말아먹을 생각을 했던 것이 아니었을까.

결국 환관들의 난동과 황건적의 봉기로 우리의 영웅들 유비, 관우, 장비는 그들을 소탕하기 위해서 진지를 구축하고 의병을 모집하고 무기를 만들어 드디어 짜잔~ 하고 그들과의 전투를 위한 중국집을 개업하지 않을 수 없었던 것이다.

유비가 개업 인사장을 돌리니 순식간에 아르바이트 의병 500여 명이 모였다. 그 동네에는 그만큼의 일자리도 없었고 노는 놈들이 많았을 거다. 첫 배달 주문이 들어왔다. 원래부터 그 동네에서 황건적 막는 일을 하고 있던, 지금의 '군수'에 해당하는 '태수(太守)'라는 직책을 가진 유언에게서 "황건적 5만 소탕이오." 하는 주문 전화가 왔다. 유관장은 배달원들을 이끌고 나가 황건적 5만과 맞붙게 된다. 왼쪽에 관운장, 오른편에 장비를 거느린 유비가 나가 첫 전투에서 새 칼, 새 창, 새 청룡언월도로 양파 썰듯이 황건적을 무찌르자 황건적의 소대장 정도 되는 정원지가 장비를 노리고 앞으로 나서니 관운장이 청룡언월도를 휘두르며 호통을 친다.

"야 이놈아, 네가 우리의 개업 소식을 못 들었느냐?"

순간 뭔가 번쩍하더니 정원지의 목이 무 잘리듯 댕강하고 날아가 버린다. 그때나 지금이나 대장이 죽으면 시다바리들은 바로 겁을 먹는다. 일부는 우르르 달아났고 달아나지 못한 놈들은 눈치 봐서 투항을 했다. 아르바이트 배달원의 숫자가 듬뿍 늘어서 동네로 다시 돌아오니 유언이 맨발로 달려 나와 이들을 맞이한다. 싸움 잘한다고 소문이 나니 중국집 전화통에 불이 난다. 바로 다음 날 청주 태수 공경(龔景)의 주문이 들어온다.

"지금 황건적에게 성이 포위되었으니 구출 바람! 오바!"

황건적에서 철새처럼 넘어온 놈, 그리고 이놈 저놈 합쳐서 약 5,000명이 황건적을 쳐부수러 떠나간다. 쌈 잘하는 놈은 상대방의 숫자 따위는 신경 쓰지 않는다. 문제는 작전이다. 유비가 한마디한다.

"세계는 넓고 적들은 많소이다. 우리가 무작정 덤벼들 것이 아니라 머리를 써서 싸워야겠소."

물론 <u>싸움을 하는 데 있어서 작전은 무지하게 중요하다</u>. 하지만 '작전'이라는 게 본디 이기면 '지혜를 쓴 것'이 되고 지게 되면 '잔머리 쓰다 깨진 것'이 된다. 역사의 기록은 그렇게 냉엄하다.

유비네 군사들과 황건적이 한참을 싸우다가 유비가 도망친다. 놈들은 상대가 진짜 도망치는 줄 알고 신나서 따라 나오는데 갑자기 양쪽에서 관우와 유비가 들이닥치니 적들은 갑자기 개미로 변한 후 뿔뿔이 흩어져 도망간다. 이때 태수 공경과 그의 군사들이 성문을 열고 달려 나와 같이 싸움을 도우니 죽는 개미가 수없이 많았다. 황건적은 유비가 도망가는 척하니 신나서 따라오다가 그만 참사를 겪은 것이다. 도망가는 놈들 쫓아갈 때는 얼마나 신났겠는가. 신나는 거, 이거 조심해야 한다.

<u>물수건 추가 구라</u> _ 내가 아는 한 여자 작가의 고등학교 때 이야기를 들어보자. 학교 다닐 때 버스를 타면 여자 뒤에서 엉덩이를 만지는 놈이 많았단다. 이놈들의 수법은 대략 이렇다.

1〉 일단 눈은 먼 산을 쳐다본다.
2〉 손은 여자의 엉덩이 근처에 둔다. 단, 이때 절대로 만져서는 안 된다. 약 1mm에서 2mm의 간격을 떨어뜨려 손을 대기시켜 놓는다.
3〉 버스가 덜컹거릴 때마다 그 리듬에 맞춰 여자의 엉덩이를 만진다.

해본 놈은 안다. 이게 얼마나 신나는지!

이 여자 작가가 학교에서 친구들끼리 잡담 중에 이 '엉덩이 만지는 놈'에 대한 이야기가 나왔단다. 알고 보니 자기 혼자만 이런 일을 당한 게 아니고 친구들 전부 다가 이런 불쾌한 경험이 있었다는 것이다.

"이놈들이 왜 자꾸 만지는 거냐? 남은 징그러워죽겠는데……."

왜긴 왜인가. 좋아서 만지는 거지. 좋아서 만지니까 신나는 일이다.

"개자식들, 자기 신날 때 내 등에서 식은땀 나는 거 모르겠지! 쌍놈의 새끼들."

이놈들을 어떻게 혼내줄까 아이디어 회의 끝에 누군가 '엉덩이를 만질 때 그놈 얼굴을 쳐다보자.'는 아이디어를 냈다고 한다. 하지만 이게 말처럼 쉬운가? 쉽지 않다. 엉덩이를 만질 때 소리만이라도 내보자! 그놈한테

"쌍놈의 새끼들"

'신났군! 신났어.'하고 말해보자. 그래 좋은 아이디어다! 그날 헤어져 마음을 단단히 먹고 버스를 탔다고 한다. 헌데 가는 날이 장날이라고 그날은 그 엉덩이 만지는 놈이 없었다. 다음 날 아침. 학교에 가는데 드디어 기다리던 놈(?)이 나타났다. 버스가 커브를 틀 때 슬쩍 밀착해온다. 얼씨구! 요놈 봐라! 두 번째 단계로 접어든다. 손이 슬쩍 왼쪽 엉덩이에 우연을 가장하고 닿는다. 이때다. 계획대로라면 '신났군! 신났어!'라고 말해야 한다. 하지만 이론만 그렇지 말이 도저히 안 나오더란다. 학교에 가서 용기가 없었던 자신의 경험담을 말했더니 친구들이 "어머! 영숙아, 너도 그랬니? 나도 그랬어!"

그게 어디 말처럼 쉽겠냐. 다시 회의를 했다.

"혼자서는 무서우니까 안 된다.", "여럿이 같이 해보는 건 어떻겠냐.", "누가 만지면 우리들이 주위에 둘러서 있다가 합창으로 해보자. 신호가 오면 만진 놈 주위에 빙 둘러 서서 '신났군! 신났어!'를 외치자."

그 날부터 치한유인작전이 시작되었다. 어느 날 드디어 기회가 왔다. 한 친구의 찡긋거림에 모두들 용기를 내어 합창을 하기 시작했다.

"신났군! 신났어! 신났군! 신났어!"

남자 녀석 얼굴이 벌개져서 꼼짝도 못 하더란다. 결국에는 중간에서 그냥 내리더란다. 한번 시작한 합창, 여기서 끝낼 수 없었으리라. 모두들 그 놈하고 함께 내려, 도망가는 그놈에게 계속 '신났군.'을 외쳤다. 여자 엉덩이 만지다 도끼 자루 썩는 줄 몰랐던 그놈은 혼비백산하여 걸음을 빨리 할 수밖에! 그녀들은 여기서 용기를 얻었다. '신났군, 신났어.'를 하면 엉덩이 만지던 놈들이 겁먹는다는 것을 직접 체험으로 안 다음부터 합창할 친구들의 숫자는 점점 줄게 되고 3~4개월 후부터는 누구나 혼자서 대처하는 능력이 생겼다. 신난다고 무작정 좋아할 일이 아니다. 가만히 있는 여자 엉덩이 신나게 만지다가 쪽팔림 당하고, 도망가는 유비를 신나게 쫓아가다 개미가 되고, 신나게 바람피우다가 회사 말아먹는 사장들 여럿 봤다.

황건적을 물리친 유비, 관우, 장비가 청주성에서 한잔하고 있는데 유비의 스승 노식(盧植)이 광종(廣宗)에서 황건적 15만 명과 맞짱을 뜨고 있다는 소식이 들어왔다. 유비가 술자리를 정리한다.

"노식은 나의 스승이다. 당연히 내가 도와야 할 일이다. 오늘 술은 이만!"

2

한번 첫인상은 영원한 첫인상
– 조조의 등장과 유비의 성공적 데뷔

　유비가 광종에 도착해 오랜만에 스승 노식을 만나 상황파악을 해보니 황건적네 군사는 15만, 노식의 군사는 5만이었다. 근데 삼국지에는 군사가 10만이니 20만이니 하면서 '대군'이라고 하는데 도대체 그 정도면 어느 정도의 숫자일까. 상암 월드컵 경기장의 수용인원이 6만 5,000명이니까 15만이면 상암 월드컵 경기장 관중석 2개를 다 합친 것보다 더 많다는 것이다. 현재 우리나라 군대가 60만이라고 하는데, 그 당시에 15만이라고 하면 겁나게 많은 거다. 설탕가루 15만 개를 하루 종일 바늘로 한 개씩 찔러 먹어도 일 년은 더 먹겠다.

수가 적은 노식 쪽이 당연히 불리할 수밖에 없다. 적은 군사로 싸워야 한다면 머리를 써야 한다. 문제는 잔머리냐, 큰머리냐? 하는 것이다. 노식이 아침 밥상머리에서 작전지시를 한다.

"너희는 우선 영천(穎川)으로 가서 황건적과 싸우고 있는 황보숭과 주전을 도와라!…… 성질이 급하긴! 먹던 밥은 마저 먹고 가야지!"

유현덕은 영천으로 향했다. 우선 현재 영천은 어떤 상황에 처했는지 알아볼 필요가 있다. 리포터! 영천 나와라.

"네, 안녕하세요. 리포터 이, 얼, 순입니다. 저는 지금 영천 전투현장에 와 있습니다. 지금 상황은 황보숭과 주전 두 장군이 황건적을 숲으로 몰아버리고 잠시 쉬고 있습니다. 현장 곳곳에는 부러진 깃발과 팔다리가 널려 있고 어떤 다리는 혼자서 달리기를 하고 있습니다. 여기서 잠깐! 황보숭 장군을 만나보겠습니다. 황보숭 장군님, 지금 황건적이 겁먹고 숲에 들어가 있는데요, 어떤 작전으로 황건적을 소탕하실 계획이십니까?"

"후후! 마이크 나옵니까? 네…… 마이크 앞에선 떨려서…… 주전아, 니가 말해!"

"아이, 형님도 무슨 말씀을 고 따우로 해요, 형님이 그냥 하슈!"

"헛허! 제가 말이죠, 적들은 지금 숲속에 모여 있으니까 오늘 밤에 화공법(火功法)을 써서 공격할까 합니다. 이게 말이죠. 숲속에서 전투를 할 때는 약발을 좀 받거든요."

"아, 네, 그렇습니까? 마지막으로 하고 싶은 말씀이 있으면 한 말씀

하시죠."

"헛허! 여보, 전투하느라 자주 집에 못 가서 미안해! 이번 싸움에서 이기면 집에 꼭 한번 들를게! 여보 사랑해!"

"형님, 저도 한마디 합시다."

주전이 마이크를 잡는다.

"여보, 꼭 이기고 돌아갈게. 바람피우면 죽어!"

그날 밤 작전대로 횃대에 불을 붙여 쳐들어가니 자고 있던 황건적 놈들은 기겁을 할 수밖에. 도망가다 넘어지는 놈, 넘어진 거 밟고 지나가는 놈, 도망간다는 게 방향을 못 찾아 황보숭이네로 뛰어와 스스로 창에 꽂히는 놈 등이 생겨났다. 황건적의 우두머리 장량과 장보도 깜짝 놀라 갑옷을 챙겨 입고 상황을 살펴보니 지옥이 따로 없다. 생각은 오직 하나뿐! 도망가자! 밤에 자다가 불나면 이거 제정신일 수가 없다. 황보숭과 주전의 대승이었다. 화공법이 제대로 먹힌 것이다.

파무침 추가 구라 _ 화공법에 대해 이야기를 하니까 불에 대한 기억이 난다. 네 살 때인가? 부산에서 피난살이를 하고 있을 때 기찻길 옆 판잣집에서 살았다. 그 당시에 주변에서 불이 자주 났다. 다른 건 기억이 안 나는데 어느 한 집에서 불이 나니 어머니, 아버지가 보따리를 싸들고 지금의 초량 텍사스 쪽 찻길로 건너갔던 기억이 난다. 어린 나는 솥단지를 보자기에 싸서 들고 찻길을 건넜다. 등 뒤에서는 불길이 타오르고, 바람결에 밀려온

열기는 나의 등을 떠밀었다. 솥은 또 무진장 무거웠다. 그 어린 나이에도 이 솥단지는 놓치면 안 된다는 생각으로 솥단지를 들었다 내렸다를 반복하면서 찻길을 건너가는데, 걸음을 내디딜 때마다 솥 가장자리가 내 정강이를 깎아내리는 것이다. 피가 줄줄 흐르는데도 참고 찻길을 건너야 했던 어린 날의 불에 관한 기억! 그 후 가스 불을 잠궜는지 몇 번씩이나 확인하는 병에 걸렸다. 군대 훈련소에서도 밤에 화장실 가서 담배를 한 대 피우고 담뱃불이 완전히 꺼졌는지를 몇 번씩이나 확인하곤 했다. 밤새 화장실과 내무반을 왔다 갔다 했다. 처음엔 담뱃불이 꺼졌는지 확인하러 가지만 나중에는 담뱃불이 꺼졌는지 확인하려고 켰던 성냥불이 꺼졌는지를 확인하러 가기도 했다. 남들이 보면 날 미쳤다고 하겠지만 나는 달밤에 혼자 낄낄

꺼진 불은 보지 말자!

대고 웃었다. 나중엔 밤에 화장실 가서 담배 피울 때 내 손바닥에 침을 뱉고 거기다가 담뱃불을 껐다니까!!! 거의 정신병 수준이었다. 나는 지금도 불고기보다 날로 먹는 회가 더 좋다. 나의 정강이를 까지게 만든 어린 시절의 불! 달밤에 체조하듯 내무반과 화장실을 몽유병 환자처럼 왔다 갔다 하게 했던 훈련병 시절의 불! 다시 한번 강조하는데 '자나 깨나 불조심! 꺼진 불은 보지 말자!'

황보숭과 주전에게 대패한 잔당들은 도망가는 길에 조조(曹操)를 만났다. 조조, 드디어 등장한다. 우리는 정말 이 이름 많이 들었다. 조조! 혹은 조조 같은 놈! 좋은 뜻으로 쓰인 적이 거의 없는 이름. 조조를 주인공으로 삼국지를 패러디한 사람도 여럿 있다. 조조를 생각하면 난 이런 게 궁금하더라! '왜 간사한 놈들은 웃을 때 깔깔, 혹은 낄낄거리고 웃는가? 음아하핫핫하! 하고 호탕하게 웃는 간사한 놈은 왜 없는가? 깔깔대는 놈은 다 간사한가? 전국 약장사들의 목소리는 왜 모두 비스므레한가? 트로트 가수들은 왜 거의 나무 옆에 기대선 비스듬한 자세로 눈을 수상하게 뜬 포즈로 TV카메라에 찍혀야만 하는가?'

조조에게는 작은아버지가 계셨는데 평소 잔소리가 많았나보다. 만날 적마다 '공부해라, 공부해서 남 주냐? 인사 잘해라, 밥 먹을 땐 소리 내면서 먹지 마라, 담배 피우지 마라, 여자 애들 만나지 마라!(이거 작은아버지가 돼 가지고 소개는 못해줄 망정) 대가리 염색하지 마라! 늦게 돌아다니지 마

라! 돈 아껴 써라!(지가 언제 나한테 고량주 한잔할 돈 줘봤어?)'

잔소리 들어본 사람들은 안다. 같은 얘기 또 하고 또 하고 또 하면 잔소리하는 그 사람을 피하게 된다. 그렇다면 피하는 것 외에 방법은 없는가? 없다. 그러나 조조에겐 방법이 있었다.

어느 날 아침인지 점심인지 조조는 숙부가 보는 앞에서 쓰러졌다. 눈알이 돌아가고 입에는 게거품을 물었다. 깜짝 놀란 숙부가 조조 아버지 조숭에게 달려가 조조가 쓰러졌다고 알린다. 이를 알리러 간 사이 조조는 얼른 일어나 게거품을 깨끗하게 닦아내고 영어회화 책을 읽으며 문장을 암송하고 있었다. 조숭이 "아니 네가 방금 쓰러져 있다길래 달려왔더니 멀쩡하지 않느냐?"

조조는 시치미를 떼고 책장을 넘기며 "숙부님께서 저를 미워하시는 모양이지요. 없는 이야기를 꾸미니! 왜 그랬어요, 숙부님?"

숙부, 미치고 줄넘기할 일이다. 방금까지 지랄병을 하던 녀석이 저렇게 멀쩡하니 숙부만 조조 아버지에게 미친놈이 된 거다. 다음부터 조숭은 숙부의 말을 믿지 않게 된다. 요즘 말로 신용불량자가 된 거다. 카드가 안 먹히는 거다.

누구나 제 앞날이 궁금하다. 어린 놈은 어린 대로 '나는 커서 뭐가 될까?' 큰 놈은 큰 놈대로 내일 일이 궁금하다. 조조도 용하다는 점쟁이를 찾아가 "선생님 저는 커서 뭐가 되겠습니까?"

만약 조조가 나에게 물었다면 "임마, 크면 어른이 되지 뭐가 돼!"

니며, 단지 목표 혹은 바람에 불과하다. 계획은 보다 구체적인 행동 강령이 포함되어야 한다. 즉, 담배의 유혹을 피하기 위해 구체적으로 어떻게 행동해야 하는지, 혹은 훌륭한 사람이 되기 위해 어떻게 행동해야 하는지, 그리고 장학금을 받기 위해 어떻게 행동해야 하는지 보다 상세하고 구체적인 계획을 세워 실천해야 한다. 결국 뜻하는 바를 이루는 사람과 실패를 반복하는 사람 간의 차이는 의지가 아닌 구체적인 계획을 가지고 있는지의 여부에 따라 결정된다.

20세에 관리가 된 조조, 혈기와 발기가 하늘로 뻗칠 때다. 이럴 때 꼭 희생타가 한 명 나타나 주인공을 더욱 멋지게 만들어준다. 지금도 자기 동네 파출소 순경만 알아도 까부는 놈이 있는데, 그 당시 실세이던 환관 중상시를 조카로 두고 있던 한 녀석이 빽을 믿고 조조의 지역에서 건방을 떨다가 통금에 걸리게 된다. 짜식이 가로등도 없던 한밤중에 어디를 싸돌아다녔을까? 궁금하지만 이런 단역에 대해선 상세하게 취급하지 않는다. 왜냐하면 삼국지에선 숱하게 맡은 단역들이 제 역할을 잠깐 하고 사라지니까. 야간통행증 없이 밤에 싸돌아다니다가 조조에게 걸리니 이놈이 온갖 구라를 쳤지만 조조에게는 먹히지 않는다. 조조가 볼기를 냅다 쳐가며 호통을 치자 이 녀석은 소리를 고래고래 지른다.

"야 이놈아, 내가 누군 줄 아느냐? (철썩!) 내가 중상시 삼촌이다. (철썩!) 아이고 나 죽네, 니가 날 쳤겠다. 아이고, 이 새끼야, 나 좀 살려줘! 아이고, 조카야, 나 죽는다. (철썩!)"

볼기에서 철썩 철썩 파도치는 소리가 나더니 그놈 입이 잠잠해지고 이 사건은 소문에 소문이 퍼진다.

'조조 앞에선 잘못하면 빽도 안 통한다더라!'

'잘 맞았다. 그 자식! 빽 믿고 설쳐대더라니!'

'아이고, 고소해! 아이고 신나라! 소문내야지!'

이런 소문은 오래간다.

라면 사리 추가 구라 _ 방송 일을 처음 시작했을 때 연습시간에 늦게 간 적이 있었다. PD가 늦었다고 야단치는데 미치고 환장하겠더라구! 내가 이 자식한테 왜 야단을 맞아야 하는 거야, 늦어서 죄송하다고 했으면 됐지! 그 후로 방송국 연습시간에 조금 늦을 것 같으면 야단 맞기 싫어서 아예 가지 않은 적이 두어 번 있었다. 그랬더니 '저놈은 프로그램 빵꾸를 잘 내는 놈이야.'하고 소문이 나는데 이 소문이 20년 이상 가더라니까! 내가 연습을 빵구냈지, 언제 프로그램 촬영을 빵구냈냐구. 하지만 그런 거 아무 소용이 없었다. '한번 첫인상'은 '영원한 첫인상'이다. 이게 『구라 삼국지 제1권』에서 가장 중요한 교훈이다. 조심하라. 첫인상은 영원하다.

● **구라 심리학** _ 첫인상이 중요한 이유는 뭘까? 한번 찍히면 이를 만회하기가 쉽지 않기 때문이다. 긍정적이든 부정적이든 일단 '저

놈은 저런 놈이다.'라는 평가가 내려지면 쉽사리 변하지 않는데, 이는 사람들의 인지 일관성에 대한 욕구 때문이다. 즉, 사람들은 자신이 한번 내린 평가를 비교적 일관되게 유지하고자 한다. 그래서 한번 나쁜 놈이라고 평가를 내리게 되면 이후에도 지속적으로 나쁜 놈이라고 생각하려는 경향이 있으며, 한번 좋은 사람이라는 평가를 내리게 되면 계속 좋은 사람이라고 생각하려는 경향이 있다.

아까 유비, 관우, 장비가 주전과 황보숭을 도우러 간다고 했는데 어떻게 됐을까? 유비, 관우, 장비가 같이 나올 땐 '유관장'이란 약자를 쓰겠다. 지금부터! 유관장이 의병 503명을 데리고 (어떤 삼국지를 읽어도 병사수가 10명 단위로 끊어지는 게 불만이었다. 어떻게 그럴 수가 있는 거야? 흥!) 싸움 현장에 도착하니 게임 아웃이 되어 있다. 황건적은 황보숭과 주전에게 허벌나게 깨져서 광종에 있는 장각에게로 간 거 같단다. 김새긴 하지만 어쩌겠는가? 광종 땅으로 가는 수밖에! 중국집에 들러 짜장면 한 그릇씩 단체로 시켜 먹고, 광종으로 가는 도중에 먼지를 일으키며 무언가가 급히 내달려 가는데 알고보니 죄인을 태운 수레다. 또 한 놈 가는군! 하면서 무심코 지나치다 어떤 놈이 잡혀가는지 알아보니 아니 이게 웬일인가! 노식 스승께서 죄수가 되어 수레에 타고 있는 게 아닌가!

"아니 어쩐 일이십니까요? 스승님."

"너희들이 황보숭과 주전에게 간 사이에 나도 황건적이랑 붙고 있는데 힘에서 우리가 약간 밀리는 거야."

"그래서요?"

"싸움하다 보면 밀릴 때도 있고 밀 때도 있는 거 아닌가? 근데 그때 마침 환관 중에 좌풍(左豊)이라는 녀석이 내가 전투를 잘하고 있는지 감사를 나온 거야. 근데 느닷없이 촌지를 달래지 뭐야."

"그래서요?"

"당연히 못 준다고 했지. 그랬더니 이 자식이 감사보고서에다가 '노식이 싸움은 안 하고 성에 틀어박혀 있다.'고 적은 모양일세."

"이런, 젠장!"

"환관의 말을 들으신 황제께서 화가 나시어 나를 자르고 그 자리에 통닭

아, 짧은 찰나의 순간이여.

인지 동탁(董卓)인지, 뭐 하여튼 그런 자를 앉혔네."

멸치 추가 구라 _ 촌지. 이거 아주 드러운 거다. 촌지 때문에 신세 조진 사람 많다. 촌지를 노골적으로 달라는 놈들도 있고 간접적으로 달라는 놈도 많은데 이게 줘본 사람만 또 줄 수 있지 안 해본 사람은 촌지를 들고 갔다가도 쑥스럽고 민망해서 주기가 망설여지는 경우도 있다. 촌지도 주고받을 때 그냥 '촌집니다.' 하고 줄 수는 없다. 둘이 말하다가 안 볼 때 재빨리 주머니에 넣어줘야 한다. 책갈피에 넣어주는 방법도 있다. 이게 역사가 길다보니 별의별 방법이 다 동원된다.

"김 순경님께서 잘봐주셔야지요."

"아유! 내가 무슨 힘이 있습니까? 말단이."

"말단이라뇨! 무슨 말씀을 그렇게 하십니까? 실무자 아닙니까, 실무자!"

이때 아무도 없으면 웃으면서 얼른 손에 건네거나 주머니에 넣어준다. 이때 받는 사람의 시선은 촌지 쪽으로 향해 있으면 안 된다. 서로가 민망하다. 모른 채 딴 데를 보면서 일어나야 한다. 아, 짧은 찰나의 순간이여. 그리고 촌지를 받는 사람은 여기서 멘트 하나 날려줘야 한다. 어투는 심드렁하게, 혹은 무심하게 해야 딱이다. "아무튼 난 잘 모르겠소!"

"안녕히 가세요, 김 순경님만 믿습니다. 헤헤!"(여기다. 바로 이런 시점에서 '헤헤' 하는 두 번의 웃음이 필요하다.)

노식의 말을 듣고 장비가 "아니 이거 돈 놈들 아니요? 이놈들을 다 해치우고 스승님을 구합시다!"

"장비야, 너 얼굴 너무 빨개졌다. 흥분 가라앉혀라. 힘은 쓸 때가 있고 안 쓸 때가 있다. 지금은 쓸 때가 아니니 일단 저금해놓아라. 알겠냐?"

"내가 흥분 안 하게 됐소? 이것들을 단숨에……."

하지만 그 사이에 노식을 태운 수레는 벌써 멀리 사라져간다.

관운장이 한마디한다.

"형님들, 노식 선생 대신 다른 사람이 왔다는데 일단은 고향으로 돌아갑시다. 광종에는 가봤자 아니겠소?"

"그래 니 말이 맞다. 고향으로 돌아가도록 하자."

이제 드디어 관운장도 삼국지에서 대사를 배정받아 본격적으로 활동하기 시작한다.

춘장 추가 구라 _ 관운장에 반한 한 사나이의 이야기를 하려 한다. 삼청동 가는 길에 '운장박물관'이 생겼다고 한다. 구경도 할 겸 방송에 소개도 할 겸 겸사겸사 박물관에 들렀더니 관운장에 관한 글과 그림, 동상, 각종 팬시용품들이 수두룩했다. 박물관 관장의 인상적인 이야기 한 토막!

어릴 때부터 친구였던 불알친구랑 중국에서 동업을 했단다. 그런데 이 친구가 자기 몰래 회사공금을 횡령해서 먹고 튀었다는 거다. 하늘이 무너져 내렸다. 하는 수 없이 도망자 신세가 되어 중국을 헤매다가 우연히 관운장의 이야기를 들었는데, 중국 사람들은 의리 하면 그 상징으로 관운장을 말하더란 거다. 의리 없는 놈 때문에 홀랑 망한 그 사람은 그때부터 관운장에게 관심을 갖게 되었고 관운장에 관한 것들을 이것저것 모으기 시작하다가 내친 김에 박물관까지 차리게 됐다는 거다.

세상 동업자들아, 운장이 형님을 본받아라. 의리에 죽고 사는 바다의 싸나이도 있고 의리 **빼면** 시체라는 건달무리들도 있다. 하지만 의리를 강조하는 인간일수록 의리가 없는 놈들도 많더라.

● 구라 심리학 _ 대화 중에 '진짜'라는 수식어를 유독 많이 사용하는 사람이 있다. 그러나 아쉽게도 이런 사람은 진실성이 떨어진다. 왜일까? 왜 '진짜'라는 말을 자주 사용하는 사람의 이야기는 진실이 아니고 거짓인 경우가 많을까? 그 이유는 진실보다 거짓말을 할 때에는 상대가 자신의 이야기를 믿어주지 않을 것이라는 생각을 은연중에 하게 되고, 이러한 생각 때문에 무의식적으로 자신의 이야기가 거짓이 아닌 진실이라고 강조를 하는 것이다. 지나치리만큼 의리를 강조하는 인간치고 의리 있는 인간을 찾아보기 어려운 것이 바로 이러한 이유이다.

장비가 의병들에게 외친다.

"고향 앞으로 갓!!"

병사들은 '잘 됐네 뭐! 이번에 고향 가면 영숙이나 만나 한번 해야지!'

상관의 명령이니 고향 앞으로 가는 수밖에 없다. 근데 어라? 어디선가 함성이 들려오는 거다. 높은 곳에 올라 아래를 보니 머리에 노란 수건을 쓴 놈들이 한나라 군대를 추격하는 것이 보인다. 눈을 가느다랗게 뜨고 자세히 살펴보니 누런 깃발을 앞세웠다. 틀림없는 황건적이다. 깃발에 '천공장군'이라고 쓴 걸 유비가 제일 먼저 읽고, "저거 천공장군이라고 쓴 거 맞지? 저놈이 바로 장각이란 놈이 분명하니, 저놈을 없애버리자고. 장비야, 아까 저금한 힘 지금 바로 찾아서 써먹어보자. 비밀번호는 알지?"

이게 어떻게 된 싸움이냐 하면, 황건적 장각이 동탁을 추격하는 중이고 동탁은 꽁지 빠지게 도망가고 있는 스토리다. 유관장이 이를 발견하니 당연히 싸움에 끼어들겠지?

장각이 한참 동탁을 쫓아가고 있는데 예상치 못한 세 장수가 나타나니 '이게 어떻게 된 건가.' 하고 생각하는 중인데, 그 생각이 끝나기도 전에 세 장수가 엄청 싸움을 잘하네! 이리 베이고 저리 베이고 아이고 데이고 대가리 터지는 소리, 말이 발을 접질려 히히힝! 대는 소리로 천지가 진동한다.

갑자기, 느닷없이 일격을 당한 장각이가 이런 생각을 하며 냅다 도망친다.

'아이쿠, '오늘의 운세'에 이런 일이 있었나? 스포츠 신문에 운세가 있었는데 안 읽고 나온 건지 읽었는데 기억이 안 나는 건지 알 수 없네!'

동탁

한숨을 돌린 동탁이 갑자기 나타나 자기를 구해준 장수들에게 묻는다.

"어디 소속인 누구시오?"

유비가 "우리는 관군은 아니고 동네 의병들입니다."

"아니, 동네 의병이라고?"

동탁이 "알았으니 물러가라." 하면서 바로 안면을 바꿨다. 고맙다는 말도 없이 말이다.

장비, 또 열 받았다.

"아니 저 자식이 목숨 걸고 자기를 구해줬는데 '고맙다', '들어가서 차나 한잔하자.'는 말도 없고……. <u>저런 싸가지 없는 놈이 어디 있소?</u> 저놈의 모가지를 바로 따버려야지."

열 받은 장비, 칼을 뽑아들고 동탁에게 뛰어가지만 주변에서 말린다.

"장비야, 참아라. 참아, 참는 자에게 복이 온대!"

"복은 뭔 빌어먹을 복이란 말이오?" 하고 장비가 흥분을 가라앉히지 못한다.

<u>소주 한 병 추가 구라</u> _ 술집 근처에서 싸움이 났다고 가정해보자. 처음에는 우리랑 상대방이랑 실력이 비슷비슷한 것 같았는데 시간이 지나자 우리가 불리해지는 거다. 그때 뜬금없이 나타난 사나이들이 우리를 도왔다고 치자. 상대방이 다 도망간 후에 통성명을 하게 되잖아!

"아이고, 우리를 구해줘서 고마웠습니다. 하마터면 큰일 날 뻔했습니

다. 고맙습니다."

"아이, 뭘요!"

"어디 가서 술이라도 한잔합시다."

"말씀은 고맙지만 안 되겠는데요!"

"아니 우리가 고마워서 한잔하고 싶다니까요."

"우린 고등학생이라 술 마시면 안 돼요!"

그러니까 '그때 나타난 사나이'들이 바로 고등학생이라는 거다. 마치 유관장이 정식 관군이 아니고 그것보다 한 단계 낮은 '동네 의병'인 것처럼 말이다.

"뭐! 고등학생!?"

여기서 도움을 받은 어른들은 자존심 상할 수 있다. 쪽팔릴 수도 있다.

그러나 어쨌든 구해준 건 고마운 거 아닌가? 고등학생이라고 신분을 밝혔다고 이렇게 말해서는 안 된다.

"야, 학생이 이런 덴 뭐 하러 다녀, 짜샤! 일찍 들어가 잠이나 자!"

"아, 쪽팔려서 미치겠네! 아니 고삐리들이 우릴 구해줬단 말이야? 신발!"

혹은 그 고등학생들이 가고 난 후에도 이런 말을 해서는 안 된다.

"아, 이게 세상이 어떻게 되려고 저런 어린 것들이 밤늦게 돌아다니면서 쌈질이냐?"

"요새 애들 사복 입으면 학생인지 아닌지 구분을 못 하겠더라니까."

동탁이야 고작해야 '동네 의병'들이 도와주어 구사일생했으니 자존심이야 상했겠지만 싸가지 없는 자식인 것만큼은 틀림없다. 사실 장비가 말없이 동탁을 내리쳤으면 될 것을! '내 저놈을 혼내주리다.'라는 이 따위 말을 하는 바람에 주위에서 말리게 되는 거다.

자존심에 관한 말이 나와서 하는 건데, 살다 보면 자존심이 상하는 경우가 많다. 자존심에 관한 이런 우스갯소리가 있다. 평소 수다를 떨면서 친하게 지내는 두 명의 동네 아줌마가 있었다. 그런데 한 아줌마는 평소 행실이 좀 바르지 못한 모양이었다. 둘은 동네 한 바퀴를 돌면서 '거시기'를 한 남자를 만나게 되면 인사를 해서 누가 많이 하는가를 내기하기로 했다. 한 아줌마는 동네를 한 바퀴 돌면서 연신 인사를 해댔다. 아파트 경비 아저씨 보고도 '안녕하세요!', 담배가게 아저씨 보고도 '안녕하세요!', 야채장사 아저씨, 비디오 대여점 아저씨에게도 끊임없이 '안녕하세요!'를 연발했다. 다 한 번씩 해봤다는 이야기다. 함께 있던 아줌마는 한 번도 인사를 못했기에 내심 자존심이 상했다. 터덜터덜 집으로 돌아온 아줌마는 냉장고 문을 열었다.

"바나나야, 안녕!"

"오이도 안녕!"

"가지도 안녕!"

"쏘시지도 안녕!"

● 구라 심리학 _ 사람들은 자기존중감(자존심)이 손상되는 것을 피

하고, 자기존중감을 유지하거나 높이고자 하는 바람을 갖는다. 위 사건의 경우, 싸움이 벌어져 열세에 놓임으로서 자기존중감이 손상을 당할 위기 상황에 놓이게 되었다. 이때 자기존중감의 손상을 막을 수 있는 방법은 현 상황을 정당화시킬 수 있는 이유를 찾는 것이다. 예를 들면, '상대가 우리보다 월등히 수적으로 많거나', '상대방이 깍두기 출신이거나', '우리 편이 술이 너무 취해 불리한 상황이거나' 등과 같은 합당한 이유를 찾는 것이다. 어려움에 처했을 때, 타인에게 도움을 받는 것 역시 자기존중감이 손상받는 상황이다. 더욱이 도움을 받을 만한 사람에게 도움을 받으면 자기존중감이 덜 손상을 받겠지만, 그렇지 못한 경우에는 상당한 타격을 받는다. 동탁 역시 자신을 도와준 사람들이 동네 의병이라는 말을 듣고, 동네 의병은 도움을 받을 만한 사람이 아니라고 생각했기 때문에 안면을 바꾼 것이다. 도움을 받을 만한 사람이 아닌 사람으로부터 도움을 받았다는 사실을 인정하면 자기존중감이 손상되기 때문에 이를 방지하기 위해 안면을 바꿨다고 볼 수 있다.

관우가 흥분한 장비에게 "장비야, 저놈이 싸가지는 없어도 관직에 있는 사람인데 우리가 손을 대면 좋지 않을 것 같네! 자네가 참으소!"

여기서 목포 출신의 은퇴한 건달의 말을 들어보자. 장소는 부산의 모 나이트클럽 2층 룸, 시간은 아마도 2005년의 어느 날이었겠지?!

"지금 와서 생각해봉께, 뭔 사고를 쳐갖고 학교에 갈 때 말이여, 공무원을 물고 들어가는 것은 비겁한 짓이지라, 으째서 그러냐? 공무원은 가문의 영광 아니오! 공무원 짤려뿌면 그 가문에 상처를 주는 것인디, 혼자 뒤집어쓰고 들어가야재! 안 불쌍허요~잉!"

1800년 전 관우의 말과 2005년 건달의 말이 어찌 그리 비슷할까.

처음 보는 동탁을 위해서 기꺼이 싸워주었건만 제대로 대접도 받지 못한 유관장. 허탈한 나머지 어찌할 바를 모르고 있는데, 주전네 연락병이 와서 유관장 세 명을 초대하겠다는 메시지를 전했다. 딱히 갈 곳이 없어 고향으로 향하려던 일행이 주전에게로 가니 풍성한 파티가 기다리고 있었다. 의병들은 오랜만에 삼겹살과 고량주로 흥겨운 시간을 보냈다. 주전이 "황건적 중에 장보라는 놈이 있는데 이놈이 무슨 요술을 부리는지 우리가 그놈을 치려고 하면 비가 쏟아지고 천둥번개가 치니 이를 어쩌면 좋겠소?"

'벌건 대낮에 그럴 리가 있나?' 하는 생각에 유비가 나서보기로 했다. 군사들을 끌고 산언덕을 넘어서는데 이쪽은 멀쩡한 날씨인데 장보가 있는 쪽 하늘은 검은 구름이 몰려와 있는 거다. 빗방울이 하나둘 떨어지는 듯하더니 금세 폭우로 바뀌는 거다. 유비가 깜짝 놀라 후퇴를 하니 역시 이쪽 날씨는 햇빛은 쨍쨍! 모래알은 반짝!이다. 유비가 영문을 몰라 어리둥절해하고 있는데, 부하 중에 한 명이 "지가요, 촌에 살 때 보니까요, 이쪽은 비가 오는데 저쪽은 비가 안 오는 동네에 살아봤걸랑요! 오늘 우리 전투가 제 고향에서 본 거랑 똑같은 광경이걸랑요."

짬뽕국물 추가 구라 _ 그렇다! 그건 나도 경험해봤다. IMF 때 지리산 암자에서 3개월 가량 지낸 적이 있었다. 그곳은 고개 하나를 사이로 경상 북도 함양 땅과 전라남도 인월 땅이 갈라져 있었다. 한번은 치밭목 산장에서 중봉을 거쳐 천왕봉에 오르려는 계획을 짰다. 그런데 우리는 어쩔 수 없이 포기를 할 수밖에 없었다. 물론 함양 땅은 눈발이 약해서 '이거 가지고 산행을 포기해야 하나.' 하는 생각이 들 정도였다. 그러나 어쩌랴! 산행을 포기하자고 한 사람이 베테랑 산사나이 권경업인 것을! 참고로 권경업은 토왕성 빙폭(氷瀑)에 처음으로 도전한 사나이고 '백두대간'이란 말을 대중 화시킨 부산의 대표적인 산사나이인 것을!

우리는 일단 그의 말을 믿을 수밖에 없었다. 결국 천왕봉행을 포기하고 택시를 타고 인월 땅으로 건너가는데 이게 웬걸, 고개를 넘으니 엄청난 눈이 내리 쏟아 붓는데 실상사 가는 길 완전마비! 죽는 줄 알았다. 만약 우리가 그의 말을 듣지 않고 무리하게 산행을 강행했으면 큰일 날 뻔했다.

2004년 겨울에도 같은 경험을 했다. 함양 땅에서 인월로 넘어가면서 운전하는 친구에게 "이 고개 넘어가면 기후가 너무 달라 여기는 눈이 없어도 막상 저쪽으로 넘어가면 눈이 많이 쌓였을 거야."

운전 조심하라고 몇 번을 말했는데, 그 친구는 설마설마 하더라. 고개를 넘자 눈이 조금 쌓여 있으니 거기서도 '그러려니' 하더구만. 하지만 뱀사골입구 실상사 가는 쪽으로 커브를 틀다가 쌓여 있던 눈 때문에 끝내 차가 논에 처박히고 말았다. 후회한들 무엇하나? 견인차 불러야지!

지금도 인월에 사는 포수 이삼종은 말한다. 기후도 기후지만 도 경계에서 이쪽저쪽으로 1미터밖에 떨어지지 않았는데 어떻게 저쪽은 경상도 말 쓰고 이쪽은 전라도 말을 쓰는지 신기해죽겠단다.

유비가 부하의 말을 알아듣고 그 다음 날은 유인책을 쓰기로 한다. 하룻밤 자고 나니 날씨가 청명하다. 장보가 싸움을 걸어온다. 얼씨구, 저놈 봐라! 유비가 한발 나섰다가 물러나니 절씨구나 하며 장보의 군사들이 뒤쫓아온다. 달아나던 유비, 잽싸게 말머리를 돌려 화살을 날리니 화살이 제 집 찾아가듯 날아가 장보의 왼쪽 팔뚝에 꽂힌다. 어마, 뜨거라! 장보는 그대로 성안으로 들어가 성문을 굳게 닫아버린다.

당시 황보숭은 조조와 함께 또 다른 황건적 우두머리의 하나인 장량이라는 놈을 공격하고 있었다. 그런데 이상하게 동탁은 황건적의 적수가 안 돼 매번 깨지는데, 황보숭이는 황건적과 붙는 족족 이기는 거다. 한마디로 임자 만난 것이다. 황건적에게 황보숭은 '임자'였지만 동탁은 '임마'였다.

이 와중에 황건적의 두목 장각이 병으로 죽었다. 무당이 병나니까 약국으로 뛰어갔다는 이야기가 전에 나를 웃겼는데! 또 하나의 기쁜 소식은 몇 차례의 전투 끝에 황보숭이가 장각의 동생 장량을 죽였다는 것이다. 그 공로로 황보숭은 기주(冀州)라는 곳의 장관이 되었다. 삼국지의 배경이 되는 한나라 때에는 중국을 13주로 나누었다. 그리고 각 주에는 주를 다스리는 장관이 임명되었던 것이다. 그러니까 우리나라로 따지면 도지사, 미국으로 따지면 주지사 정도가 된다고 보면 크게 무리는 없겠다.

의리 있는 이 친구가 유비의 스승 노식에 대한 오해를 풀어주어 노식은 다시 중랑장(中郞將)이란 벼슬에 올랐다. 중랑장은 황제의 호위와 궁중의 경비를 맡는 관직인데, 지금으로 치면 대통령 경호실의 한 벼슬이라고 할 수 있다.

부자는 죽어 삼대를 간다고 하지만 황건적 우두머리 삼 형제가 죽어도 그 부하들이 삼대를 가는가 두고보자. 하지만 역시 양아치는 양아치더라! 황건적의 우두머리인 장각, 장량 두 형제가 죽고 나니 지가 알아서 장보를 죽여서 머리를 들고 나와 바치는 놈이 생겨나더라! 결국 유비와 주전은 어렵지 않게 또 한 무리의 황건적을 처치할 수 있었다.

허나 약장사 삼 형제가 죽었다고 황건적이 완전히 소탕된 건 아니고 바로 밑에 조홍, 한충, 손중이라는 행동 대장 했던 놈들이 이번 기회에 오야 지가 돼보겠다고 밑에 있던 똘마니들을 모으기 시작하더라.

워낙 황건적 아해들이 많고 많으니 바퀴벌레가 없어졌다 다시 나타나듯이 또다시 수만 명의 황건적이 무리를 이루기 시작했다. 이 자식들의 행패가 심해지니(우리는 이런 걸 '최후의 몸부림 비빔밥'이라고 부른다) 천자께서 주전에게 황건적을 토벌하라는 명령서를 지급한다. 이에 주전은 바퀴벌레약을 보충받아 황건 바퀴 박멸에 나섰다. 당시 바퀴들은 완성(宛城)이라는 곳에 있었다. 관운장은 서쪽을 공격하고 주전은 동쪽 성문을 공격했다. 보이는 족족 약을 뿌리니 약에 취해 죽고, 겁먹어 죽고, 밟혀 죽고,

토하다 죽었다. 이렇게 포위당한 지 며칠이 지나자 한충이란 자가 사람을 보내어 투항하겠다는 의사를 전해온다. 쌀이 떨어지니 싸울 수가 있나! 이거 원, 배가 고파서!

유비가 골똘히 생각하다가 "항복하겠다는데 우리가 항복을 안 받아주면 저놈들이 악착같이 싸우려 들 거 아니오. 그러지 말고 우리가 지키고 있는 동남쪽에서 슬쩍 철수한 다음에 서북쪽으로만 공격하면 그놈들이 어디로 가겠소? 보나마나 동남쪽으로 도망가지 않겠소. 그때 한충이란 바퀴벌레의 우두머리를 잡아버리면 되지 않겠습니까?"

유비 생각대로 되면 좋겠는데 반은 맞고 반은 예상 밖의 결과가 생겼으니…… 궁금하지?

주전이 그 말 듣고 그대로 했것다! 유비 말대로 성안에 남아 있는 놈들이 우왕좌왕 도망치고, 한충도 죽고 말았다. 여기까지는 유비의 말이 먹혀들었다. 그런데 한창 싸움을 하고 있는 이 틈을 타서 조홍과 손중이라는 놈이 또다시 비어 있는 완성을 낼름 먹어버리고 만 것이다. 열 받은 주전일행이 다시 공격을 개시하려는데 멀리서 말발굽 소리가 들린다. 손견(孫堅)이 이끄는 군사들이었다.

간접화법을 많이 쓰는 者들의 특징
- 하진이 주도한 황궁의 피바람

손견은 누구인가? 손견 X파일을 슬쩍 들쳐보자.

★ 제목 : 손견 해적 퇴치 사건

★ 사건개요 : 당시 나이 17세의 손견. 어느 날 친구들을 몰고 아버지와 함께 호숫가에 놀러가서 오리배를 타고 놀고 있는데 해적들이 장사치들의 재물을 빼앗고 있었다고 함. 정의감에 불탄 손견은 이들에게 과감하게 덤빔. 근데 쪽수가 적으니 쉽게 이길 수 없다는 걸 알고 자신들의 일행이 많은 것처럼 보이게 하기 위해서 뒤를 향해 소리를 질렀다고 함.

"야, 니들은 저쪽을 맡고 나는 이쪽을 맡겠다. 영식아, 너는 뒤를 맡아라."

해적들이 손견 쪽의 숫자가 많은 줄 알고 빼앗은 물건을 내팽개치고 도망갔다는 전설적인 사건.

★ 의의 및 평가 : 지금 같으면 고등학교 1학년인 17세의 나이에 싸움을 걸어 <u>험악하게 생긴 베테랑 조폭들을 물리친 사건.</u>

<u>단무지 추가 구라</u> _ 이 정의감에 불탄다는 거, 현대에 와서는 잘못하면 완전 쪼다되는 수가 있다. 언젠가 신문기사에서 본 건데, 고등학생들이 지하철에서 싸우는 거 잘못 말렸다가 어른이 맞았다는 내용이었다. 맞고 집에 가봐라. 몇십 년 동안 함께 살던 마누라도 같은 편을 들어주기는커녕, "왜 애들 싸움에 끼어들어서 맞고 다녀요?" 하고 핀잔줄지도 모른다. 중학생이 어른한테 담뱃불 빌려달라고 해도 얼른 빌려주고 가야 할 세상이다. 왜? 그놈들이 덤비니까? 어떻게 덤비냐? 깡다구로 덤빈다. 겁대가리가 없는 거다.

아이들이 엉기면 이거 정말 미치고 맨손체조할 일이다. 담배 피우는 애들을 볼 때마다 주의를 줄 수는 없다. 사실 따지고보면 그런 거 매번 주의를 주는 어른도 정상이 아닌 놈이다. 그러나 잘 살펴보면 백 명 중에 두 명 정도는 내가 이길 수 있는 놈이 있을 것이다. 그때는 야단치자. 어른이 돼가지고 백 번 중에 두 번 정도는 야단쳐야지 이 나라가 제대로 설 수 있는

거다. 이럴 때 우리는 이렇게 말할 수 있다. 2%가 필요하다고!

● 구라 심리학 _ 어른들의 눈에 비치는 청소년들의 무모한 행동은 청소년들의 독특한 사고방식 때문에 나타난다. 청소년기에 나타나는 독특한 사고의 특징 중 하나가 개인적 우화(personal fable)인데, 이는 자신이 특별하고 독특한 존재이므로 자신의 감정이나 경험세계는 다른 사람과 근본적으로 다르다고 생각하는 것이다. 예를 들어 밤마다 오토바이 폭주를 일삼는 청소년들은 오토바이 사고가 나면 위험하다는 사실을 잘 알면서도 자신은 특별하기 때문에 자신에게 만큼은 사고가 일어나지 않는다고 믿는다. 이러한 믿음 때문에 마음 놓고 폭주를 즐기는 것이다.

다시 손견이 나타났던 장면으로 돌아가자. 손견은 황건적의 잔당들이 다시 일어났다는 소문을 듣고 의병 1,494명을 모아 주전을 도우러 온 것이다. 다시 한번 말하지만 1,494명, 이거 아무 의미 없다. 그냥 넘어가자. 주전은 다시 군사를 정비한 다음 완성을 공격할 채비를 갖췄다. 자신은 서문을 맡고 손견은 남문을, 유비는 북문을 맡았다. 공격신호가 떨어지자 일제히 자신이 맡은 곳으로 쳐들어가니 황건적 일당은 도망갈 길이 없는 거다. 손견이 먼저 공격하여 적의 무리 21명의 목을 베어낸다. 저런 싸가지 없는 놈! 하면서 조홍이 손견을 잡으려 하지만 손견은 잽싼 동작으로 조홍을 찔러 말에서 떨어뜨린다. 나머지 또 한 놈 손중은 북문으로 달아 나려는데 유비가 가만히 있나? 활을 쏘아 손중을 맞추니 말에서 떨어져 죽고 말았다. 돗자리 짜서 먹고살던 유비가 언제 활 쏘는 연습을 했을까? 이런 데서 이런 거 따지면 안 된다. 돗자리 짜는 틈틈이 활 가지고 연습했 을 거다. 남 모르게!

수만 명의 황건적이 죽고 나니 나머지야 자연뽕으로 없어져버리게 됐 다. 황건적이 되었다고 후회하는 놈, 황건적하자고 꼬득이던 놈이랑 웬수 된 놈! 제일 먼저 항복하고 제일 나중에 항복했다고 우기는 놈! 자신은 황 건적이 뭔지도 몰랐다는 놈들이 생기니 황건적은 완존히 사라지게 되었 다. 안된 놈들!

싸움을 성공적으로 이끈 주전은 당연히 관직에 올라 거기장군(車騎將 軍)이 되었다. 거기장군은 총사령관격인 대장군 밑에 있는 장군 7명 중에 하난데 거기장군은 거기서 둘째가 되는 장군이다. 손견은 약간의 '쩐'을 바쳐 벼슬을 얻었으나 융통성 없는 유비는 벼슬도 얻지 못하고 일행들과 함께 낙양에서 어영부영 세월을 보내고 있었다.

유비가 어느 날 시내에 나갔다가 우연히 예전에 얼굴을 익혔던 장균(張 鈞)이란 자를 만났다. 장균과 포차에 들러 고량주 한잔 마시면서 이런 저런 이야기 끝에 스승 노식이랑 주전이랑 황건적 무찌르던 이야기가 오갔다. 유비가 한탄하듯 "그런데 아무런 관직도 얻지 못하고 이렇게 어영부영 세 월을 보내고 있단 말이오."

세상 사람들아! 시간을 아껴 써라! 어영부영 보내지 마라! 허기사 어영부영 한세상 살다 가는 사람들도 지 나름대로 살다 가는 거겠지만!

그날 밤 만취한 장균은 다음 날 일어나 쓰린 속을 달래며 해장도 하지 않은 채 황제에게 달려가 한 말씀 아뢴다. 공을 세우고도 벼슬을 얻지 못했던 유비를 염두에 두고 한 말이었다.

"황건적이 난을 일으킨 것은 삼국지 소설 시작하라고 한 게 아닌 줄로 압니다. 십상시라는 '있을 게 없는' 환관 놈들이 뭔가 허전하니까 그 허전함을 달래보려고 벼슬을 팔아 돈을 챙기고, 또한 그러한 수작이 하루 이틀도 아니고 날이면 날마다 해처먹으니 열 받은 무리들이 일어난 거 아니겠습니까. 그러니 그 원인이 된 십상시들을 처분하셔야 세상이 깨끗해질 것입니다."

숨 한번 안 쉬고 단숨에 하고 싶은 말을 읊어댔다. 이 소식을 들은 십상시들이 황제에게 달려가 말한다. "처분을 하다니!!!. 말도 안 되는 소리입니다. 황제님, 장균의 구라에 속지 마옵소서."

일부 십상시들은 구석방에 몰려 앉아 '장균새끼, 싸가지 없는 말버릇 좀 보게.'하며 욕을 해대고 어떻게 대처할 것인지를 궁리하기 시작했다.

"저런 말이 누구한테 나왔겠는가. 분명 황건적을 몰아내는 데 공을 세웠으면서도 벼슬을 얻지 못한 자의 입에서 나오지 않았겠는가. 아이고 더러버라! 아무거나 한자리 줘서 입이나 막읍시다."

이런 연유로 유비는 거지 같은 벼슬 한자리를 얻게 된다. 정주 중산부

안희현(定州 中山府 安喜縣)이라는 지역의 현위(縣尉)로 부임 받은 것이
다. 대략 그 지역의 경찰서장이라고 보면 된다. 그런데 이곳 안희현에는
유비를 보좌하는 똘마니들이 고작해야 10명밖에 안 되니 요즘으로 치면
시골의 작은 경찰서라고 보면 되겠다. 십상시들이야 돈 한 푼 못 받고 벼
슬을 주어 억울하긴 했겠지만 아마도 '에라, 먹고 떨어져라.' 하는 기분이
었을 것이다.

유비는 자기를 따르는 의병들을 포함해 관우, 장비와 함께 안희현에 부
임을 했다. 근무한 지 몇 달이 지나자 감독관이란 자가 안희현에 나타났다.
말은 감독관이지만 십상시가 보냈으니 '수금원'이나 마찬가지다. 근무는
잘하고 있는가 어떤가부터 살펴봐야 할 놈이 한껏 거드름을 피우고 거만하
게 말 위에 앉아서 묻는다.

"유현위는 어디 출신인고?"

유비가 공손히 아뢴다.

"예, 저는 중산 정왕(中山 靖王)의 후예로서 의병을 모아 황건적과 싸운
공으로 이곳에 근무하게 되었습니다."

수금원이 버럭 화를 내며 "이 자식이! 어디서 배운 구라냐? 내가 이곳에
내려올 때 허수아비로 내려온 줄 아느냐? 일개 촌구석에서 돗자리 짜던 놈
이 감히 황친의 이름을 팔고 다녀? 너 같은 거짓말쟁이 탐관오리의 벼슬은
모두 거두고 말리라!"

수금원이 돌아간 뒤 유비가 이 일을 주변 사람들과 논의했다. 원래부터

안희현에서 오래 근무했던 한 관리가 "아이고 저 자식, 또 그 수법이군요."

관우가 묻는다.

"무슨 수법인데요?"

"아, 저거 돈 달래는 거지, 돈."

"돈은 왜요?"

희망과 용기 추가 구라 _ 돈 달래는 수법도 여러 가지다. 이렇게 먼 데서부터 치고 들어오는 수법이 있는가 하면 대놓고 달래는 놈도 있고, 줄 때까지 끈질기게 딴말만 하는 놈도 있다. 언젠가 어떤 신문사 기자에게 어떤 기사를 부탁한 적이 있었는데 기다려도 기다려도 기사가 안 나오는 거다. 오래 기다리다가 그 기자를 만나서 기사가 왜 안 나오냐고 물었다. 그랬더니 하는 말이 자기에게 글 쓸 용기를 달라는 거다. 아니! 글을 쓰는데 무슨 용기를 달라는 걸까 속으로 의아해하며 물었다.

"왜? 무슨 용기가 필요한데요? 그 기사 쓰는 게 용기가 없으면 안 되는 거예요?"

그랬더니 오히려 나에게 되묻는다.

"글을 쓸 수 있는 용기가 무슨 말인지 모르세요?"

"모르겠는데요."

그 기사가 무슨 조직폭력배의 비밀을 까발리는 것도 아니고 도대체 무슨 용기일까 하고 생각하고 그 날은 헤어졌는데 도대체 그 비밀이 풀리지 않았다. '기사를 쓸 수 있는 용기'가 뭘까 너무 궁금해서 선배에게 물어봤더니 나를 아주 바보 취급을 하는 거다.

"야 임마, 글 쓸 용기라는 게 돈 달라는 뜻 아냐? 돈! 이런 쪼다 같은 놈."

정말 돌아버리는 줄 알았다. 결국 나는 '용기'를 안 주고 말았는데, 과연 돈 얼마를 주면 그 기사를 써주려고 했던가를 생각하며 씁쓰레했었다.

지금도 강원랜드 카지노에서 사채업자들이 '돈 빌려드릴게요.'라고 직접적으로 말하면 법적으로 걸린단다. 그래서 사채삐끼 놈들은 이렇게 외친다.

"전유성 씨 힘을 보태드릴게요."

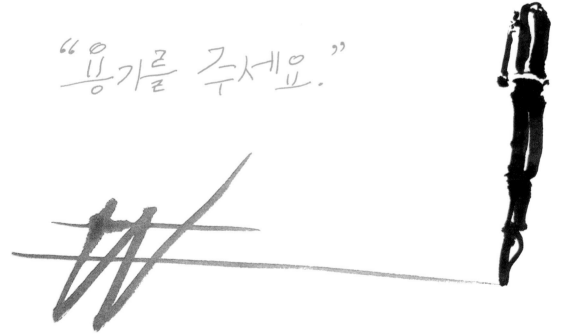

"용기를 주세요."

"유성 아씨, 제가 희망과 용기를 좀 불어 넣어드릴까요?"

'희망과 용기'가 있는 강원도. 그 강원도의 힘! 강원도의 사이다 같은 공기와 함께 얼마나 신선한 시적인 표현인가!!!!

● 구라 심리학 _ 의사소통이란 정보의 교환을 의미한다. 따라서 의사소통은 정확한 정보의 전달이 생명이다. 정확한 정보의 전달만 보장된다면 대화의 형태가 말하고자 하는 바를 직설적으로 표현하는 직접화법이 되었건, 우회적으로 표현하는 간접화법이 되었건 관계없다. 하지만 뒤가 구린 경우 직접화법보다는 간접화법을 더 많이 사용한다. 나중에 문제가 발생할 경우, 빠져나갈 여지를 남겨두기 위함이다. 문제가 발생할 때, 자신의 의도와는 상관없이 상대가 자신의 이야기를 잘못 이해하여 문제를 일으켰기 때문에 자신은 아무런 죄가 없다고 발뺌을 하고자 하는 것이다.

유비에게 돈 달라는 놈, 이거 돈 놈 아니야? 유비는 이런 걸로 고민 안 한다.

"쟤한테 내가 돈을 왜 주냐? 월급도 변변찮은데!"

관우가 "그럼 월급이 변변하면 그중에 몇 푼을 주겠다는 말이오?"

유비도 할 말이 없다. 장비가 또 제 성질을 참지 못하고 뛰쳐나가 수금원이 있는 역관에 뛰어드니 장비의 기세에 눌려 앞을 가로막는 자가 없다.

장비가 바람처럼 달려 들어간다. 수금원이 놀라 벌벌 떨면서도 입은 살아서 "네 놈이 누구냐?"

"이런 무식한 놈, 넌, 삼국지도 안 읽어봤냐? 내가 너 같은 놈 때려잡으려고 힘을 적금 들어놨던 장비다, 이놈아!"

말 떨어지기 무섭게 마루로 뛰어올라 머리채를 뒤로 꺾어 마당으로 데려와 쪼인트를 까댄다.

"똑바로 서, 이 자식아! 차렷! 열중쉬어! 어쭈, 동작 봐라."

아구통이 돌아가면서 입술이 터진다. 순식간에 일어난 일이라 순식간에 소문이 퍼져 유비가 달려온다. 유비를 보더니 감독관이자 수금원이 비굴하게 "아이고, 나 좀 살려줘요! 내가 잘못했소이다." 하니 유비가 장비에게 매질을 멈추게 한다.

관우가 "형님의 공덕이 한두 가지가 아니거늘 저 따위 것들이 와서 깔짝대니!! 나 참 더러워서! 형님, 저거 패 죽이고 고향으로 돌아가 다시 큰 뜻을 세웁시다요."

유비가 자신의 관직증명패를 감독관의 목에 걸어주며 "야 임마! 사표다. 이거 가지고 가서 나 드러워서 때려치웠다고 올라가서 전해라, 코피 닦고! 뚝!"

유비의 첫 벼슬은 이렇게 허망하게 끝나고 말았다.

감독관이 그 길로 정주로 돌아가 태수에게 일러바치니 태수는 다시 조정에 보고를 올림과 동시에 유관장을 바로 지명수배했다. 유관장은 다시 떠돌이가 되어 떠돌다가 대주(代州)라는 곳의 유회(劉恢)에게 찾아가니 유회는 선수들을 탁! 하고 알아보고 자신의 집에 머물게 했다. 환관들은 유비가 사표를 던지고 가든 말든 상관없다. 조정에선 십상시들이 세상의 모든 권세를 지들끼리 해먹자고 결의를 하고 살생부를 만들고, 지들에게 돈 안 갖다 바친다고 주전도 짜르고 황보숭도 짜른다. 정치를 밀가루 주무르듯 해대니 백성들은 열 받아서 여기저기 크고 작은 난을 일으켰다. 난리가 났다고 보고를 하면 뭐 하나? 십상시들이 황제에게 들어가는 모든 정보를 지들이 접수해버리니 황제가 알 수가 있나?

하지만 입바른 소리를 하는 대신들이 몇 명은 있었나보다. '내시들을 없애라.'고 주장하다 미움을 받아서 죄를 덮어쓰고 죽고, 억울해서 댓돌에 머리 박아 죽기도 했다. 그래도 십상시들은 눈 하나 깜빡 안 하고 오히려 황제를 속인다고 하여 대신들을 감옥에 가두기가 일쑤였다. 지들도 대책이란 걸 세우긴 세웠는데 그게 손견을 시켜서 백성들의 난리를 평정하라고 내보낸 것이다. 손견이 두어 달 만에 난리를 평정하고 오니 벼슬을 내려준다. 그렇다고 반란군이 또 안 생기나? 십상시가 밀가루 정치를 하는 동안에 400년 사직인 한나라 황실을 걱정하는 뜻있는 사람들이 곳곳에 모여 대정부 투쟁을 하게 된다. 이렇게 되자 조정에서는 명을 내려 유우(劉虞)를 유주(幽州)지역의 장관으로 삼아 반란군인 장거와 장순을 치게 했다. 이 소식을 들은 대주의 유회는 자신의 집에 머물고 있던 유비를 유우에게 추천했다. 유우는 흔쾌하게 도위라는 작은 벼슬을 주고 함께 출정을 했다. 유비는 무료한 생활을 보내고 있던 차에 군사들을 모아 얼씨구나 하고 전투의 선봉에 서니 며칠 만에 상대의 기세를 완전히 꺾어놓았다.

반란군 우두머리의 한 명인 장순은 원래 성질이 더러워 부하들에게 인심을 잃고 있던 놈이었다. 분위기를 파악한 부하 놈이 잠자는 장순의 목을 따서 유비에게 바치고 투항을 했다. 같이 들고일어났던 장거란 놈은 장순이 죽고 그 똘마니들이 유비에게 항복했다는 소리를 듣고 지레 겁을 먹고 목을 매어 자살해버렸다. 이런 공으로 죄 사함을 받은 유비는 지명수배에서 풀려나고 좀 더 높은 벼슬에 올랐고 유우 역시 마찬가지였다. 또 노식 밑에서 함께 공부했던 공손찬(公孫瓚)이 조정에 유비를 칭찬하는 글을 올리니 유비는 나중엔 계급이 더 올라서 평원 현령에 부임하게 된다.

'조정'이라고 하면 제일 먼저 떠오르는 게 있다. 조정의 밤에는 늘 이런 소리가 들린다.

"암투~ 있어요~ 암투, 심심풀이 암투가 왔어요! 싱싱한 암투가 한 단에 천 원이요."

우리는 조선왕조 500년을 다룬 드라마에서 수많은 암투들을 보아왔다. 이게 중국에서 수입된 건지 어쩐지는 모르겠지만 왕이 아플 때는 암투 장사들이 더 설치게 되어 있다. 옛날 암투, 요새 암투, 새로 개발된 최첨단 암투!!!!

황제가 무슨 병인지 지금은 알 수 없으나 병이 들어 날이 갈수록 병세가 깊어만 간다. 어느 날 대장군 하진(何進)에게 궁으로 들라는 황제의 명령이 떨어졌다. 하진에게는 원래 삼삼하게 생긴 누이동생이 있었다. 어느 날 그 삼삼함 때문에 궁녀로 뽑혀가고 다시 밤에도 황제의 침실로 뽑혀가 아들을 낳으니 바로 황태자 변(辨)이다. 아들 낳은 궁녀는 당연히 황후에

봉해지니 돼지 잡던 백정이던 하진이 동생 빽으로 궁에 들어가 벼슬을 얻게 된 것이다.

밤에 뽑힌 사람이 한둘이 아니다. 황제는 어느 날 밤에 또 왕미인을 품게 되니 바로 기다렸다는 듯이 아들이 태어났다. 황자(皇子) 협(協)이란 아들이다. 앞서 황태자와 황자의 차이는 뭘까. 황태자는

황제의 자리를 이어받을 아들이고 황자는 그냥 황제의 아들이다. 차이가 큰 거지. 근데 이걸 가만 놔두면 황후가 아니지. 질투해야지. 질투가 기본이지!!! 질투하면 그냥 내쫓기나 할 것이지 그때는 독

약이 흔했나보다. 황후는 협의 엄마 왕미인을 독살시켜버리고 만다. 협이는 황제의 엄마인 동 태후가 키우게 되고 이놈이 좀 자라니 황제나 동 태후가 이놈을 태자로 봉하고 싶어 한다. 원래라면 변이 황태자인데, 이제 협으로 바꾸고 싶은 거다.

근데 왜 하진을 궁에 들라고 했나? 그 전에 황제를 측근에서 모시는 환관 건석이란 자가 황제에게 "폐하께서 협을 태자에 봉하시려면 하진을 먼저 처치하여 후환을 없애는 게 순서가 아닐까 합니다요."

"그래 네 말도 일리가 있다. 어서 하진을 궁으로 부르라."

하진이라고 궁에 정보원이 없나? 반은이란 자가 몰래 하진을 찾아가 "궁에 들어가지 마세요. 건석이 장군님을 죽이려고 합니다."

그럼 어찌할꼬? 하진은 집으로 돌아와 대신들과 대책을 상의하니 한 대신이 하진에게 "지금 조정은 내시들의 끗발이 절정에 달하고 있습니다. 그놈들을 쳐죽여야 할 텐데! 서둘러서는 안 되고 또한 비밀유지에 신중을 기하지 않으면 일족이 싹쓸이당할지도 모릅니다."

옆에 있던 또다른 대신이 약간 삐딱한 목소리로 묻는다.

"거, 황실 일에 대해 너 같은 애송이가 어찌 함부로 입을 나불거리느냐? 너 이름이 무엇이냐?"

"조조인데요."

같이 있던 대신들이 '어쭈, 이놈 봐라?' 하고 내심 놀란다. 그때 삐뽀! 삐뽀! 다급한 소식이 들어온다.

"황제께서 돌아가셨습니다. 건석과 내시들은 이걸 비밀에 부치고 변 황자의 외척인 장군을 없애버림과 동시에 협황자를 황제에 추대하려고 한답니다."

사태가 이렇게 빨리 돌아가나? 말이 끝나기도 전에 궁에서 칙사가 도착해서 명을 전달한다.

'하진은 빨리 궁으로 들어와 후사를 결정하는 데 한 표를 던지시오.'

하진은 가슴이 뛰고 머릿속이 복잡하다.

"이놈의 내시들을 그냥 돼지 불알 까듯이 까버려? 하긴 깔 것도 없는 놈들이지. 그렇다면 이놈들을 돼지 때려잡듯이……!"

이때 원소(袁紹)가 말한다. "제게 정병 5,000명만 주시면 궁중에 들어가 새 황제를 책립하고 환관들을 치고받고, 싹쓸이해서 새로운 나라를 세우는 기틀이 되도록 하겠습니다."

하진이 기뻐하며 대답한다. "그래, 그렇게 해라. 으흐흐흐!"

'다음 황제는 내 차지야. 황제의 관 앞에서 태자 변을 내세워 나도 한번 해보는 거야. 흐흐흐!!! 환관, 이 돼지 같은 놈들!!! 변아, 기다려라. 삼촌이 네 덕 좀 보자꾸나!'

하진과 원소가 군사들과 함께 룰루랄라 군가를 부르며 궁으로 들어간다. 모든 일은 척척 진행됐다. 황제의 관 앞에서 변을 황제의 자리에 오르게 했다. 순식간에 축하 분위기로 변한다. 하진과 원소는 자기를 죽이려고 음모를 꾸몄던 건석을 찾아나섰다. 그런데 사태가 재밌게 돌아갔다.

애초에 함께 하진을 죽이자고 했던 곽승이 숲 속에 숨어 있던 환관 건석을 칼로 찔러 죽인다. 자신만 살아남기 위하여 배신의 콩나물을 팍팍 무쳤던 거다.

콩나물 무침 추가 구라 _ 나도 언젠가 배신의 콩나물을 무친 적이 있었다. 비가 내리는 밤이었다. 주룩주룩 내리는 비는 아니었고 이슬처럼 내리는 가는 비였다. 집에 가려고 신촌로터리 택시정류장에서 택시를 기다리는데 사람들이 줄을 서지 않고 그냥 차도로 내려와 택시를 잡아 타는 거다. 정류장에서 줄서서 기다리는 나 외에 몇몇 사람들은 은근히 짜증이 나기 시작했다. 차도로 내려가 차 잡는 놈은 그렇다 치더라도 택시기사들이 안 태워야 될 거 아닌가 말이다. 다른 데도 아니고 택시정류장이 바로 코앞인데 손만 든다고 손님을 태우고 가나? 슬슬 열 받기 시작한다. 또 한 대가 차도에 나와 있던 손님을 태우고 떠나려는 찰나! 내 뒤에 있던 약간 취기가 오른 손님이 '이거 너무한 거 아니야?', '저거 못 타게 해야 하는 거 아니야?' 하는 눈빛을 내게 보냈다. 당연하지. 나도 눈짓으로 '맞다.', '저런 싹통머리!' 하고 동조해줬다. 그 술 취한 사람이 다시 나에게 표정과 눈짓으로 싸인을 보낸다.

'그럼 저걸 못 타게 해도 되겠냐? 그리고 순서대로 나 먼저 타고 가도 되겠냐?'

나는 다시 머리를 끄덕여줬다. 그의 한 손에는 누런 봉투가 있었는데,

나도 언젠가 배신의 콩나물을
무친 적이 있었다.

겉이 불룩한 걸로 봐서는 과일이 몇 개 들어 있는 것 같았다. 늦은 밤 기다리고 있을 가족들을 주려고 샀겠지! 눈빛과 고갯짓으로 나와 신호를 주고받은 그 취객은 얼른 차도로 내려가 떠나려는 택시를 몸으로 가로막았다. 택시기사는 갑자기 나타난 불청객에게 빵빵거리면서 비켜달란다. 취객은 물러날 기미가 안 보인다. 나에게 싱긋 미소까지 지어보이며 '나 잘했지!'라고 묻는다.

나도 '잘했어!' 하고 승리의 미소를 보냈다. 택시기사가 내린다. 다짜고짜 취객의 멱살을 잡는다. 취객의 손에 들려 있던 봉투가 저만치 떨어지면서 봉투 속의 사과가 아스팔트 위로 떨어져 통통통 튀다 굴러간다.

"왜 차 앞을 막는 거야!!"

기사가 대차게 나온다. 순간 기가 꺾인 취객, 나에게 편들어 달라는 애타는 눈빛을 보낸다!!! 딱 보니까 그 택시기사는 양아치 수준이 아니고 덩치가 거의 조폭 행동대장 수준이다. 이거 큰 싸움이 나겠다 싶어 나는 슬그머니 택시정류장에서 빠져나갈 자세를 취하고 있었다. 상황은 점점 심각해졌고 욕설이 오가기 시작했다.

"야, 이 새끼야! 니가 뭔데 차를 가로막아?"

이거 금방 끝날 싸움이 아니다. 그 취객은 "저…… 아저씨, 얘기 좀 해주세요." 하며 나에게 급전을 쳤다. 나는 "내가 뭐요?" 하면서 짐짓 주변을 두리번거리며 주춤주춤 그 자리를 피해 달아났다. 지금도 비가 오는 날이면 신촌 로터리 앞 홍익서점 앞에는 안 간다. '내 사과 돌리도.' 하는 환청이 들리는 것 같기 때문이다.

● 구라 심리학 _ 애초에 그 취객에게 눈빛으로라도 '동조'를 하지 않았더라면 '내 사과 돌리도'의 악몽도 없었을 것이다. 동조. 이거 참 재미있는 현상이다. 길을 걷다가 주위 사람들이 갑자기 뛰기 시작하면 영문도 모르는 나도 함께 뛴다. 옆 사람을 붙들고 왜 뛰냐고 물으면 사람들이 뛰기 때문이란다. 주위 사람들이 일제히 뒤를 돌아보면 나 또한 뒤를 보게 된다. 이처럼 타인의 행동을 따라하는 동조 현상은 자신이 가지고 있는 정보가 부족할 때, 따라서 타인이 정보원의 역할을 하기 때문에 일어난다. 그러나 아주 명확한 상황에서도 집단적 의견에 동조하려는 경향이 있다. 이러한 동조는 집단으로부터 이탈되는 것을 두려워하는 심리적 특성에서 기인한다고 볼 수 있다. 이러한 동조행동은 자기 확신도가 적을수록, 집단의 응집성이 클수록, 집단의 크기가 커질수록, 만장일치일수록 동조의 경향성이 커진다.

변을 황제로 추대했고 건석도 제거됐으니 이제 내시들이 심판을 받을 차례다.

'내시들부터 죽여야 한다—!'

궁은 피바다가 되기 시작했고 어디선가 내시들을 없애자는 우렁찬 선동의 목소리가 들려왔다. 내시들은 살아남기 위해 잔머리를 굴렸다. 내시 중의 하나인 장양을 앞세워 하진의 누이동생인 하 태후에게 달려가서 덜덜 떨며 목숨을 구걸하게 했다.

"지금 하진 장군님이 내시들을 죽이려 합니다. 하진 장군님을 죽이자고 한 건 건석이 혼자서 우긴 거예요. 우리들은 그 일에 관여 안 했걸랑요! 태후 폐하께서는 아무것도 달리지 않은 저희들을 불쌍히 여겨주시옵소서. 그저 목숨만 살려주시옵소서. 엉엉, 흑흑, 하진 장군님 미워~잉!"

"장양아! 걱정 마라. 내가 있으니까!"

하 태후는 장양을 안심시킨다. '장양아~.' 하니까 읍내 티켓다방 장양 같네!!!

하 태후가 하진 오빠를 불러 꼬드긴다.

"하진 오빠, 오빠랑 저는 솔직히 말해 집안이 후졌잖아요. 저런 내시들의 도움이 없었다면 우리는 아직도 찬밥인 거예요. 알죠? 건석이는 죄 값을 받고 죽었으니까 다른 내시들은 살려주세요."

하진이 "알았다, 더운밥아."라고 대답한 뒤 아해들을 불러 모아놓고 말한다. "건석이 그놈은 이미 죽었으니 그 나머지 가족들까지만 죽이고, 다른 내시들은 함부로 죽이지 마라."

원소가 "이번 기회에 그놈들의 뿌리를 뽑아야 합니다."

"원래 뿌리가 뽑힌 놈들인데 무슨 뿌리를 더 뽑으라는 거냐?"

결정 났다.

"의사봉 가져와."

옆에 있던 삼국지 단역1이 의사봉을 갖다 바친다. 탕! 탕! 탕! 끝!

하 태후의 개각이 시작된다. 오빠를 상서(尙書)에 봉하고 다른 애들도 일계급 특진시킨다. 상서는 황제와 다른 모든 그 아래 벼슬아치들 사이에서 왔다갔다하는 문서를 총괄하는 직책이다. 일종의 비서관이라고 볼 수 있겠다.

개각소식을 들은 동 태후가 장양을 티켓 한 시간 끊어서 불러낸다.

"하진의 동생 하 태후는 원래 내가 캐스팅해서 태후까지 된 걸 너도 알지 않느냐? 근데 <u>아들이 황제가 되어 권세가 하늘 높은 줄 모르게 되었으니</u> 내 앞날이 심히 걱정스럽다."

양파 추가 구라 _ 이런 일 사회생활 하다 보면 많이 일어난다. 아주 오래 전 A라는 사람이 나에게 사내방송 프로그램 진행을 부탁해왔다. A는 사내방송을 만들어 대기업에다가 납품하는 일로 먹고 사는 사람이다. 그런 거 부탁할 때 필수적으로 들어가는 말이 있다.

"사내방송이라 출연료가 적습니다."

여기서 내가 A라고 썼지만 사실은 나랑 잘 아는 사람이다. 거절할 이유는 없다. 다만 몇 푼이라도 준다니까! 물론 돈 때문은 아니었다.

'의리!' 때문에 사내방송을 시작했다. 원효로 어디 녹음실인가에서 녹음을 하는데, 언제부턴가 말쑥하게 정장을 차려입은 사내가 녹음실에 나타나는 거다. 나는 그 사내가 궁금해서 A에게 물어봤다. A에 따르면 그는 고등학교 동창인데 오랜만에 만났고, 그 역시 사내방송 납품일을 하다가 말아먹었고 백수가 된 지 오래라는 것이다.

뭐 그러려니 하고 나는 열심히 출연해줬다. 근데 어느 날 방송 납품이 중단됐다는 것이다. 갑자기 어떻게 그런 일이 생겼냐고 물었더니 A가 그 사연을 털어놓았다. 어느 날 그 백수가 A에게 '야, 니가 사내방송을 납품하는 회사니까 그 회사 사장을 잘 알 거 아니냐, 나 거기 취직 좀 하게 해주라.'고 부탁했다는 것이다. 고등학교 동창이고 해서 기회가 있을 때 사장에게 이야기했더니 그냥 떡하니 취직이 됐다는 거다. 그 나이 들어서 고등학교 동창을 취직까지 시켜준 A는 참 좋은 녀석이다.

근데 문제는 그때부터 시작됐다. 그 사내는 취직이 되더니 사내방송 납품을 받지 말고 자체제작하자고 회사에 건의했다. '납품 받으면 회사에서 아무래도 돈이 많이 나간다. 나도 그런 거 정도는 제작한다.'고 말했겠지. 회사에선 당연히 할 줄 안다면 니가 해봐라! 했것다. 결국 A라는 사람은 회사 납품에서 짤리게 된 거다. 근데 더 황당한 일은 그때부터다. 어느 날 A의 고등학교 동창이라는 그 사내놈한테서 연락이 왔다. 자기가 사내방송을 맡게 되었으니 나한테 같은 출연료로 출연을 부탁한단다. 미친놈 아니냐구! 이놈이! 해줄 듯 해줄 듯 애매하게 약만 올리다가 때려치웠다.

캐스팅된 놈이 캐스팅해준 놈을 욕보이는 거, 취직시켜준 친구 납품 일을 가로채간 놈! 이런 놈들, 우리 주위에 많다. 관둔 후에 그놈을 다시 만나

배,
삶
때리
기

게 된다. 언제 다시 만나는가? 오늘은 화장실이 급해서 여기까지!!!!!!!!!!!!!!!! 이런 놈들 경계하자! 태풍 매미보다 무서운 놈이다.

● 구라 심리학 _ 의리(義理)는 원래 인간이 마땅히 행하여야 할 도리를 의미하는 것으로 군신 간의 의리, 부모에 대한 의리 등으로 사용되었다. 이후 사회생활의 발달에 따라 '신의를 지켜야 할 교제상의 도리'라는 개념으로 변화되어 '저 사람은 의리가 있다.'라는 뜻으로 사용되고 있다. 의리는 상호성의 법칙에 따라 행해진다. 아무리 작다 하더라도 타인으로부터 호의를 받게 되면 사람들은 빚진 듯한 감정을 갖게 되고 가능한 빨리 그 상태를 벗어나기 위해 노력하게 된다. 이러한 행동은 상호성의 법칙에 기인한다. 우리는 타인이 우리에게 베푼 호의를 그대로 되갚아야 한다는 강박관념을 갖게 된다. 만일 다른 사람이 생일을 기억해 선물을 주면 우리는 그를 저녁식사에 초대해야 한다는 압력을 느끼게 된다. 또한 별로 좋아하지 않는 사람이라고 할지라도 작은 호의를 베푼 후에 요청을 해오면 그 사람의 요청을 거절하기 힘들어진다.

4

'인지일관성'이 파놓은 함정
– 동탁과 여포의 불온한 만남

동 태후의 근심을 들은 장양이 "그럴 거 뭐 있습니까? 황자 협을 왕의 자리에 올려놓고 동중(董重)이란 자에게 군통수권을 주어 군사들을 장악하면 되지 않겠습니까? 뒤에서 계산서나 보면서 말입니다요."

"오랜만에 웃어보는구나. 호호호."

웃어야 하나? 우헤헤헤헤! 이건 좀 천박스럽군! 천박이고 피박이고 살쾌가 생겼으니 바로 황자 협을 진류왕에 봉한다. 동중에게는 총대장군 아래의 일곱 직속 장군 중의 하나인 표기장군(驃騎將軍)의 벼슬을 내려주고 장양에게는 "너 하고 싶은 벼슬해!"

하 태후가 뒤통수를 맞은 것이다. 하 태후가 뒤통수를 문지르며 말한다.

"하이고~, 저게 내 뒤통수를 쳐! 우리같이 미천한 것들의 끈질긴 생명력을 우습게 보는군!"

하 태후는 날씨가 흐려 비 오기 직전, 고량주 한잔 마시고 싶어 목구멍이 진저리를 치는 날을 택해 잔치를 벌인 후 동 태후를 초청한다. 술이 어느 정도 오르자 하 태후가 동 태후에게 말한다.

"마마, 우리 같은 부녀자는 국사에서 빠집시다. 조정의 일은 대신들과 원로들이 해야 나라가 발전하지 않겠습니까?"

화가 머리끝까지 치민 동 태후는 버럭 화를 내며 "아니 왕미인을 질투해 독살하고 아들을 황제에 앉히더니 눈에 뵈는 게 없는 모양이구나!"

"아니 좋은 뜻으로 말씀드렸는데 언성을 왜 높이는 거야요."

"이런 백정노릇에 술이나 팔던 술집 출신이……!!!"

말싸움할 때 조심하자. 출신 잘못 건드리면 화난다. 열 받는다. 술집 출신이 태후까지 올라갔으니 오늘날로 치자면 룸살롱 나가요 아가씨가 대통령 마누라가 된 격이다. 이런 건 성공스토리 회고록에 써서 '나는 이렇게 성공했다.'는 제목 달면 그게 바로 베스트셀러다. 요즘엔!!!

오빠 하진이 이 말을 듣고 그날 밤 당장 표기장군 동중의 집으로 가니 동중은 자살을 선택한다. 국군통수권자가 칼 한번 쓰지 않고 자살을 하다니! 하긴 칼을 쓰긴 썼지, 지가 지한테! 하진은 내친 김에 동 태후도 붙잡아 몰래 독살하고 장사지낸 후에 감기 기운이 있다며 며칠 동안 조정에 나가지 않았다. 원소가 병문안을 와서 "장양네 무리들이 대감께서 동 태후를 독살했다는 소문을 퍼뜨리고 있습니다. 이번 기회에 장양 무리들을 정리하지 않으면 나중에 큰코 다칩니다."

이 얘기가 또다시 퍼진다. '하진이 장양과 내시들을 죽인다더라.' 하는 소문이 돌기 시작했다. 이 말을 들은 장양. 가만히 있겠나. 장양은 하진의 동생 하묘(何苗)에게 현찰다발을 사과상자에 넣을 수 있을 만큼 넣고, 들수 있을 만큼 들고, 줄 수 있을 만큼 챙겨서 가져다준다. 돈 먹으면 형제고 부모고 없다. 그때나 지금이나 현찰이 사람을 움직이는 건 어쩔 수 없는 인간의 본성인 모양이다. 돈 먹으니 용기가 생긴다. 하묘는 즉시 하 태후에게 달려간다. 내시를 살려달라고 부탁하니, 하 태후가 하진을 또 부른다. 여기서 우리는 하묘가 하 태후에게도 사과상자의 일부를 전달했으리라 추정할 수 있다.

"선제께서 돌아가신 지 얼마 되지도 않아 선제를 섬기던 옛 신하들을 자꾸 없애는 것은 나라를 어렵게 하는 일이야. 그렇게 하면 나도 힘들어, 오빠!"

"알았다. 알았어. 그래, 그래, 네 말이 맞다." 하고 하진이 물러난다. 하진이 원래 결단력 없는 놈이라는 걸 아는 원소가 근심스럽게 "어찌 됐습니까?"

"뭐 어쩌긴 어쩌냐. 동생이 저렇게 지랄하는데 나라고 별 수 있겠냐."

원소가 다시 "지금 변방에 나가 있는 장수들을 끌어들여 그놈들을 없애버립시다요. 그렇게 후딱 일을 처리해버리고 나면 다 끝난 일을 하 태후라 한들 어쩌겠습니까?"

옆에 있는 대신들도 한두마디씩 거들며 열띤 분위기를 연출한다. 이렇게 앞으로의 계획을 심각하게 논의하고 있는데 난데없이 껄껄껄 웃는 소리가 들린다.

"별것도 아닌 일을 가지고 중국집에 불난 것처럼 떠들어대다니!!!"

"이런, 어떤 싸가지 없는 놈이……." 하며 소리가 나는 쪽을 돌아보니 다름 아닌 조조다.

"환관이 국가 대사를 말아먹는 것은 예로부터 있었던 일입니다. 황제가 개들을 너무 믿고 큰일을 맡겼기 때문입니다. 혼내주고 싶다면 대가리 한두 명만 보내면 될 텐데 굳이 변방의 장수들까지 부를 이유가 있나요? 바로 계산서를 날려야지! 시간만 끌다보면 일을 그르치게 됩니다."

하지만 조조의 이야기가 그들의 귀에 먹힐 턱이 없다. 안 들린다. 높은 자리에 있으면 아랫사람들의 이야기가 귀에 안 들린다. 보청기가 필요하다. 안 들리면 목소리가 커진다.

"너 이름이 뭐니? 조용히 해라. 떠들면 이름 적는다."

조조는 그 자리에서 개망신을 당한다. 조조는 '하진, 저놈이 천하를 어지럽게 할 놈이구나.'라고 속으로 생각하며 그 자리를 물러난다. 하진은 남의 말을 안 듣기도 했지만 들리지도 않으니 당연히 지 하고 싶은 대로 그날 밤 바로 변방의 장수에게 밀사를 보냈다. 밀사들도 가면서 얼마나 투덜댔을까? 잠이나 자고 아침이나 먹여서 보내지. 밤중에 깊은 잠에 빠져 있다가 깨어나 형들한테 심부름 가본 놈들은 밀사들의 심정을 이해해 줘야 한다.

밀사가 변방에 있던 장수 중의 하나인 동탁에게 도착해 이런저런 지령을 전하니 동탁은 매우 기뻐했다. 황건적 토벌에서는 점수가 별루 안 나와서 늘 성적표가 '가'투성이였는데 내시들에게 뇌물 바치는 실력만큼은 언제나 '수'였으니 벼슬도 오르고 20만 대군도 하사받아 이끌고 있었다. 동탁은 속으로 '언젠간 나도 커야지! 나도 될 거야!' 하는 불충한 야심을 속으로 키우고 있었다.

동탁은 큰사위와 작은사위에게 상의를 한 다음 큰사위 우보(牛輔)에게 섬서(陝西)를 지키라 이른다. 작은사위 이유(李儒)에게는 곧 출발한다는 사실을 인편을 통해 중앙에 알리라 한다. 편지 내용은 대략 '네, 열심히 할게요. 걱정 마시와요.'이다. 동탁이 보낸 편지를 읽은 하진이 여러 대신들에게 '이렇게 기특한 놈도 있다.'며 편지내용을 공표하려 하자 편지를 읽지 않아도 동탁의 인간성을 아는 대신들이 너도나도 말린다. 여우 같은 놈, 나쁜 놈, 깍쟁이, 베라 먹을 놈이라고 아우성친다. 그래도 하진에게는 동탁이 귀여워 보일 뿐이다. 대신들이 아무리 말해도 안 들린다. 안 들려! 노식도 말려보았지만 씨도 안 먹힌다. <u>말해도 안 들린다.</u> 왜?

● 구라 심리학 _ 왜 하진은 다른 사람들의 이야기에 귀를 기울이지

담당 PD한테 청취율을 높일 수 있는 여러 가지 이야기를
해주기도 했지만 통 알아먹질 못하고 자기 고집대로만 하는 것이다.

않는 것일까? 이는 앞에서도 한번 나왔던 인지일관성에 관한 욕구 때문이다. 인지일관성이란 한번 판단이나 의사결정을 내리고 나면 이를 번복하기보다는 비교적 일관되게 유지하려는 경향성을 말한다. 즉, 한번 좋은 놈이라고 판단을 내리게 되면 이러한 판단을 지속적으로 끌고 가려는 것이다. 헌데, 인지일관성을 유지하는 데 방해가 되는 일들이 종종 발생한다. 내가 가지고 있는 판단을 유지하는 데 걸림돌이 되는 일들이 벌어지는 것이다. 이를테면 내가 가지고 있는 판단과는 상반되는 정보가 들어오는 것이다. 이때 인지일관성을 유지하기 위해 사람들은 상반되는 정보를 인정하지 않거나 혹은 왜곡시키기도 하고, 그 의미를 평가절하하기도 한다. 이러한 과정을 통해 인지일관성을 지속적으로 유지하게 되는 것이다. 따라서 우리 스스로도 무언가를 판단할 때 끊임없이 자신이 인지일관성에 빠져 있지는 않은지 반성해볼 필요가 있다.

시청률 추가 구라 _ 누군가 진심으로 뭔 말을 하는데 그 말을 알아주지 않으면 말하는 사람은 힘들다. 그래서 때로는 아예 그 말하는 것을 멈추는 것은 물론이고 그 일 자체를 때려치우는 경우도 있다.

나도 그런 경험이 있다. 청취율이 높지 않은 라디오 프로그램은 출연자를 짜증나게 한다. 그래도 라디오 프로그램인데 누군가는 들었겠지! 출연 당사자는 아는 사람이든 모르는 사람이든 그 프로그램을 청취해봤다는 소리가 자주 들려야 출연하는 맛이 나는 거다. 하지만 들었다는 사람이 없으면 출연료도 출연료지만 그 프로그램에 출연하는 걸 꺼리게 된다. 어느 프로그램에 1년 동안 매주 월요일에 출연했는데 방송국 직원 외에 아무도 들었다는 사람이 없는 거다. 담당 PD한테 청취율을 높일 수 있는 여러 가지 이야기를 해주기도 했지만 통 알아먹질 못하고 자기 고집대로만 하는 것이다. 물론 여전히 청취율은 안 오르지.

할 수 없이 관두겠다고 했더니 그 이유를 묻더라. 사실대로 말해줬다.

"내가 이 프로그램에 1년을 출연했는데 아무도 들어봤다는 사람을 못 만났어요. 그래서 관둡니다."

속이 다 시원했다.

노식도 그랬을 거다. 뭔 말을 하면 들어먹어야지. '에이 때려치우자.' 하고 사표 던지고 고향으로 떠났다. 노식을 따라 관둔 대신들도 수두룩 빽빽이다. 여기서 간단한 교훈 하나! 나는 사표 내는 사람들을 여럿 봤다. 문제는 사표를 쓸 때 회사를 그만두는 이유가 거의가 '일신상의 이유로', '건강상의 이유로'가 대부분이다. 이제는 이렇게 추상적이거나 애매하게 쓰면 안 된다. 사실대로 써야 한다. 그래야 윗사람들이 안다. '상무가 엿 같아서!', '아무리 다녀봐도 이 회사가 장래성이 없어 보여서.', '큰돈 좀 만지려니 당장 이 회사를 때려치워야 될 것 같아서.' 등등 이렇게 구체적으로 써야지! 앞으로 '남들이 그렇게 쓰니까 나도 그렇게 써야지.' 하고 따라가지 말자. 따라가는 사람들은 어디서건 자연 도태된다. 그렇다고 다음과 같이 쓰는 녀석도 있을까?

'횡령해먹은 돈이 들통 날 것 같아서. 니들이 이 사표를 읽을 때 우리 식구는 멀리 유럽 이태리에 가서 횡령한 돈 일부로 쇼핑하고 있을 거야~! 메롱~.'

하진은 대신들이 관두거나 말거나 자기 스케줄에 따라 기상하고 밥 먹고 동탁을 만나러 간다. 이제 본격적으로 십상시 내시들을 처단하는 일만 남은 것이다. 하지만 내시 장양이라고 두 손 놓고 있는 백수인가? 거미줄처럼 처진 더듬이들로부터 정보가 들어온다. 즉석 떡볶이 아이디어가 나온다.

'하진이 동탁을 시켜 우리를 죽이려 하니 우리가 먼저 선수를 쳐서 하진을 죽여버리자. 배은망덕한 놈!'

즉시 칼잡이 행동대장들을 뒤에 숨기고 하 태후를 찾아간다.

"하진 장군님이 우리를 죽이려고 자기는 살짝 빠지고 멀리 나가 있는 장수들을 부르는데, 말 좀 잘해서 우리를 살려주세요. 은혜 잊지 않을게요. 우리 의리 있는 거 아시잖아요?"

사정도 하고 어르기도 하니 하 태후가 하진을 부른다. 하진이 궁으로 들어가려 할 때 주위에서 말리는 사람들이 여럿 있었지만 이제는 귀에 안 들리는 게 문제가 아니라 눈에 뵈는 것이 없어지고 있었다.

"동생이 나를 부르는데 뭐가 어떻다는 거냐? 걱정 마라."

원소가 "장양이 궁을 들락거리며 하 태후를 만나 속닥거리는 건 내시들을 죽이겠다는 우리의 계획을 다 알고 있다는 거 아닙니까? 장군께서 궁에 들어가려면 내시들을 밖으로 불러낸 다음에 들어가시지요."

하진이 "웃기지 마라, 내 앞에서 웃기지 마라, 뭐가 두렵단 말이냐?"

하진이 부득불 궁으로 들어가니 원소가 걱정스러운 듯 "우리가 장군님을 호위하겠습니다." 하며 군사들을 데리고 따른다. 궁 앞에서 하진은 검문검색을 당하고 명단에 없는 군사들은 들어오지 말라는 이야기를 들었다. 하지만 앞에는 하 태후가 지켜줄 것이고 뒤에는 자신의 부하 원소가 보디가드처럼 막아줄 것이므로 의기양양 보무당당하게 폼을 잡고 궁으로 들어간다.

돈가스 소스 추가 구라 _ 보디가드 있는 사람과 없는 사람의 차이는 뭘까? 보디가드가 있으면 폼을 잡는 사람도 있겠지만, 내 경우는 정말 웃겼다. 언젠가 전경련회관에서 하는 행사의 사회를 볼 일이 있어서 시작 30분 전에 도착을 했다. 차에서 내리면 문 앞에 대개는 행사담당자가 나와서 인사를 하는 게 순서다. 계단을 올라가려는데 양복 입은 두 사람이 후닥닥 뛰어내려오더니 '저희가 모시겠습니다.' 하는 거다. 앞뒤로 이 양복쟁이 둘이 나뉘어 섰다. 앞에 있는 양복쟁이는 무전기를 들고 누구에게 보고를 하는지 '도착하셨어.'라고 한다. 나는 이 사람들이 행사 담당직원인 줄 알고 "행사 담당직원이십니까?" 하고 물었더니 "아닙니다. 보디가듭니다."라

내가 화장실에 보디가드 두 명 데리고 가 본 사람이다.
오줌 누는데 한 명은 옆에 서 있고
다른 한 명은 화장실 문 앞에 서 있는 거다.

BODY

GUARD

고 한다. 순간 허거덕! 했다. '행사 사회 보러 온 나에게 무슨 보디가드 야?' 하는 생각이 드는 순간, '행사담당자들이 뻥을 많이 쳤구만!' 하는 생각이 얼핏 머리골을 때렸다. 두 명 일당이 꽤 될 텐데! 제작비 항목에 사회자 전유성 보디가드비 2명 액수 얼마! 썼을 것 아니냐 말야!!!

정작 웃기는 일은 그 다음에 일어났다. 대기실에 들어가니 나밖에 없었다. 혼자 멀거니 앉아있는데 양복쟁이1은 내 옆에 서 있고 양복쟁이2는 문 앞에서 연신 사방을 경계하고 있었다. 그날 행사내용은 사람들로 난리 부르스 땡끼는 댄스그룹 콘서트장이 아니었다. 그저 외국의 쇼핑몰을 한국에 소개하고 투자자들에게 설명해주는 그런 자리였다. 누가 나를 해치랴!!! 소변이 마려웠다. 일어나 화장실로 향했다. 양복쟁이1이 화들짝 놀라며 "어딜 가십니까?" 하고 묻는다. "음~ 화장실." 가볍게 대꾸해줬다. 문앞에 있던 양복쟁이2가 화장실로 먼저 뛰어간다. 양복쟁이1은 내 옆에 서 있다. 먼저 화장실로 뛰어간 양복쟁이2가 양복쟁이1한테 무선을 날린다.

"이상 없습니다. 모시세요."

정말 웃겼다. 내가 화장실에 보디가드 두 명 데리고 가 본 사람이다. 오줌 누는데 한 명은 옆에 서 있고 다른 한 명은 화장실 문 앞에 서 있는 거다. 혼자 속으로 이런 생각을 했다.

'이놈들, 이런 무선도 때릴까?…… 아, 전유성 씨 말입니다. 현재 오줌 줄기가 양호한 편입니다. 아, 지금 털고 있네요. 막, 지퍼 올리면서 마무리

하고 있습니다.'

● 구라 심리학 _ 그래도 이런 대우를 받는 것이 허접한 대우(나타났
는데도 어느 놈 하나 제대로 신경을 안 쓰는)를 받는 것보다는 훨씬
기분이 좋다. 사람들은 대접받기를 원한다. 만약 기대 밖의 융숭한
대접을 받으면 또한 그에 상응하게 행동하려는 동기가 유발된다.
반대로 소홀한 대접을 받으면, 또한 그에 걸맞는 행동을 하도록 동
기화된다. 심리학에서는 이것을 공평이론(Equity theory)이라고 한
다. 만약 잔칫집이나 행사장 등에 갔다고 생각해보자. 그런데 그곳
에서 여러분을 귀빈 대우하거나 혹은 완전히 무시를 한다면, 어떻
게 행동하겠는가? 답은 뻔하다. 우리의 행동은 상대방의 행동에 따
라 달라진다. 우리가 여기서 얻을 수 있는 교훈은 여러분이 누군가
에게 대우를 받고자 한다면, 먼저 남들을 대우해주라는 말이다.

하진이 보디가드를 궁 밖에 세워두고 안으로 들어가니 장양과 단규가
앞서 나와 목청껏 소리친다.
"네 이놈! 동 태후를 독살하고 병을 핑계로 궁에 안 나온 놈! 우리가 네
놈의 속셈을 모를 줄 알았냐? 돼지나 잡아서 팔던 백정 놈을 이 자리까지
만들어준 게 누군데 까불고 그래 임마! 얘들아, 저것 좀 없애버려라."
정신을 차릴 사이도 없이 장양의 부하들이 일제히 달려들어 하진을 내

려치니 꼴까닥! 하진은 이승을 하직한다. 한참을 기다려도 하진이 나오지 않으니 원소는 안에다 대고 "장군님, 이제 그만 나오세요." 하고 큰소리로 외쳐 부르는데 뭔가가 보자기에 쌓여서 원소의 발밑으로 툭 떨어진다.

"시끄럽다. 하진은 모반죄로 처형당했으니 그거나 가지고 가서 풀어보도록 해라."

이게 뭔가 하고 펼쳐보니 하진의 머리통이었다. 원소가 격분하여 "내시 놈들이 하진 장군을 죽였다. 병사들은 지금부터 내시를 때려잡아라!"

부장 오광(吳匡)이 불을 지르고 원술(袁術)은 궁중 깊숙이 뛰어들어 눈에 보이는 내시들을 닥치는 대로 잡아 칼로 목을 베어 날린다. 좁다란 궁전 복도에서 늙은 내시, 젊은 내시, 신입 내시들의 머리통 떨어지는 소리가 복도를 쿵쿵 울렸을 거다. 이런 혼란 속에서도 장양, 단규, 조절, 후람 등 십상시의 오야지들은 어린 황제와 진류왕을 납치해 화염이 불타는 궁을 빠져 나가려고 한다.

비록 사표는 냈지만 궁중에 변란이 생겼다는데 노식이 가만히 있을 수 있나! 따르는 아해들을 이끌고 궁으로 달려가니 도망치던 내시 단규가 하 태후를 협박하여 전각 아래로 끌어내리려고 옷자락을 잡아당기는 순간이었다. 영화에서 주인공이 위기에 빠질 때 마침 그 시간에 나타나서 구하는 거, 이미 삼국지 때부터 써먹던 전형적인 수법이다. 노식을 본 단규는 깜짝 놀라 달아나고 노식은 하 태후를 안전하게 모셨다. 하진의 동생 하묘는 오광에게 잡혀 죽었다. 함께 있던 조조는 재빨리 상황을 수습하기 시작했다.

"야, 1소대는 빨리 불을 끄고, 2소대는 하 태후에게 나랏일을 맡기게 하고, 3소대는 장양에게 납치된 황제와 진류왕을 찾아랏!"

장양과 단규는 어두운 한밤중을 이용해 한참을 도망가니 북망산에 이르게 된다. 산 속으로 숨어 들어가 어떻게 버티어보겠다고 마음을 먹고 있는데 갑자기 앞에서 말발굽 소리가 요란하더니 하남의 민공(閔貢)이란 자가 앞을 막는다. 아이고! 데이고! 어떡허나? 장양의 선택은 검은 강물 속으로 뛰어들어 물고기가 되든지, 물고기 밥이 되든지 일단은 강물 속으로 몸을 날리는 수밖에 없다. 둘 중에 하나가 되었겠지!!! 단규는 알아서 어디로 도망을 가버리고 황제 협과 진류왕도 어디론가 사라져버리고 말았다. 민공은 밤을 새워서라도 황제와 진류왕을 찾으리라 다짐했다.

이복형제인 황제와 진류왕은 서로에게 의지한 채 풀 속에 숨어 있었다. 사방이 조용해지자 어린 진류왕이 황제 협에게 속삭인다.

"이렇게 풀 속에만 숨어 있을 게 아니라 우선 잠잘 곳이라도 찾아봅시다. 이럴 때 컵라면이라도 있으면 좋으련만!"

그런데 라면은 보통 일본에서 최초로 만들어진 것으로 알려져 있지만 실제로는 중국이 그 기원이라는 설도 있다. 중일전쟁 당시 일본육군인 관동군이 중국인들의 건면을 먹어본 후 그 맛을 도저히 못 잊어 전쟁이 끝난 다음, 일본에서 만들었다는 이야기다.

협 황제와 진류왕이 갈 길을 잃고 황망해하고 있는데 어디선가 수없이 많은 반딧불이들이 날아들어 길을 밝혀준다. 중요한 건 그 불빛이 산비탈

길 밑의 노적가리 밑에 몸을 누일 때까지 밝게 비쳐줬다는 거다. 노적가리가 있으니 당연히 농가가 있었으리라! 그날 밤 노적가리 주인이 잠자다가 붉은 태양 두 개가 장원에 떨어지는 이상한 꿈을 꾸었다. 깜짝 놀라 일어나 소변도 볼 겸 노적가리 쪽으로 가보니 코 고는 소리가 들린다. '이상하다, 노적가리에서 코 고는 소리가 들리다니…….' 혼잣소리를 하며 노적가리에 가보니 어린 소년 둘이 피곤에 지친 듯 부둥켜안고 잠을 자고 있다.

"뉘 댁 자녀들인데 이곳에서 잠을 자는가요?" 하고 물으니 진류왕이 눈 비비고 일어나 의젓한 자세로 말한다.

"지금 자고 있는 분은 황제폐하입니다. 내시들의 난리를 피해 어쩌다보니 여기까지 오게 됐습니다."

아이고 놀래라! 오줌 누려던 것도 잊어버리고 주인은 한밤중에 사람들을 깨워 음식상을 차린다.

"아이고, 이거 컵라면만 있어도 되는데."

형제가 허기를 때우자 노적가리 주인은 그제서야 자기소개를 한다.

"신은 내시들이 꼴보기 싫어 벼슬에 나가지 않고 농사나 지으며 살고 있는 최의(崔毅)라고 합니다."

식사가 끝나갈 즈음에 밖에서 왁자지껄하는 소리가 들려 사람을 시켜 알아보니 민공이 최의를 찾아온 것이다.

"마침 이곳을 지날 일이 있어 밤은 늦었지만 잠자리 좀 마련하려고 이렇게 찾아왔네."

선데이 삼국

창간 준비호

전투중인 애인에게 꽃 배달
서비스 30% 할인 서비스

죽어도 배달 완수!

동행 취재

충격폭로 여배우 J양

황제 협과 진류왕, 1일 노숙생활

부모들 아이들 손잡고 노숙체험, 일부 아이들 「노숙하기 싫다」 가출 급증

『나는 주막 출신 나가요였다』

우연히 '전쟁터 캐스팅'에서 발탁, 혹독한 훈련 통해 전격 데뷔

ⓒ대자연공장·전속예감홍석원

비화 추적

권력관계 대이동, 변방 장수 동탁 급부상

황건적 토벌에서 쭉쭀었지만 뇌물 바치는 건 1등

노숙체험하는 아이들 과연 노숙하게 키울 수 있나?

전문가 긴급진단

- "세상 보는 눈 한층 넓어져" VS "어릴 때부터 삐대는 거 배워"
- 충격보고, 어릴 때 노숙 체험한 아이, 커서 노숙자 될 확률 23%

말 전용 네비게이터 긴급 출시 "복잡한 작전명령, 한 번에 입력"

긴급 공지

개가 풀 뜯어먹는 것 보신분 연락바람
번갯불에 콩구워 먹을 수 있는 용감한 분 모집

최의가 민공을 반갑게 맞이한다. 최의가 "여차저차 차차차해서 우리 집에 황제가 머물고 있네."

깜짝 놀란 민공이 울음을 터뜨렸다. 울음이 전염되어 황제도 울고 진류왕도 울고 최의도 덩달아 운다. 민공이 먼저 울음을 그치고 "어서 궁으로 돌아갑시다. 나라에 한시라도 임금이 안 계시면 아니되옵니다." 하고 재촉했다. 돌아가는 민공의 말에 이상한 게 매달려 있어 최의가 묻는다.

"이보게, 말꼬리에 달린 게 뭔가?"

"아, 이거! 필요하면 자네 갖게. 내시 단규의 대가리일세. 허허허."

민공은 황제를 모시고 궁으로 향한다. 그 밤에 연락이 되어 마중 나온 원소 등도 합류를 했다. 그런데 가는 도중에 깃발을 펄럭이며 비포장길에서 흙먼지를 날리며 달려오는 한 떼의 군사들과 만나게 된다. 황제는 겁이 나 진류왕의 뒤에 가서 눈치를 살피고 있다. 군사떼의 우두머리같이 보이는 놈이 묻는다.

"천자 폐하는 어디 있소?"

진류왕이 되묻는다.

"당신은 누구요?"

물어보는 어린 아이의 눈빛과 말투가 예사롭지 않은 걸 보고 꼬리가 내려간다.

"동, 동탁인데요."

"용건이 뭐요?"

"용건! 네, 황제를 모시러 왔습니다."

"황제를 모시러 왔다고? 그렇다면 말에서 내려 예를 갖춰야지 말 등에 올라앉아 아래를 내려다보는 태도는 어디서 배워먹은 수작이오?"

동탁이 바로 말에서 내려 엎어져 인사하며 예를 갖춘다. 동탁의 등에서 식은땀이 한 말 정도 흐른다. 진류왕이 동탁을 칭찬하고 호위를 맡기니 동탁의 어깨에 은근히 힘이 들어간다. 동탁은 황제를 모시고 궁으로 향하면서 속으로 '야, 대차네! 황제 형보다 백 배 낫네!'라고 생각한다.

샐러드 추가 구라 _ 아이들에게 개망신당해본 사람들은 안다. 아이들이라고 너무 무시하면 안 된다. 위기철의 소설 『아홉 살 인생』을 보면 아홉 살짜리들도 사랑하고, 고민하고, 질투하고, 번뇌하고 할 거 다 한다. 내 후배 중에 바람둥이가 여럿 있는데 그중의 한 명이 겪은 이야기가 있다. 후배의 애인은 아이를 혼자 데리고 사는 과부였는데 후배는 물론 처자식이 있는 몸이다. 만나서 재미본 지가 꽤 오래된 관계인 이 여자 분이 자기네 집에 와서 저녁을 먹지 않겠냐고 하더란다. 사실 집으로 찾아간다는 게 좀 찝찝하긴 했지만 '괜찮으니까 오라고 했겠지!' 하고 여자네 집을 찾아갔단다. 혼자 있는 줄 알았는데 웬걸! 초등학교 1학년짜리 딸이 있더란다. 엄마는 아이에게 "인사해! 엄마가 좀 아는 아저씨야." 하고 인사를 시키고 싱크대 쪽으로 가서 저녁을 준비하더란다. 그냥 앉아 있기가 밋밋해서 아이에게 이것저것 말을 시켰단다. '리모콘 좀 가져와라.', '어디 딴 데 좀 돌려봐라!' 아이는 순순히 자기가 하라는 대로 하기도 하고 묻는 말에 대답도 곧잘 하더란다. 잠시 후 저녁상이 준비되어 식탁에서 밥을 먹는데 엄마가 싱크대에 뭔가 가지러 간 사이에 이 꼬마 여자아이가 갑자기 자기 얼굴에 침을 퉤! 하고 뱉더란다. 침이 자기 얼굴 한가운데, 코에 맞은 거다. 너무나 당황해서 왼손으로 침을 닦으며 오른손으로 꼬마의 머리를 쓰다듬으며 "왜 그래?" 하는 찰라, 순식간에 아이가 두 손을 뻗어 자기 손을 잡아 입으로 물더란다. 섬뜩하고 겁나고 모골이 송연해지는데 입에서 손을 빼려고 했지만 잘 안 빠지더라는 거다. 물론 비명이 나올 정도로 세게 물렸는데 소리도 못 지르고 쩔쩔매고 있었다. 엄마가 식탁으로 돌아오려는 기미를 보이자 아이는 얼른 손을 놔주었단다. 엄마가 밥상에 앉자 아이는 아무 일도 없었다는 듯 밥을 먹고 자기도 마찬가지로 아무 일 없었다는 듯

"눈이 마주칠 때마다
눈에서 불이 나오듯이
노려보더라."

밥을 먹을 수밖에 없었는데, 제정신이 아니더라는 거다. 순식간에 일어난 일이었다. 허겁지겁 밥을 입에 쑤셔 넣으며 아이의 얼굴을 봤는데 눈이 마주칠 때마다 눈에서 불이 나오듯이 노려보더라는 거다. 엄마는 조금도 눈치 못 채고! 혼쭐이 빠져나간 기분으로 그 집에서 어떻게 나왔는지도 자세히 기억이 안 나더라는 거다. 그렇다. 아이들도 알 건 다 아는 거다.

동탁은 여기서 이 후배와 다르다. 후배는 겁을 먹고 다시는 그 집에 가지 않았지만 동탁은 겁을 먹음과 동시에 야심까지 품게 된다.

'야―, 진류왕이 어리지만 형보다 낫네! 내가 매니저가 되어 한 큐 잡아야지!'

결국 삼국지를 당구용어로 풀이하자면 '한 큐 잡는 이야기'다. 의정부 어느 당구장에 이런 표어가 붙어 있었단다!

'패자는 카운터로!!!'

그런데 한 가지 궁금한 것이 있다. 역사 속에 보면 많은 남자들은 대권을 향해 야욕을 품지만, 상대적으로 여자들은 대권에 대해 야욕을 품는 경우가 많지 않다. 왜 그럴까?

● 구라 심리학 _ 남자와 여자는 여러 가지 측면에서 서로 다른데, 그중 하나는 남자는 집단을 이루어서 놀기를 좋아하고 여자는 소수의 사람들만이 모여서 놀기를 좋아한다는 것이다. 집단을 형성한

남자들은 상하관계를 지향하는 반면, 여자들은 평등관계를 지향한다. 따라서 남자들은 자신이 속한 집단 내에서 보다 높은 지위에 오르려는 욕망을 가지게 되는 반면, 여자들은 평등관계를 지향하기 때문에 높은 지위에 대한 욕망을 비교적 적게 갖는다.

황제가 환궁하니 하 태후가 반겨 맞으며 꺼이꺼이 울어댄다. 난리통에 옥새가 어디로 사라졌다는 거다. 동탁이 황제와 진류왕의 힘을 빌려 목에 힘주게 된 건 당연한 일이다. 궁중도 무상으로 출입하고 갑옷도 새 걸로 맞춰 입고 거리를 활보하니 백성들은 불안에 떨 수밖에 없었다. 포신이라는 자가 원소를 찾아가 동탁이 더 크기 전에 없애자고 하나 원소는 '이제 겨우 안정을 찾았는데 자꾸 일을 벌이지 마라.' 하고 말을 듣지 않으니 포신은 자기를 따르는 군대를 거느리고 태산으로 가버렸다.

동탁이 잘나간다 싶으니 옛날 하진의 군사들도 동탁네 편에 붙는다. 힘을 받은 동탁은 자신의 꿈을 펼 궁리만 해댄다. 자신의 사위임과 동시에 참모인 이유를 불러 은밀하게 묻는다.

"나 말이야, 지금 황제를 폐하고 진류왕으로 황제를 바꾸려고 하는데 너는 어떻게 생각하냐?"

"장인어른, 참 좋은 생각입니다. 지금이 기회입니다. 놓치면 후회합니다. 문무백관들을 모아놓고 황제를 바꾸겠다고 하십시오. 반대하는 자들은 우리가 잘하는 거 있잖습니까? 즉각 목 치는 거, 장인어른 파이팅!"

동탁은 다음 날 잔치를 크게 열어 문무백관들을 불러 모았다. 취사병들 거시기에 땀난다. 탕수육 만들랴, 짜장 볶으랴, 양파 까랴, 짬뽕국물 간보랴…… 한창 고량주가 돌아가고 오향장육 추가요! 탕수육도 좀 더 줘요! 하는 소리가 여기저기서 들린다. 취기가 서서히 오를 때쯤 동탁이 "음악을 멈춰라!" 하니 주위가 조용해졌다.

"서론은 필요 없고 오늘 갑자기 잔치를 베푼 까닭은 나약한 지금의 황제를 폐하고 진류왕을 황제로 옹립하려는데 경들의 생각은 어떻소?"

긴 침묵이 흐른다.

"그건 절대로 안 됩니다. 황제께서는 전 황제의 법통을 이으신 분인데 어째서 그런 소릴 하는 거요? 뭔 잘못을 했단 말이오? 당신은 역적이오!"

동탁이 그를 보니 형주지역의 군수격인 정원(丁原)인 거다.

"뭐라구?"

동탁이 잘하는 거 바로 나온다. "내 뜻을 따르는 자가 아니면 누구라도 살려둘 수 없다."며 칼을 뽑아 바로 목을 치려 한다. 이때 동탁의 사위 이유의 눈에 겉모양이 신경 쓰이게 생긴 사람이 방천화극(方天畵戟)을 들고 눈을 부라리며 서 있는 모습이 들어온다. 분위기 안 좋게 돌아간다고 눈치 깐 이유가 다시 얼른 수습을 한다.

"오늘같이 좋은 날, 국정은 나중에 논하시고 오늘은 즐겁게 먹고 마십시다."

술자리 분위기 다 깨는 그따위 말을 하니 술자리는 금방 파장이 되고 정원은 그 자리를 얼른 피한다. 동탁이 다시 "여러분들, 내 의견이 어떻소?"라고 묻지만 대신들은 '어떻게 이 자리를 빠져나갈까?' 잔머리를 굴리는데 여념이 없다.

노식이 "장군께서는 지금 뭔가 잘못 생각하고 있소. 지금의 황제는 비록 나이는 어리지만 총명하고 어지시며 추호도 잘못한 점이 없소. 장군은 밖을 지키는 몸으로서, 국정에 감 놔라, 배 놔라 할 입장이 아니오. 강제로 황제를 폐하려 한다면 당신은 역적이오."

동탁이 다시 칼을 빼들어 노식을 죽이려 하니 팽백(彭伯)이란 자가 급히 동탁을 가로막으며 "노식은 천하에 인망이 두텁고 벤처회사 주식도 많이 보유한 사람이니 지금 그를 해쳐서는 우리에게 이득이 될 것이 없소이다. 황제를 폐하려는 문제는 술좌석에서 논의할 성질이 아니니 후일 기회를 다시 만들어 의논을 하시지요."

이 말에 왕윤(王允)도 거드니 동탁이 슬그머니 뜻을 굽힌다. 신하들은 '기회는 찬스다.' 생각하면서 하나둘 어물어물 궁을 빠져나간다. 팔보채가 많이 남았던데!!!!

동탁도 궁 밖으로 나오니 낯선 사내가 커다란 창을 들고 말 위에 올라 이리저리 왔다 갔다 한다. 동탁이 겁먹은 목소리로 이유에게 저 인간이 도대체 왜 저러는지를 알아오라 한다. "저 사람은 여포(呂布)라는 사람입니다. 장군께서는 잠시 몸을 피하는 게 좋을 듯합니다."

여포

다음 날 아침, 정원이 동탁을 죽일 결심으로 군사들을 모아 동탁이 묵고 있는 군성에 이르러 싸움을 걸었다. 동탁은 꼭지가 돌 정도로 열을 받았다. 사위 이유를 앞세워 싸움에 맞선다. 여포가 창을 비껴들고 선발로 달려나왔고 그 뒤를 정원이 잇는다. 정원은 동탁에게 "나라는 어지러워 두통에 시달리고 있고, 백성은 살기가 힘들어 똥구멍이 찢어지는데, 네놈은 한 일이 아무것도 없으면서 황제를 폐하고 공짜로 조정을 먹으려 하느냐?"

성이 난 여포가 동탁을 죽이려고 창을 휘둘렀다. 동탁이 말을 돌려 달아난다. 이어 정원의 군사들이 그들을 쫓아가니 동탁의 무리는 30여 리 밖으로 내뺄 수밖에 없었다.

사실 동탁은 여포를 처음 볼 때부터 이상하게 꼬랑지가 내려갔던 것이다. 코미디언들도 마찬가지다. 지들끼리 동네에서 웃기고, 학교에서 오락반장으로 웃기고, 회사에서 웃기는 사람들도 프로들 앞에선 못 웃기는 경우가 많다. 개그맨 하겠다고 우겨서 엄마가 데려온 개그맨 지망생이 내겐 여럿 있었는데 엄마 말로는 자기 애가 무진장 웃긴다는 거다. 담임선생님도 커서 개그맨이 될 거라고 했다는데 이상하게 내 앞에선 못 웃기는 걸 많이 봐왔다.

● 구라 심리학 _ 꾼은 꾼을 알아보고, 전문가는 전문가를 한눈에 알아보는 법이다. 동탁은 한눈에 여포가 여느 장수와는 다르다는 사실을 알게 된다. 상대가 강하다는 사실을 알고 있는 상황에서 굳이

싸움을 걸 필요가 없다. 승산이 없을 수도 있고, 이겨야 본전일 수도 있기 때문이다. 차라리 후일을 기약하는 것이 현명하다. 개그맨이 되겠다고 나타난 사람들도 마찬가지다. 동네에서야 최고일지 모르지만, 진짜 프로들 앞에서는 결코 자신이 최고가 될 수 없음을 안다. 번데기 앞에서 주름잡는 격이니 얼마나 위축이 되겠는가?

정원과 여포의 추격을 피해 간신히 한숨을 돌린 동탁이 "야, 여포 같은 인간이 내 밑에만 있다면 천하에 두려운 것이 없을 텐데!"

옆에 있던 중랑장 이숙(李肅)이 "제가 한번 나서볼까요? 여포하고 저는 같은 고향이거든요! 여포는 사지가 발달했지만 골은 간단한 인간이에요! 제가 가서 부하가 되어달라고 달래보겠습니다."

"정말인가? 잘 할 수 있겠나?"

"예. 장군께서 아끼는 적토마(赤兔馬)와 금은보화를 사과상자에 좀 넣어주십시오. 금은보화를 말떼기로 갖다준다면 여포는 정원을 배반하고 장군님께 투항할 것입니다."

동탁은 흔쾌히 하룻밤에 천리를 달린다는 적토마와 황금과 보석을 사과상자에 담아준다. 이숙이 여포를 찾으니 여포가 의아해서 "오랫동안 못 봤는데 지금 뭐 해먹고 사시오?"

"중랑장이란 벼슬자리로 그럭저럭 먹고산다네! 아우가 나라의 사직을 지키려 한다는 소문을 듣고 찾아왔네. 나한테 좋은 말이 한 필 있는데 이게 이름이 적토마란 말이야. 하룻밤에 천 리를 달리는 말일세. 이 말 임자는 바로 아우일세! 말도 사람하고 궁합이 맞아야 제힘을 발휘한다네!"

적토마를 보여주니 한눈에 봐도 잡 털이 섞이지 않은 명마다.

적토마를 본 여포는 입이 헤~ 벌어진다. 이숙이 계속 아부의 비빔밥을 비벼대며 "말도 주인을 잘 만나야 하듯이 사람도 그렇지 않겠는가?" 하며 가지고 온 금은보화를 내어놓는다.

"형님께서 오랜만에 나타나 말과 금은보화를 주시니 어찌된 영문인지 도대체 알 수가 없습니다."

"사실은 동탁께서 자네가 가지고 있는 재주가 많고 어쩌구, 저쩌구~."

여포가 "그럼 나는 어떻게 장군님께 은혜를 갚아야 한단 말이오?"

이때쯤이면 아무리 아둔한 놈이라도 눈치를 챈다. 이숙이 "이제 그만 돌아가네." 하며 눈을 찡긋한다. 이숙이 돌아간 밤. 여포는 천리마와 금은 보화에 대한 보답을 하고 새로운 인생을 위해서 굳은 결심을 한다. 그날 밤 정원의 처소로 찾아간다. 늦은 밤까지 병서를 읽고 있던 정원이 여포를 보자 "우리 아들, 이 밤중에 무슨 일이 있느냐?"

"아들이라니? 나도 어엿한 대장부다. 어찌 내가 니 아들이냐?"

"아닌 밤중에 홍두깨표 여포 아닌가? 아니 이놈이⋯⋯ (미쳤느냐?)" 라고 말을 하려는 순간 칼로 목을 내려치니 정원의 목이 베어진다. 다음 날 새벽밥도 안 먹고 바로 여포는 군사들과 함께 정원 모가지를 보자기에 싸 들고 이숙을 찾아가니 이숙이 동탁에게 여포를 소개시킨다. 동탁이 "이제

천리마는 언제나 이 세상에 있는 것이지만 이것을 알아보는
사람이 있어야 한다. 그러므로 비록 이 세상에 명마가 있을지라도
다만 말치기들의 손에 학대를 당하다가 마구간 죽통이나 발판 사이에서
다른 잡말들과 죽어버리고 마니 천리마라는 이름으로 인정 받지
못하는 것이다. — 한퇴지의『잡설』중에서

장군을 만난 것은 가뭄에 양수기를 만난 것 같습니다."

여포는 이에 엎드려 절하며 "장군께서 이 몸을 버리지만 않으신다면 소생은 장군을 의부로 모시도록 맹세하겠습니다. 여기 새끼손가락!!!"

동탁은 여포와 새끼손가락을 걸고 마주보며 웃는다. 또한 그 자리에서 여포에게 더 많은 금은보화를 가져다주라고 이른다.

＊ 돈은 스무 사람의 웅변가 역할을 한다. – 셰익스피어 리처드3세

＊ 어떤 인간이든 돈으로 매수되지 않는 인간은 없다. 문제는 그 금액이다.

　–막심 고리키

＊ 돈이라면 신도 웃는다. –영국 속담

＊ 돈은 비료와 마찬가지로 뿌릴 때까지는 아무 소용이 없다. –역시 영국 속담

5

자녀들아, 아버지의 고단함을 아는가?

– 동탁을 죽이려는 조조의 잔머리

    여포를 얻은 동탁은 그 자신을 총대장으로 격상시키고 친동생 동민(董旻)에게 좌장군을, 여포에게는 중랑장이란 벼슬을 내렸다. 근데 궁금한 건 이놈들도 벼슬이 바뀌면 제일 먼저 명함부터 찍나? 명함을 찍든 말든 진도 나간다.

    동탁의 사위 이유는 동탁에게 빨리 황제를 폐위시키자고 충동질을 해 혓바닥이 닳아 없어질 지경이다. 동탁은 다시 한번 대궐 안에서 연회를 베풀려고 문무백관에게 초청장을 보내고 여포에게는 군사 1,000여 명을 붙여 자기를 호위하게 한다.

동탁이 만든 술자리라서 그런지 초대받은 문무백관들은 '저놈이 뭔 꿍꿍이 속이 있을껴!' 하며 의심의 눈초리를 보내지만 안 갈 수는 없다. 그럭저럭 술판이 무르익어가려는데 동탁이 긴 칼을 옆에 찬 채 "지금의 황제는 건강도 별로 안 좋고 정사에도 밝지 못하여 그의 아우이신 진류왕을 황제로 모시기로 했으니까 그렇게 아슈!" 라며 술판 분위기 깨는 소리를 한마디한다.

분위기 무섭고 더럽지만 신하들은 벌벌 떨기만 할 뿐 그 누구도 앞장서서 나서는 이가 없다. 그러나 오직 한 사람! 원소가 "말도 안 되는 소리요. 황제께서는 즉위한 지도 얼마 안 되시고 덕을 잃은 잘못도 없다. 누구 맘대로 황제를 바꾸겠다는 거냐? 니가 지금 하는 짓이 바로 역적이야, 임마!"

동탁이 화가 나 칼을 빼들고 "내 맘이다, 임마! 세상 분위기 파악도 제대로 못하는 놈! 내가 들고 있는 칼이 안 무섭냐?"

그러자 원소도 재빨리 칼을 빼어든다.

"이런 죽일 놈! 네놈의 칼만 숫돌에 갈은 줄 아냐?"

원소의 칼끝이 동탁의 목을 겨눈다. 이 와중에 다른 대신들은 한마디 말도 못하고 있다. 대신들이 말이 없다는 건 무얼 뜻하는가? 이미 줄서기를 시작했다는 이야기다. 동탁의 막강한 힘과 권세와 원소의 의연한 대의명분 앞에서 어떻게 해야 할지 계산기를 두드리고 있다는 거다.

우리 사회에서도 줄을 잘 서야 한다는 말이 있다. '저놈은 줄을 잘 섰어! 줄을 잘 잡았어!' 원소는 동탁 줄에 안 서겠다는 거고, 동탁은 대신들 전부를 선착순으로 자신에게 줄 세우고 싶은 거다. 개그맨들도 처음에 들어오

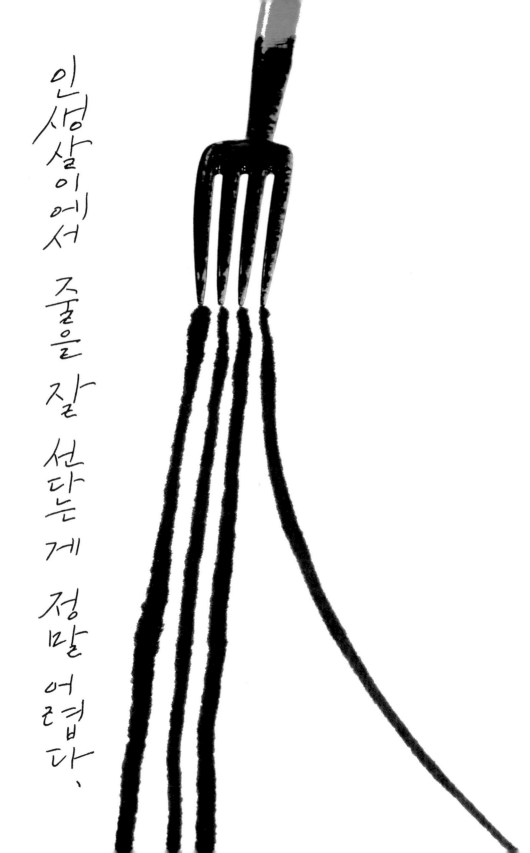

인생살이에서
줄을 잘
선다는 게
정말 어렵다,

면 줄을 잘 서야 한다. **인생살이에서 줄을 잘 선다는 게 정말 어렵다.** <u>인</u><u>생은 줄이다. 줄서다가 가는 거다.</u>

● **구라 심리학** _ 사람들이 줄을 서는 이유는 무엇인가? 사람은 '뭐든 남는 것'이 있어야 움직인다. 줄을 서는 것도 줄을 서지 않는 것보다는 뭔가 남는 것이 있기 때문에 힘들여 줄을 서는 것이다. 줄을 서는 행위는 서양에도, 우리나라에도 모두 있다. 허나 줄을 선다는 의미는 아주 다르다. 서구 사회는 계약제 사회이다. 즉 집단의 결속은 철저한 계약에 의해 이루어진다. 따라서 집단을 이루는 핵심 골격은 서로 간의 합의에 의한 계약이다. 한편 계약은 언제든지 합의만 이루어지면 바뀔 수 있다. 그러나 우리 사회에 통용되는 인간관계의 기본 골격은 합의가 아닌 우리 편, 남의 편의 편 가르기이다. 어떤 정치인은 '우리가 남이가?'라는 표현을 썼다. 우리 사회에서는 우리 편을 대하는 태도와 남의 편을 대하는 행동이 판이하게 다르다. 우리 편에 속하게 되면 그때부터 모든 이성적이고 합리적인 판단에 근거한 행동은 사라진다. 반대로 일단 우리 편이 아니고 상대 편이 되면 적대감을 갖게 된다. 따라서 줄서기는 일생이 걸린 한 판의 대 모험이 되는 것이다. 그러니 줄서기가 얼마나 중요한가? 그래서 신참 입장에서는 어느 줄에 서는 것이 좋을지에 대해 장고를 할 수밖에 없다.

동탁과 원소 사이에 사위 이유가 끼어들어 "자자, 흥분들 마시고 아직 일이 성사되지도 않았는데 사람을 함부로 죽이면 안 됩니다."

동탁이 먼저 칼을 내려놓는다. 원소도 칼을 거두고 "에이, 퉤퉤, 더러븐 놈! 내가 하진을 시켜 변방의 군사들을 불러들인 게 잘못이구나." 라며 침을 세 번 뱉고 원씨들의 본거지인 기주로 떠났다. 동탁이 손가락을 들어 그 자리에 있던 원소의 숙부 원외(袁隗)에게 묻는다.

"그대의 조카 원소가 까불었지만 내가 당신 체면을 봐서 용서했소. 그 대는 황제 폐립에 대하여 원소와 같은 생각인가?"

여기서 동탁에게 개길 수 있는 사람이 있을까? 원외도 할 수 없다.

"장군의 뜻에 따르겠습니다."

모두들 그저 겁먹고 부들부들 떨면서 동탁 쪽에 줄을 선다. 동탁이야 신나는 달밤이지!!!

"누구든 까불면 군법에 의해 처단한다. 오늘 술판 끝! 내일 일찍 출근해라, 해산!"

모두가 돌아간 후 동탁은 부하 주비(周毖)와 오경(伍瓊)에게 원소의 처리에 대해 물으니 주비가 "원소는 지금 당장 해결하지 않아도 될 것입니다요. 그 가문은 4대에 걸쳐 덕을 베푼 집안이라 원소를 따르는 무리들이 제법 있습죠. 근데 만약 원소가 무리를 모아 반기를 든다면 그가 무서워서가 아니라 산동지방 자체가 그의 수중에 들어간다는 것이 조금 두려운 일입니다요. 그러므로 그를 그냥 용서해주고 벼슬자리라도 내준다면 결코 말썽을 안 부릴 것입니다요."

"호! 그래?"

오경의 생각도 크게 다르지는 않다.

"원소가요, 재간은 있지만 과단성이 부족한 인간이에요. 두려워할 것 없습니다. 작은 태수자리라도 한자리 주셔서 민심을 거두십시오."

"알았도다."

원소를 발해(渤海)의 태수자리에 앉힌다. 그해 9월 동탁은 황제를 가덕전에 모시고 문무백관들의 출석을 부른 뒤 "천자가 어질지 못해 만인의 임금이 될 자격이 없다. 지금부터 책문(策文)을 한 번밖에 안 읽을 것이다. 나중에 딴소리하지 마라."

동탁이 눈짓을 보내자 이유가 큰소리로 읽기 시작한다.

"황제께서 일찍이 세상을 떠나 그 뒤를 이어 지금의 황제가 제위를 계승하니 모든 백성들이 다 우러러보며 뭔가를 기대하였도다. 근데 황제는 천성이 경박하고 상중임에도 만백성들의 뜻을 저버렸다. 거기다가 하 태후는 범절이 없어 정사를 그르쳤으며 더군다나 동 태후를 죽이기까지 하여 삼강의 도는 물론이요, 천지기강이 무너졌다. 그런 반면 진류왕은 성덕과 범절을 갖춰 상중에도 부질없는 말을 삼가고 효성이 지극했다. 그의 아름다운 덕망을 만세에까지 전하리라. 이에 우리는 진류왕을 황제로 모시고자 한다. 이상."

낭독을 마치자 동탁의 신호에 따라 현재의 황제가 부하들의 손에 끌려 나온다. 이어 하 태후의 예복을 벗기려 하니 황제와 태후는 서로 붙들고 통곡한다. 문무백관들도 눈시울만 붉히는데 벽력 같은 소리가 저쪽 아래에서 들린다.

"야, 이 역적놈아! 네 목의 피를 뿌려 네놈을 징계하리라."

이 말과 동시에 누군가가 주먹으로 동탁의 죽탱이를 날린다. 정관(丁管)이란 자다. 성질이 난 동탁은 당장 목을 베라고 길길이 날뛴다. 형장에서도 그는 끝내 동탁을 욕하며 죽음을 조금도 두려워하지 않으며 이 세상살이를 마감했다.

꿀밤 추가 구라 _ 가끔 텔레비전 뉴스를 보면 누가 봐도 나쁜 짓을 한 나쁜 놈들을 인터뷰하기 위해 기자들이 마이크를 들이대는 장면이 종종 나온다. 나랏돈 떼어먹은 놈들이거나 탈세를 하거나 사람 목숨을 파리 목숨처럼 죽인 범인들을 보면서 이런 생각을 하기도 한다.

'저 기자들이 나쁜 놈들에게 제일 가까이 다가선 사람들이잖아! 그렇다면 인터뷰하려고 내민 마이크로 갑자기 그놈의 대갈통을 한번 때려주는 기자는 없나? 아니면 말이라도 '야, 이 나쁜 새끼야, 그 돈을 왜 떼어먹어! 개자식아!'라고 해주던지. 이런 장면 한번 봐야 하는데, 앞으로는 나오겠지!!! 기자가 나쁜 놈 취재하다가 맞는 장면은 가끔 나오던데 말이야.'

진류왕을 등극시키니 이제 모든 일들은 일사천리로 진행된다. 군신들은 서둘러 예를 갖추고 전 황제와 황제의 비 당씨, 하 태후 등을 영안궁에 가두어버린다. 전 황제는 4월에 등극해 5개월 만인 9월에 쫓겨났다. 동탁에 의해 황제가 된 진류왕은 나이 9살의 어린 소년이었다. 요즘 나이로 초등학교 2학년이다. 새벽종이 울렸네, 새아침이 밝았네! 한나라의 연호가 '초평(初平)'이 된다.

여기서 잠깐! 카메라를 어느 문무백관의 집으로 돌려보자! 동탁이 칼 빼들고 설칠 때 부들부들 떨었던 문무백관 중에 이름이 왕서방인 자가 있었다고 치자. 이 왕서방, 조금 전 궁에서 일어난 일들을 생각하면 어처구니가 없다. '동탁, 뭐 저런 인간이 다 있노?' 하며 울적한 마음을 달래기 위해 포장마차에 들러 고량주 한잔하고 집으로 돌아간다. 왕서방이 집으로 돌아가니 안사람이 그의 안색을 보고 조심스레 묻는다.

"여보, 오늘 밖에서 안 좋은 일 있었수?"

"…… 아니! 그건 왜?"

"안색이 너무 안 좋아 보여서요."

"그래? 별일 없었는데……"

"아잉~! 그러지 말고 말씀 좀 해보세요."

왕서방이 하는 수 없이 여차 저차 차차차 말하니 "아니 그럴 때 당신은 아무 말도 안 하고 가만 있었수!!!" 하고 면박을 준다.

왕서방은 자존심이 약 20% 상해서 "아니, 한마디 하려고 했지!"

"근데요? 한마디도 못하셨구랴!!!"

"아니 근데 그때 정관이가 '네놈은 역적이다.' 라고 하면서 주먹으로 동탁의 아구통을 돌렸지!"

"그래서요?"

"그래서요, 라니? 동탁이 가만히 있을 리가 있나? 그 자리에서 바로 죽이더라구."

"어머나!"

"근데 그 자리서 뭐라고 한마디 할 수 있겠어? 입도 뻥긋 못했지, 그럼 내가 내일 출근하자마자 '동탁, 이 싸가지 없는 새끼야.' 하고 말하면서 한 번 더 아구통을 날려버릴까?"

"누구 생과부 되는 꼴 보려구그러우? 가만있길 잘했어요."

이런 대화가 왕서방 집뿐이 아니라 진서방, 오서방, 조서방 집에서도 있었을 거란 말이야! <u>아버지이기 때문에, 한 집안의 가장이라서, 직장에서 할 말 다 못하고 산다.</u> 아버지들의 삶은 고대 중국 아버지나 우리 세대의 아버지나 똑같다. 아버지한테 잘해드립시다.

● 구라 심리학 _ 우리는 살아가면서 수없이 많은 상황 앞에서 '어떤 행동을 해야 할 것인가?'에 대해 고민하게 마련이다. 그리고 만일 한다면 얼마나 최선을 다해서 할 것인가에 대해서 생각해야만 한다. 이런 행동양식과 관련된 것이 동기(動機)의 문제이다. 동기와 관련된 이론은 매우 다양하지만 위의 상황에서 중요한 것은 '기대-

가치 이론'이다. 이 이론은 '동기는 기대와 가치의 곱에 의해 결정된다.'는 주장을 하고 있다. 곱셈은 어느 하나가 0이 되면 결과적으로 모두 0이 되고 만다는 특성이 있다. 즉 0이란 없음을 의미하고, 이는 곧 행동을 하지 않는다는 것을 말한다. 다시 한번 기대-가치 이론을 살펴보자면, 우리가 어떤 행동을 할 것인지 말 것인지, 그리고 한다면 얼마나 열심히 할 것인지는 실현 가능성이 많고, 가치 있는 일일수록 높아지고 그 반대의 경우는 낮아지게 된다. 동탁의 행동에 대해 한마디하고 싶지만, 한마디 했다가는 목이 달아난다. 그러니까 인생 자체가 '0'이 되어버린다는 이야기다. 한마디 하고서 목이 달아나는 것과, 참고 목숨을 유지하는 것 중 어떤 것이 더 가치 있는 일일까? 어떤 결정을 내리는가에 따라 행동이 달라진다. 하지만 정관은 과감하게도 0을 선택했다.

샐러드 추가 구라 _ 독자 여러분! 말 나온 김에 아버지 이야기 구라 하나 더 들어볼래? 다 듣고 나서 누군지 이름 밝히라고 하지 마라. 그냥 구라라고 생각해라! 그러나 진짜인걸!!!!!

환갑을 갓 넘긴 아버지들의 모임이 있었다. 그 모임이 정치적인 모임도 아니고 취미가 같아서 모이는 모임도 아니고 그냥 어릴 때부터 같은 동네 살았고 몇몇은 같은 학교도 다닌 아주 오래된 친구들의 모임이다. 규칙적으로 모이는 것도 아니고 그저 집안의 경조사가 있으면 모이고 간혹 자식들이 용돈을 줘서 공돈이 생기면 전화로 연락되는 친구들끼리 모일 뿐이다. 물론 그 모임에서 나오는 이야기들도 모두 뻔한 이야기들이다. 정치 이야기, 날씨 이야기, 옛날 쌍팔년도에 우미관 가서 싸움하던 이야기 등등 남들이 유심히 들으면 너절한 이야기를 진지하고 싱겁게 하던 모임이었다. 하지만 자식 자랑 이야기가 나오면 다들 목에 핏대를 올리면서 이야기하곤 했다.

그 모임에 김 영감이라고 있었다. 딴 이야기라면 자신 있게 구라를 풀고 필사적으로 떠들 수 있는데 자식 이야기라면 꼬리가 내려간다. 그도 그럴 것이 남의 자식들은 고시에 합격했네, 회사에서 승진을 했네, 의사아들을 둔 강 영감은 사돈댁에서 병원을 차려주네! 침들을 튕겨가며 자식 자랑에 바쁘지만 김 영감의 경우는 쪽팔릴 뿐이다. 자식 하나 있는 게 고시는커녕 개뿔! 어릴 때부터 맨날 쌈질만 하고 다니더니 어느새 폭력전과 5범이 된 거다. 친구들 사이에서도 화젯거리가 없으면 김 영감 아들 이야기가 자연스레 막걸리 안주로 나온다. "영식이 또 들어갔냐.", "이번엔 몇 년 받았대?" 이 따위 말에 김 영감은 할 말이 없다.

그러던 어느 날! 영식이 놈이 "아버지 생일이 언제요?" 하고 묻는 거다. "아니 나이가 서른이 넘은 놈이 애비 생일도 몰라?" 하고 섭섭하긴 했지만 생일이라도 물어준 게 기특해서 "다음 달 15일이다." 라고 말해줬다. 이 녀석이 생일 며칠 전에 다시 한번 묻는다.

"아버지 생일이 내일 모레잖어! 아버지랑 제일 친한 친구가 몇 명

이야?"

"그건 왜!?"

"그건 알 필요 없고, 친한 친구가 몇 명인지 말해보라니까요."

"세 명이다. 왜 그러냐?"

"아버지 생일에 그 친한 친구 세 분을 모시고 나오세요. 제가 저녁을 살 테니까요!"

김 영감은 속으로 '아니 천지가 개벽할 일이 있나?' 하고 생각했다.

생일이 되자 영식이 녀석은 돈을 어디서 삥쳤는지 모르지만 홍능 고깃집으로 가서 저녁을 사더란다. 고기에 식사에 술도 한잔 얻어먹으니 이렇게 좋을 수가 있나? 김 영감은 입이 다물어지질 않는다. 친구들 앞에서 모처럼 폼을 잡아보고 있는데 영식이가 "아버지! 친구분들 모시고 나오세요." 하더니 차에 태워 어디론가 가더란다. 그게 어딘가 하면…… 다름 아닌 청량리 588이었다.

그 이후 김 영감 친구들 사이에선 이런 말이 떠돌았다고 한다.

"판사, 의사, 교수 다 소용없어!"

"늙은 애비 마음 알아주는 건 건달뿐이 없더라니까!"

또 영식이가 한번씩 동네에 나타날라치면 김 영감 친구들이 은근한 눈길을 보내는가 하면 어느 영감은 슬며시 영식이 옆으로 다가와 노골적이면서도 비밀스럽게 허리를 툭 치면서 낮은 목소리로 "니가 제일 효자여!!!" 하고 칭찬해주기도 했다.

그리고 그 후 김 영감이 모임에 나타나면 은밀한 암구호 같은 것이 생겼단다.

"김 영감 생일이 언제여?"

이렇게 김 영감이 인생막판에 인생역전됐다는 이야기가 지금도 인사동 골목에 가면 전해져 내려온다는 구라였습니다잉! 근데 이 구라가 정말인지 아닌지 따지지 마라. 진짜다. 세상에 있는 구라도 다 못 치고 가는 세상에 없는 구라 왜 만드냐? 피곤하게시리!!

어쨌든 세상의 모든 아버지는 힘들다. 하지만 힘들어도 내색 안 한다. 여기 특이한 놈이 하나 있다. 힘든 줄 모르고 신나는 놈, 동탁! 지가 지한테 국상(國相)이란 벼슬을 주고 황제폐하 앞에서 칼도 차고 다니고, 칼검술 16개 동작을 하는 등 온갖 무례한 짓은 다하고 다닌다. 매일 매일이 신나는 달밤이고 힘나는 대낮이다. 옆에서 보고 있던 사위 이유가 덕망 있고 인품 있는 인재들을 추천한다. 그중에 재간이 있다는 채옹(蔡邕)을 추천하지만 채옹이 벼슬할 뜻이 없음을 알리자 동탁이 바로 수화기를 들어 "니가 벼슬을 안하겠다면 니 가족들을 없애버리겠다."는 공갈 전화를 때린다. 이 한

통에 채옹은 하는 수 없이 벼슬자리에 올랐고 동탁은 또한 생각날 때마다 채옹의 벼슬을 올려주어 한 달 만에 항상 천자를 수행하는 '시중(侍中)'이란 자리에까지 오르게 된다. 동탁은 온 세상이 자기 것인 양 폼 잡고 다녀도 한 가지 께름칙한 게 있다. 전 황제와 하 태후가 살아있기 때문이다. 동탁은 이유를 불러 '총정리'를 지시한다. 이유가 궁리 끝에(이런 놈들은 궁리를 해도 시간이 짧다.) 바로 행동에 들어간다.

총정리가 어떻게 됐는지 리포터 탕수칠을 불러봅니다.

"리포터 탕수칠 씨, 지금 어디 계십니까?"

"네! 저는 지금 하 태후와 전 황제 그리고 당비의 시체가 나뒹굴고 있는 영안궁에 나와 있습니다. 산 사람은 아무도 없고 그저 약사발만 봄바람에 나뒹굴고 있습니다. 사태 초기에 겁을 먹고 누각 밑에 숨어 있다가 겨우 목숨을 부지한 궁녀를 만났습니다. 안녕하십니까? 리포터 탕수칠입니다."

"안녕하긴유! 지금 당장이라도 죽을 거 같아유!"

"죄송합니다. 워낙 인사하는 게 습관이 돼놔서! 당시 상황을 좀 설명해 주시지요."

"예…… 봄 날씨가 화창해서 오랜만에 하 태후, 황제님, 당비께서 '앞으로 우리는 어떻게 될까.' 하고 걱정하고 있는데! 갑자기 이유가 술잔을 들고 나타나 황제에게 마시라고 하는 거예유. 대낮부터 낮술을 권하니까 하 태후께서 이상하게 생각하시고 이유에게 먼저 마셔보라고 하셨어유."

"네, 그래서요?"

"이유 그 아저씨가 화를 벌컥 내뿜서 '너 내 말 안 들을래? 그럼 칼로 죽을래, 비단에 목매고 죽을래? 골라 골라!' 하고 소리를 치는 거예유."

"나쁜 놈! 리포터가 이런 말 하면 안 되지만……."

"당비께서 약사발은 대신 내가 마실 테니 두 분은 살려달라고……."

"저런!"

"하 태후가 이유에게 말했지유. '역적 동탁 놈의 밑에서 개처럼 짖어대는 네놈도 언젠가 멸족을 당하리라.', 그 말이 끝나기 무섭게 이유가 하 태후를 번쩍 들어 누각 아래로 던져 죽이고 당비는 목졸라 죽이고, 황제는 강제로 입을 벌려 약사발의 약을 들이부어 죽였어유. 끔찍해서 더 이상은 말 못 하겠슈. 그리고 저는 지금 화장실이 급해유."

"네, 잘 알았습니다. 감사합니다. 참살의 현장, 영안궁에서 리포터 탕수칠이었습니다."

하 태후가 오빠 하진을 원망하면서 이 세상을 하직한 이유를 아는 사람들은 다 안다. 조조가 변방의 아해들을 <u>부르지 말자고 말렸는데도 하진이 구태여 변방의 아해들을 불렀고</u> 그때 묻혀온 동탁이 오늘날의 화를 부른 원인이 됐기 때문이다.

<u>노래방 30분 추가 구라</u> _ 유난히 싸움이 많이 일어나는 나이트클럽이 있다. 다른 집들보다 싸움이 많이 나는 이유는 깡패들을 문지기로 쓰기 때문이다. 손님이 행패를 부리면 여느 나이트클럽은 손님을 구슬리고 달

래지 싸움으로 해결하려 하지 않는다. 정 안 되면 파출소에 신고해서 경찰들이 해결하게 만든다. 깡패를 문지기로 쓰는 집은 깡패들이 바로 문제를 해결하기 때문에 툭하면 싸움이 난다. 특히 그놈들은 밥값을 해야 한다는 생각에 사로잡혀 싸우지 않을 일도 싸움으로 해결하려 한다. 나중엔 손님이 잘못했다고 싹싹 빌어도 몇 대 쥐어박아야 이놈들의 직성이 풀린다. 깡패를 문지기로 삼는 건 화를 스스로 부르는 것이다.

이밖에도 화를 스스로 자초하는 일은 많다. 노래방 규칙은 누가 정했는지 모르지만 오른쪽 아니면 왼쪽으로 돌아가며 강제로 부르게 한다. 불침번을 서는 것도 아니고 무조건 옆으로 돌아가며 노래를 부르게 한다. 군사문화의 잔재일지도 모른다. 안 부르겠다는 사람 강제로 시키고, 억지로 시켜서 일어난 사람이 생판 듣도 보도 못한 노래를 불러서 분위기를 깨는 경우가 있다. 독자들이 알지 모르겠지만 '미륵왕자'와 같은 노래를 부른다. 노래방 책에 보면 있긴 있다. 또 '목련화' 같은 무진장 긴 가곡을 잘 부르지도 못하면서 끝까지 부르면 노래방 흥은 완전히 뽀개지고 만다.

"저 사람 누구야!"

"쟤 누가 노래시켰어?!"

썰렁하게 바뀌는 노래방 분위기. 이거 정말 화를 부른 경우다. 노래를 불러야지 화를 왜 부르나!

살다보면 안 해도 될 걸 해가지고서리 화를 부르는 경우도 꽤 있다. 가수 매니저하던 A씨는 돈을 잘 벌던 시절에 노름에 손을 댔다. 소위 하우스

"저 사람 누구야!"
"쟤 누가 노래시켰어?!"
썰렁하게 바뀌는 노래방 분위기.

라 불리는 노름방에서 먹고 자면서 고스톱을 치느라 세월 가는 줄 몰랐다. 어느 겨울밤 고스톱을 치고 있는데 낯선 놈이 상대방 뒤쪽에 앉아 있더란다. 하우스란 데가 원래 낯선 놈들도 드나드는 곳이라 저쪽 상대방이 데리고 온 놈이겠거니 하고 한참 게임에 열중했다. 근데 새벽녘이 되자 상대방과 피박이냐 아니냐로 약간의 언쟁이 있었단다. 이쪽은 상대방이 피박이라 하고 저쪽은 피박이 아니라고 우겼다. 화투패는 이미 섞여서 쉽게 진위를 가릴 수가 없었다. 근데 그때 불쑥 끼어든 아까 그 낯선 놈이 "피박 맞아요!"

화투치던 사람들이 전부 그 낯선 놈에게 시선이 돌아갔다. A씨는 그때 '어! 이놈이 상대방 편이 아니었구나.' 하는 생각이 들어 "당신 뭐 하는 사람이오?"

"네, 심심해서 그냥 구경 온 사람입니다."

"뭐? 누가 이 사람 불러들였어! 당장 나가!"

그 낯선 사내는 겨울바람 펑펑 부는 새벽에 내쫓겼다. 재수가 없을라니까 별놈이 다 끼어드네! 그런데 그 낯선 사내가 잠시 후 경찰관을 데리고 나타난 거다. 노름꾼들이 전부 오리발을 내밀며 화투 안 쳤다고 우기는데 이 낯선 놈이 한 사람 한 사람 찍으며 경찰에게 일러바치더란다.

"저 사람하고 이 사람하고 같이 치고요. 저 사람은 안 친 사람이고 옆방에서는 저기 저 사람하고 이 사람하고 같이 쳤어요."

그래서 어떻게 됐냐? 전부 붙들려가서 감방에서 6개월 이상 형을 살았

다. 괜히 화를 부르지 말자.

전 황제와 당비, 하 태후가 죽자 화근덩어리 동탁은 또다시 매일 매일 신나는 신라의 달밤이다. 매일 밤 잠자리에 궁녀를 바꿔 불러들이는 건 기본이다. 어떤 날은 동네 사람들이 가을 추수를 마치고 마을을 지켜주는 수호신에게 제사를 지내고 있는데 갑자기 군사들을 이끌고 그 현장을 덮쳐서 부녀자를 겁탈하고 남녀노소를 가리지 말고 죽이라고 명령을 내리는 변태 짓을 하기도 했다. 게다가 동네재물을 약탈해놓고 '전장에 나가서 이기고 가져온 전리품'이라고 거짓말을 퍼트리기도 한다.

햇빛은 쨍쨍, 모래알은 반짝이던 어느 날! 동탁이 출근하려고 대궐로 들어가려는데 동탁의 가슴을 찌르려는 자가 있었다. 하지만 동탁이 그 칼 잡은 손을 확, 잡아버렸다.

"우선, 너는 누구냐?"

그는 조금도 겁먹지 않고 대답했다.

"내 이름은 오부(伍孚)다."

도성 밖 군대를 통솔하는 지휘자다.

"너한테 모반을 하라고 시킨 자가 누구냐?"

"야 이 자식아, 네놈은 내 임금이 아니고 나 또한 네 신하가 아닌데 어째서 모반이란 말을 하느냐? 백성치고 너를 죽이고 싶어하지 않는 백성이 없다. 네놈 몸뚱아리를 뜯어서 동치미 국물에 말아먹어도 시원치 않겠다."

결국 오부는 몸뚱이가 토막이 나서 죽었다. 언제 어디서나 입바른 소리를 하는 사람이 있다. 그래서 살고, 그래서 죽는다. 운명일 뿐이다. 살아가면서 맡은 역할이다. 그 역할에 충실하게 살아야 하는 게 우리 인간들의 숙명이 아니겠는가?

원씨의 근거지로 가버렸던 원소는 멀리서 동탁의 횡포를 전해 듣고 왕윤에게 밀서 한 통을 보낸다.

"역적 동탁이 하늘을 속여 황제를 폐하고 하늘 아래 사람이 없는 줄 알고 있소. 백성은 두려워 말을 못하고 공은 모른 체하니 답답하기만 할 뿐이오. 이 몸은 멀리 떨어져 군사를 훈련시키며 때를 기다리고 있소이다. 충신이 할 일은 황실을 바로잡는 일 아니겠소! 공이 내 뜻과 같다면 나와 군사들은 언제든지 달려갈 준비가 되어 있소이다. 할 말은 태산 같으나 오늘은 이만……"

'할 말이 태산 같다.'는 말 — 이거 정말 많이 써먹는 문장이다. 요즘은 잘 안 쓰지만 옛날 편지에 수시로 들어가던 문장이다. 다음의 글은 돈이 필요할 때 부산 사시는 부모님에게 쓴 나의 편지다.

"아버지 어머니, 안녕하십니까. 저는 잘 있습니다. 아버지는 직장에 잘 다니십니까? 다름이 아니오라 이번 학기 월사금이 나왔는데 이달 말까지 내야 합니다. 할 말은 태산 같지만 여기서 줄이겠습니다. 안녕히 계십시오!"

지금 생각해보면 정말 웃기는 문장이다. 초등학생이 할 말이 태산 같다

'할 말이 태산 같다.'는 말.
지금 생각해보면 정말 웃기는 문장이다.

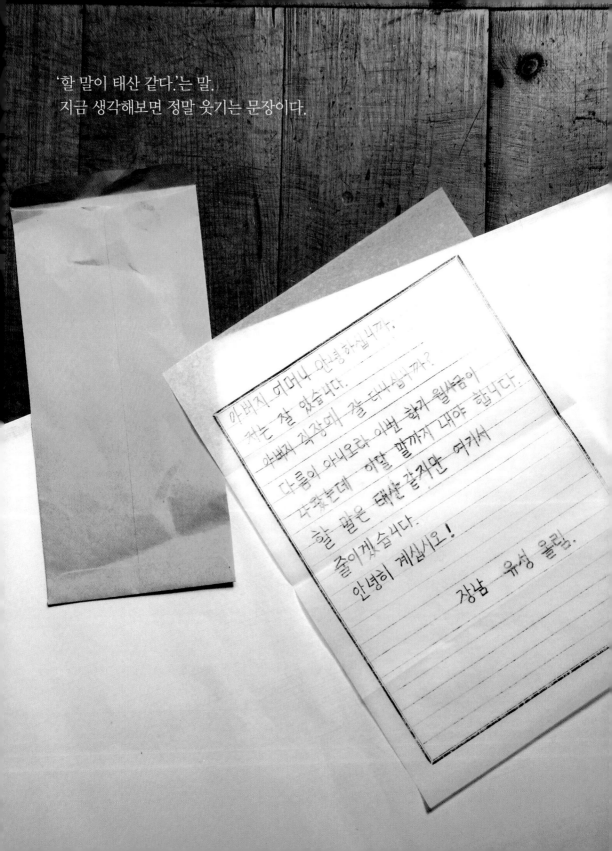

아버지 어머니 안녕 하십니까.
저는 잘 있습니다.
아버지 직장에 잘 다니십니까?
다름이 아니오라 이번 학기 월사금이
수 있는데 이할 말까지 내야 합니다.
할 말은 태산 같지만 여기서
줄이겠습니다.
안녕히 계십시오!

            장남 유성 올림.

니! 무슨 할 말이 태산같이 많았던 걸까?

● 구라 심리학 _ '할 말이 태산 같다.'는 말은 일종의 의례적 표현이다. 말하는 사람이 실제로 할 말이 태산과 같이 많아야 하는 것도 아니고, 듣는 사람 입장에서도 상대가 정말로 할 말이 태산과 같이 많으리라고 믿지 않는다. 즉, 의례적 표현이라고 함은 짜고 치는 고스톱과도 같다. 의례적 표현은 시대를 반영하기도 한다. 예전에 없이 살던 시절에는 아침인사가 '식사하셨어요?', 혹은 '간밤에는 편안하셨어요?'였다. 이 말들도 상대가 실제로 아침식사를 했는지, 또는 간밤에 편안했는지가 궁금한 것이 아니고 의례적으로 묻는 것이다. 우리 사회에서 존재하는 의례적 표현과 관련하여 재미있는 일화 하나를 소개할까 한다. 한국 사람들은 끼니 때 사람들을 만나면 의례적으로 묻는 것이 '식사는 하셨어요?'이다. 한국 사람들은 다 안다. 그냥 하는 소리라는 것을 말이다. 헌데, 캐나다 교포 2세인 사람이 한국에 들어와서 사는데, 하루는 끼니 때 어떤 사람이 식사는 하셨냐고 묻더라는 것이다. 마침 식사 약속이 있었던 교포 2세는 수첩을 꺼내 식사 약속 날짜를 잡으려고 했더니 상대가 매우 난처해하더라는 것이다. 교포 2세는 '식사는 하셨느냐.'는 의례적 표현을 몰라 '우리 함께 식사를 하자.'라는 이야기로 이해하고 오늘은 약속이 있어 곤란하니 다른 날로 잡자고 했으니 쌍방 간에 얼마나 황당했겠

는가? 그 교포 2세는 한국인들의 의례적 표현을 이해하지 못해 어려움을 겪었던 일이 한두 번이 아니었단다.

원소의 밀서를 받은 왕윤은 고민에 빠졌다. 어느 날 그는 여러 대신들에게 "오늘이 내 생일입니다. 조촐한 잔칫상을 마련했으니 저희 집에서 한잔하시는 게 어떨까요?" 하고 약도를 돌리니 대신들이 퇴근 후에 왕윤네 집으로 몰려왔다.

"생일 축하합니다."

"음식 솜씨가 대단하네."

"여기 양장피 한 접시 추가."

"이 집은 묵은 김치가 맛있지."

술이 몇 순배 돌고 누군가가 묻는다.

"오늘이 생일이라니 올해 나이가 몇이나 됐수?"

그런데 갑자기 왕윤 얼굴에 눈물이 흐른다.

"아니, 이 좋은 생일에 어째서 공께선 울고 계시오?"

그제야 왕윤이 "사실 오늘은 내 생일이 아닙니다. 하고 싶은 말이 있어도 할 말을 못하고 지내니 울음이 나올 수밖에요. 해서 내 생일을 핑계대어 이렇게 술 한잔하면서 하고 싶은 이야기를 나누고자 거짓말을 했소이다. 동탁이 하늘의 뜻을 어기고 권력을 한 손에 잡았으니 나라의 앞길이 막막할 따름이오. 우리 고황제(高皇帝)께서 진나라와 초나라를 멸하고 천하를 통일한 지 수백 년이 되었는데 오늘날 동탁에게 사직이 넘어가 나라가 이렇게 절딴 날 줄 누가 알았겠소이까? 이러니 내가 안 울 수가 있겠소?"

왕윤의 말이 끝나자 누군가가 "맞는 말이오. 그러니 이 일을 어찌하면 좋겠소?"

술판 분위기는 일순간에 슬픈 분위기로 바뀐다. 이때 박수소리와 깔깔거리는 웃음소리가 들린다.

"여러분, 이렇게 울기만 한다고 동탁이 저절로 죽지는 않을 것이오. 깔깔깔!"

누군가 되받아친다.

"그렇다고 이 분위기에서 웃는 것도 이상하지 않소?"

"내가 웃는 이유는 이렇게 많은 대신들 중에 동탁 하나 해치울 아이디어를 가진 사람이 없다는 것 때문이오. 내 비록 가진 재주는 없지만 즉각 동탁의 목을 베어 가져오겠소."

왕윤이 흐르는 눈물을 닦으며 물었다. "어떤 아이디어가 있소이까?"

"내가 요사이 아니꼽고 더럽고 치사한 꼴을 무릅쓰고 동탁을 섬기는 것은 동탁을 없앨 기회를 엿보기 위함이었소. 요즘엔 동탁도 나를 믿으니까 다행히 가까이에서 모실 수 있게끔 되었소."

그는 바로 조조다. 자리에 있던 대신들의 눈과 귀가 조조의 입으로 향해 있다. 조조는 좌중을 한번 둘러본 다음 "내가 듣기론 왕사도의 집에 보검이 한 자루 있다는데, 그게 사실이라면 나에게 그 보검을 주시오. 그 보검으로 동탁을 찔러 죽이겠습니다."

술자리 이곳저곳에서 탄성이 터진다. 왕윤은 안방으로 달려가 칠보도(七寶刀)를 친히 들고 나와 조조에게 전해준다. 동탁만 없애준다면 칼이 문제랴? 집문서라도 내줄 참이다. 조조는 칼을 뽑아보더니 걱정 말라며 큰소리를 빵빵치고 그 자리를 물러난다.

다음 날 아침 조조는 칠보도를 허리에 차고 동탁이 있는 사랑채로 갔다. 잠자리에 있던 동탁이 "자네는 오늘 출근이 왜 이리 늦었는가?"

"예. 말이 부실해서 빨리 달리지를 못해서 늦었습니다. 출근길이 너무 막히기도 하고요!"

동탁이 여포에게 "우리가 진상 받은 말 중에서 괜찮은 놈 한 마리를 골라서 조조에게 주도록 하라."

여포가 즉각 마구간으로 간다. 동탁은 원래 몸이 육중하고 숨이 가빠 오래 앉아 있지 못한다. 그때 동탁이 벽을 향해 드러누웠다.

'때가 왔다!!'

조조가 급히 칼을 빼어들고 동탁을 찌르려는데! 동탁이 벌떡 일어나 몸을 세우며 버럭! "야 이놈아! 너 지금 뭐 하는 거냐?"

동탁이 벽을 향해 누웠지만 벽에는 커다란 거울이 붙어 있어 조조의 행동이 다 보였던 것이다. 이때 마침 여포가 말을 끌고 나타나자 조조는 속으로야 무진장 당황했지만 겉으론 태연한 척 "저희 집안에 대대로 내려오는 좋은 칼이 있어 이것을 승상님께 바치려고 했습니다."

놀라운 순발력이 아닐 수 없다.

● 구라 심리학 _ 순발력의 사전적 정의는 '외부의 자극에 따라 순간적으로 빨리 몸을 움직일 수 있는 능력'이다. 그러나 순발력은 신체적 측면만이 아니고 인지적 측면에서의 빠른 반응을 지칭하기도 한다. 그렇다면 순발력은 어떻게 형성되는 것인가? 신체적 측면에서건 인지적 측면에서건 순발력의 형성과정은 동일하다. 첫 번째로 순발력은 타고난다고 할 수 있다. 천성적으로 순발력이 뛰어난 사람이 있다는 이야기다. 둘째는 피나는 노력에 의해 개발된다. 자나

"저희 집안에 대대로 내려오는 좋은 칼이 있어 이것을 승상님께 바치려고 했습니다."

깨나 순발력을 증진시키기 위해 노력하는 것이다. 따라서 한 개인이 가지는 순발력이라는 것은 타고난 특성과 개인의 후천적인 노력에 의해 결정된다. 후천적인 노력에 의해 길러지는 순발력은 자동화의 산물이다. 자동화는 반복적인 훈련에 의해 이루어지는데, 이 자동화된 행동은 인지적인 노력이 덜 소요된다. 즉, 인지적 노력을 덜 기울이고도 훌륭하게 일을 처리해낼 수 있는 것이다. 예를 들면, 우리가 처음 운전을 할 때는 등골이 오싹해지고 운전에 온 신경을 집중(즉, 인지적 노력)해도 내가 초보라는 사실을 숨길 수 없다. 그만큼 운전이 어설프기 때문이다. 그런데 1년, 2년 세월이 흘러 운전을 한 햇수가 늘어나면 자동화가 이루어진다. 운전을 하면서 담배도 피우고, 전화도 할 수 있고, 노랫소리에 맞춰 발가락을 까닥거릴 수도 있게 된다.

짠지 추가 구라 _ 거울이 동탁을 살렸다. 거울 얘기가 나와서 말인데 어느 시내 음식점 화장실에 갔다가 소변기에 사람이 꽉 차서 대변기가 있는 곳으로 들어갔다. 그런데 문 안쪽에 거울을 달아놨더라. 얼굴만 비치는 거울도 '이걸 왜 달아 놨나.' 하는 판국에 전신(?)을 다 비추는 거울은 왜 달아놓았을까? 도대체 뭘 보라고!

순발력이라면 특히 코미디언들의 직업병이라고 해도 과한 말이 아니다. 옛날에는 극장에서 쇼를 하면 하루에 3회, 많게는 5회 공연까지 하는 경우도 더러 있었다. 그만큼 쇼가 인기가 있었고, 관객이 많았다. 보통사람 영식이나 민정이는 한 번 보고 집에 가지만, 쇼 하는 극장 근처에 사는, 좀 논다 하는 아해들은 첫 회에 들어와서 마지막회까지 죽치고 앉아서 쇼를 관람한다. 휘파람을 휘휘 불어대고 노래라는 노래는 다 따라 부르고 심지어는 웃통 벗고 무대 위로 뛰어올라와 춤을 추다가 끌려 내려오는 아해들도 있었지.

하지만 이런 분위기에서 결정적으로 불리한 건 코미디언들이다. 죽치는 아해들이 맨 앞자리에 앉아 코미디 내용까지 주루루 꿰차고 있기 때문이다. 부산 보림극장에서 구봉서 선배님이 코미디를 하는데 코미디 후반부에 "그렇다면 그건 너네 엄마다."라는 결정적 대사를 통해 스토리의 반전을 노리는 장면이 있었다. 이 대사가 객석을 최고의 웃음바다로 만들어 놓게 되는 거다. 그런데 주구장창 맨 앞자리에 앉아있던 죽돌이 중의 한 명이 코미디에 끼어든 거다.

구봉서 선배님이 "그렇다면 그건 너네……." 하는 순간 객석에서 그 죽돌이가 순간적으로 그 다음 대사인 "엄마다!"를 큰소리로 외쳤다. 관객들은 떼굴떼굴 구르고 난리가 났다. 그때 우리의 대선배님인 구봉서 님은 "엄마다!" 하고 객석에서 외치는 소리가 들리자 숨도 쉬지 않고 맞받아 "이모다!" 하고 외치셨다. 다시 공연장은 뒤집어지고 파도가 치고 비바람이 불고 번개가 치면서 용이 여의주를 물고 공연장 지붕을 뚫고 승천하는 난리가 났었다. 저러니까 '대가'라는 소리를 듣는구나. 이런 점에서 엄청

난 순발력을 발휘한 조조는 대가다.

　미국의 위대한 대통령 링컨에게도 이런 일화가 있었다. 대통령선거 연설 도중에 라이벌 상대가 먼저 연단에 올라가 "링컨의 아버지는 금주법이 시행되었을 때 술을 만들어서 팔았습니다." 하고 폭로했다. 예나 지금이나 정치에선 폭로가 먹힌다. 이때 링컨이 "아닙니다. 우리 아버지가 술을 만들었다는 건 모략입니다." 하고 말했다면 링컨은 떨어졌을지도 모른다. 링컨은 바로 맞받아쳐서 "네, 그렇습니다. 우리 아버지는 금주법이 있던 시절에 술을 만들어 팔았습니다. 그리고 그 술은 내 라이벌인 저 사람 아버지가 사서 마셨습니다."라고 말하자 관중들은 링컨에게 표를 몰아줬다.

他人의 배신을 예방하는 法

– 여백사의 타살과 진궁의 고민

조조의 순발력이 그를 살렸다. 동탁이 칼을 받아보니 칼집의 장식이며 칼날이 예사롭지 않게 번쩍거리는 것이 보검임에 틀림없다. 동탁은 흡족했다.

"여포야, 이 칼 잘 보관해둬라. 조조가 갖다줬다고 명단에 올리고!"

"네."

"말은 가져왔냐?"

"네, 잘생긴 놈으로 한 마리 가져왔습니다."

"아이고! 뭘 이런 것까지~. 제가 바로 타봐도 될까요?"

말을 탄 조조는 바로 밖으로 나가 동남향으로 쎄빠지게 달아났다. 동탁이 말을 타고 달아난 뒤 한참 있다 여포가 이상한 생각이 들어 동탁에게 "조조의 행동이 수상하지 않습니까? 승상을 칼로 치려다가 들키니까 할수 없이 칼을 바친 거 아닐까요? 왜냐하면 칼을 주려면 칼집에 그냥 넣어주면 되지 칼을 빼서 주려고 했다는 게 이상하지 않습니까?"

"그래, 듣고보니 네 말이 맞는 거 같은데."

사위 이유도 "조조는 현재 가족도 없는 떠돌이입니다. 처자가 서울에 있는 것도 아니고요.(주말부부?) 지금 당장 사람을 시켜서 불러보세요. 군소리 없이 눈썹을 휘날리며 달려오면 우리가 의심한 것이고, 각종 핑계를 대면서 안 오면 아버님의 목숨을 노린 게 틀림없습니다."

"네 말도 듣고보니 그런 것 같다. 얘들아, 게 아무도 없느냐? 조조를 불러라."

조조를 부르러 간 병사가 한참 지나서야 들어와 "조조는 승상의 명령을 받고 급히 출장간다고 말을 타고 떠났다고 합니다."

"아버님, 우리 생각이 맞는 거 같아요."

"야, 내가 그놈을 얼마나 이뻐해줬는데 배신의 콩나물을 무치다니!!! ……쌍누무시키!"

● 구라 심리학 _ 배신의 문제는 인간사에서 영원한 숙제라고 할 수 있다. 많은 사람들이 상황에 따라 자신이 배신을 할 망정 배신당하

내가 그놈을 얼마나
이뻐해 주었는데
배신의 콩나물을 무치다니!!!
" ...... 쌍누무시케!"

는 것은 싫어한다. 누군가가 나를 배신하지 않고 영원히 나의 심복이 되어준다면 얼마나 좋겠는가? 사람들은 종종 어떻게 하면 아랫사람이 배신을 하지 않을까에 대해서 고민한다. 그렇다면 아랫사람에게 아주 잘 대해주면 배신을 하지 않을까? 정말 그럴까? 심리학에서는 '지나친 외적 보상은 내재적 동기화를 손상시킨다.'라는 말이 있다. 여기서 '외적 보상'이라 함은 외부에서 주어지는 보상을 의미한다. 그리고 '내재적 동기화'란 행위 그 자체에서 오는 즐거움으로 인해 동기가 발생하는, 즉 행위 그 자체가 즐거워서 계속 하고자 하는 것을 뜻한다. 예를 들면 운동을 좋아하는 사람이 스포츠를 즐기는 것, 아줌마들이 모여서 수다를 떠는 것, 술 좋아하는 사람이 술 마시는 것, 여자 좋아하는 사람이 여자 뒤꽁무니만 쫓아 다니는 것 등등 아주 많다. 이 모든 행동들은 행위자가 행동 그 자체에 재미를 느껴서 하는 것들이다.

'지나친 외적 보상은 내재적 동기화를 손상시킨다.'는 말을 종합적으로 풀어보면, 지나치게 외부에서 보상을 많이 해주면 행위자가 평소에 재미있어서 하던 행동들에 대한 흥미와 관심이 오히려 떨어진다는 뜻이다. 공부를 열심히 하는 놈한테 장하다고 용돈을 지나치게 많이 주면 공부에 대한 관심과 흥미가 떨어지고, 회사 일에 목숨을 거는 직원한테 월급을 너무 많이 주면 회사에 대한 충성도가 떨어지고, 조폭 똘마니에게 충성을 다하라고 잘해주면 지가 대장하려고 든다는 것이다. 결론적으로 외부에서 주어지는 보상의 수준이 적당해야지, 만일 보상이 지나치게 커지면 오히려 역효과가 난다는 이야기다. 아이들 용돈도 적당히 줘야 한다. 공부 잘하라고 용돈을 마구 퍼주면, 아이들이 오렌지족, 낑깡족이 되는 이유가 바로 여기에 있다.

"아버님, 반드시 조조를 잡아 공모한 배후를 밝혀내야 합니다."

조조는 궁을 탈출하여 달아나다 중모현(中牟縣)이란 곳에서 1차 검문검색을 받는다.

"너는 뭐 하는 놈이냐?"

"떠돌이 장사꾼입니다."

"이름은?"

"황보입니다."

"근데 내가 너를 어디서 본 것 같아! 안면이 있는데……!!!"

"저를 어디서 보다뇨?"

"낙양 정부청사에서 본 것 같은데?"

(움찔!!)

"이 자를 옥에 가두어라!"

그날 밤 조조는 옥에 갇혀 탄식하며 "아이고 내 팔자야! 세상에 나와 큰 뜻도 펼쳐보지 못하고 여기서 개죽음을 당하는구나!"

그때 어디선가 조심스런 발소리가 들리더니 옥졸이 옥문을 열어준다. 옥졸을 따라가니 현령이 기다리고 있다.

"그대는 동 승상 밑에서 제법 잘나가는 몸으로 알고 있는데 왜 이런 짓을?"

조조가 "제비가 기러기의 뜻을 어찌 알겠나! 어서 그대는 나를 데려가 상이나 받아라! 포스터에 보니깐 현상금이 꽤 되던데……."

여기서 숱한 말이 생겨난다. 그럼 기러기는 제비의 뜻을 알아? 제자가 스승의 뜻을 알아? 국민이 정치의 뜻을 어찌 알리오! 지가 지도 모르는데 남들이 어떻게 알아?

＊ 가마 타는 즐거움만 알지 말고 가마 메고 가는 가마꾼들 힘든 것도 알아야
   하느니 ‒도산 안창호

현령이 "그대는 날 제비 취급하는데, 내 비록 아직은 보잘것없는 관리지만 지금까지 섬길 주인을 못 만났을 뿐이오. 남자는 자기를 알아주는 사람을 위해 죽을 수도 있소."

남녀 간에도 그렇다. "자기는 나를 너무 몰라! 엉엉엉.", "뚝!"

남자끼리도 통할 땐 통한다. 조조도 속마음을 얘기한다.

"솔직히 말해서 우리 집은 대대로 한나라의 녹을 얻어먹고 살았소! 나라를 위해 충성하고자 하는 마음이 없다면 짐승과 뭐가 다르오. 내가 동탁

다음과 같은 자를 발견하면 관할 파출소에 즉시 신고할 것.
생포하면 현찰박치기. 숨겨 주는 자 삼족 멸함!
수상하면 신고하고 이상하면 다시 보자. 반공방첩!

WANTED

조조

DEAD
OR
ALIVE

曹 操

$15,000 REWARD

SIGNED:
Commanding General, Fort Reily Kansas

에게 빌붙어 있었던 건 오직 기회를 얻어 나라를 말아먹은 그놈을 죽이려고 했기 때문이오. <u>동탁을 죽이려던 계획이 망했으니</u> 이것도 하늘의 뜻인가 보오."

<u>냉면사리 추가 구라</u> _ 망했다는 이야기가 나오니까 생각이 난다. 부산 해운대에 한 냉면집 주인이 있었다. 아는 사람이 나를 그 냉면 집에 데리고 갔다. 주인이 반갑게 맞으며 "우리 집 냉면은요, 한약재가 28가지가 들어 있어요." 하고 한약재 28가지 집어넣은 것을 무진장 강조한다. 어떤 한약재를 넣었냐고 했더니 그건 비밀이란다. 나 원 참! 아니 한약재 28가지가 뭐가 그리 중요해? 어떤 한약재가 들어갔느냐가 중요한 거잖아! 그 냉면집 주인은 인쇄소 하다 망했고, 출판사도 망해먹고, 페인트가게도 망해먹고 냉면장사가 되었다는 거다.

"아저씨, '28가지 한약재가 들어간 냉면'이란 광고문안보다 손님을 더오게 할 수 있는 광고문안을 써줄 테니 내 말대로 해보세요."

"그게 뭔데요?"

"인쇄소 하다가 말아먹었고, 출판사도 말아먹었고, 페인트가게도 말아먹었습니다. 이제 말아먹는 거라면 자신 있습니다. 삐리리 냉면집."

이 아저씨 웃고 말대! 언젠가 다시 해운대 그 냉면집 앞을 지나가다 냉면집이 안 보이길래 옆집에 물어봤더니 벌써 망해서 문 닫았단다. 냉면집도 말아먹었나보다. 내가 써준 광고문안이 훨씬 괜찮았는데!

현령이 계속해서 "그렇다면 조조, 그대는 어디로 가는 길이었소?"

"고향으로 돌아가 뜻있는 제후들과 스폰서를 모아 동탁을 잡아 죽이는 게 내 유일한 소망입니다."

현령이 잠시 무언가를 생각하는 듯하더니 이내 무릎을 꿇고 "저는 진궁(陳宮)이라고 합니다. 공께서는 정말 충신이십니다. 절 받으십시오(넙죽!). 공의 충성심을 본받아 관직을 버리고 공을 따라 나설 터이니 날 붙여 주시오!"

"물론이오!! 물론이고 말고!"

그날 밤 진궁은 현찰 좀 챙겨들고 조조의 고향을 향해 출발했다. 3일을 달리고 달려 성고(成皐)지방에 이르렀을 때는 이미 날이 저물었다. 조조가 "저 마을엔 우리 아버님과 의형제를 맺은 여백사(呂伯奢)란 분이 계신데 오늘밤 그곳에서 묵읍시다."

두 사람이 마을로 들어가 여백사의 집에 당도하니 "아이고! 조조 네가 이 밤중에 웬일이냐! 너 잡으라는 포스터가 여기저기 많던데 용케도 여기까지 왔구나!"

조조가 진궁을 소개하며 "만일 현령이 저를 도와주지 않았다면 저는 이미 죽은 목숨일 겁니다."

"정말 고맙습니다. 삼족이 멸할 뻔한 일을 도와주셔서 고맙습니다."

"아이 뭘요!"

"여기서 이럴 게 아니라 집은 누추하지만 안으로 들어갑시다!"

안으로 들어간 여백사가 한참이 지나도 나타나지 않는다.

잠시 후 여백사가 나타나 "집안에 좋은 술이 없어 서촌(西村)에 가서 사올 터이니 잠시만 기다려 주시오!" 하고 나귀를 타고 나갔다.

조조와 진궁은 여백사가 돌아오기를 초조하게 기다리고 있었다. 조용한 밤에 정적을 깨고 사람들이 두런거리는 소리가 들린다. 조조가 벌떡 일어나 귀 기울여 들으니 아닌 밤중에 왠 칼 가는 소리인가?

"진궁! 여백사가 아무리 아버님과 의형제를 맺었다고 하나 친아버지가 아닌 이상 의심이 가지 않을 수 없소! 혹시 우리를 신고하러 갔을지도 모르오."

두 사람이 살며시 칼 가는 소리가 나는 곳으로 가서 엿들었다.

"묶어서 죽여버리는 것이 어떨까?"

조조는 섬뜩한 생각이 들었다. "내 생각이 맞았어! 먼저 선수치지 않으면 반드시 우리가 먼저 잡혀 죽고 말 것이오!"

조조가 말을 마치자 진궁도 합세하여 남녀를 가리지 않고 닥치는 대로 죽여버렸다. 혹시 다른 사람들이 더 있을까 하여 부엌에 가보니 돼지 한 마리가 묶여 있었다. 아뿔사!

"우리가 너무 의심이 많아서 칼 가는 소리와 묶어서 죽인다는 말을 오해해서 생사람을 죽였소이다."

두 사람은 그 길로 말을 타고 여백사의 집을 빠져나왔다. 한 10분쯤 가다가 술과 안주를 사가지고 오는 여백사와 만났다.

"아니 조카는 어디 가는가?"

"예! 지명수배된 인물이라 한곳에 오래 있기가 불안합니다."

"내가 나오면서 집안사람들에게 돼지 한 마리를 잡으라고 했으니 지금쯤 맛있게 삶아졌을 것이네. 자! 집으로 돌아가 나랑 한잔하자꾸나."

"아닙니다. 저희는 이왕 나온 김에 떠나겠습니다."

여백사가 섭섭해하며 돌아서려는데 갑자기 조조가 말을 돌려 "아니 저게 뭡니까?" 하며 저쪽을 가리킨다. 여백사는 조조가 가리키는 쪽을 돌아보려는데 갑자기 조조가 칼을 빼들어 여백사의 목을 베어버린다. 여백사의 머리가 피를 흘리며 떨어진다.

"조공, 이게 무슨 짓이오?"

진궁이 놀라 물으니 조조가 "여백사가 집에 돌아가 사람들을 죽인 걸 알면 우리를 그냥 놔두겠소? 사람들을 풀어 우리를 잡으러 온다면 우리는 잡혀죽을 것이오."

"아니 그래도 그렇지 죄 없는 사람들을 마구잡이로 죽이면 의에 벗어나는 일이 아니냔 말이오?"

"차라리 내 편에서 천하 사람들을 저버리는 게 낫지! 천하 사람들이 나를 버리게 할 수는 없는 거 아니겠소?"

조조의 이 말에 밑줄 긋자! 조조가 차갑게 말하자 진궁은 입을 다문다.

마늘 추가 구라 _ 이렇게 자기 주관과 신조가 뚜렷하고 구체적인 사람들이 있다. 개인에게 신조가 있다면 학교에는 교훈이란 게 있고 집에는 가훈이란 게 있다. 교훈 하면 '정직, 협동, 근면', 이런 게 많았는데 이건 이제 구닥다리다. 구체적이어야 한다.

어느 학교에는 '엄마가 보고 있다.', '너만 잘하면 된다.'라는 교훈이 있다. 아이들에게 얼마나 확실한 교훈이냐! 언젠가 우이동 골짜기에 가니 '음주가무를 하지 맙시다.'라는 흔한 문구 대신에 '엄마 일찍 들어와!'라는 현수막이 걸려 있더라. 이젠 알아먹기 쉽게 써야지 추상적이면 잘 안 먹힌다. 언젠가 친구 술집 광고 문안에 '아이들 학비라도 벌려고 술값을 내렸습니다.'라는 광고 문안을 써줬더니 그날부터 매상이 올랐다. 우리의 위대한 비디오 예술가 백남준은 '모든 게임에서 100% 이기는 길이 있다. 룰을 자기가 만드는 것이다.'라고 했다. 맞다. 우리의 프로레슬러 역도산은 '인생 짧다. 착한 척하고 살지 말자.'를 인생의 모토로 삼았다고 한다.

뭔가를 이룩한 사람들은 다르다. 조조가 활개치던 당시의 시대상황은 권모술수와 비정함이 필수적인 시대다. 그렇지 않으면 누가 잡아먹을지 모르던 시대가 아니던가!

진궁은 그날 밤 잠이 든 조조의 모습을 보며 여러 가지 상념에 빠져든다. 천하를 구하기는커녕 천하를 손에 쥐려고 하는 사내! 천하를 얻기 위해 수단과 방법을 가리지 않는 무서운 사람! 하룻밤에 사람 아홉을 해치우고도 태평하게 코골고 자는 야심가! 진궁의 손은 자신도 모르게 칼집으로 가 있었다. 상념이 이어진다.

'지금 내가 조조를 죽일 수도 있다. 살려두면 천하에 재앙을 뿌리는 간악한 놈이 될 것이다. 내가 나라를 구하려고 이 자를 잠시 따라가 주인으로 섬기려 했는데 이놈을 죽이면 이것 또한 불의를 저지르는 게 아닐까? 지금과 같은 난세에 이런 간웅이 나온 것도 하늘의 뜻일지도 몰라! 에이, 죽이느냐, 살리느냐? 이것이 문제가 아니고, 지금 이 자 곁을 떠나느냐, 마느냐, 이것이 문제일세.'

문제에는 답이 있다. 정답은 지금 바로 떠나는 거다. 조조가 새벽닭 우는 소리를 듣고 깨어나 보니 옆자리에 자고 있어야 할 진궁이 없다. 바로 알아차린다. 갔구나! 가라. 네가 떠난 뜻을 내가 안다.

7

우리가 빠지기 쉬운 '도박사의 오류'

- 손견을 구한 조무의 지혜

조조는 새벽에 일어나자마자 아버지가 계신 고향 진류로 말머리를 향한다. 아버지 조숭을 만난 조조는 아침 밥상머리에서 그간에 있던 일을 예고편 없이 본편만 이야기하고 의병을 모집하고 싶다는 장래계획을 말하니 "네 뜻은 알겠는데 너나 나나 가진 돈이 없지 않느냐! 군자금이 없으면 개털이라는 건 너도 알지 않느냐!"

"아버지, 그럼 제 뜻을 꺾어야만 하나요?"

"가만 있어봐라! 성질이 급하기는! 물주가 있기는 한데……."

"누군데요?"

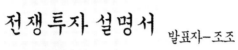

전쟁투자 설명서

발표자 - 조조

시장개요

지금 한실은 주인이 없는 상황

정 세

동탁이 임금과 백성을 속이고 해치니 모든 국민이 동탁을 못 잡아먹어 이빨도 갈고 칼도 갈고 있다.

목표와 한계

동탁을 물리쳐야 하는데 생각은 있으나 힘이 없다.
현재 은행잔고는 4,200원 ㅠㅠ

"어허! 체할라! 밥이나 꼭꼭 씹어 삼켜라!"

전쟁을 하려면 전쟁무기가 있어야 한다.

세계적인 무기상 '린다 X'와 우리 집사람과의 실제 대화였다.

"언니! 무기상 하면 돈을 많이 번다며? 나도 무기상 좀 시켜줘."

린다 X가 웃으며 "그래? 그럼 너는 체격이 쪼그마하니깐 권총부터 시작해볼래?"

이력서

성 명	하후돈		現 벼슬	
특 기	창과 작대기 돌리기			
성 질	과격한 듯하지만 청렴하고 신중. 음식이나 돈이 남으면 언제나 사람들에게 나눠주고 재산을 축재하지 않았다고 함.		별 명	애꾸눈 하후
족보관계	출신	패국(沛國) 초현	호주	하우영(父)
친 족	조조와 형제 뻘 친족이유 : 조조의 아버지 조승은 원래는 하후씨의 아들. 하지만 조씨 집안에 양자로 들어갔기 때문에 같은 족속.			
학 력	14세 때부터 스승에게 무예를 배움.			
전투경력	알려진 바 없음.			
범죄사실	어릴 때 누군가 스승을 모독하자 그 사람을 죽이고 몸을 피해 외방으로 도피.			
특이사항	나중에 여포와의 싸움에서 왼쪽 눈에 화살을 맞았지만 '부모로부터 물려받은 것은 버릴 수 없다'고 하며 눈알을 씹어 먹음.			

조조는 아버지의 말씀을 듣고 잔치를 베풀어 사람들을 불러 모아 투자 설명회를 갖는다. 그 동네에서 돈도 좀 있고 의리도 있고 쪼잔하지 않다고 소문난 위홍이 선뜻 나서며 "나도 오래전부터 그런 생각이었지만 마땅한 투자처를 찾지 못했네! 이제 자네와 같이 큰 뜻을 품은 젊은이를 만났으니 내 힘껏 자네를 돕겠네."

인망이 있는 위홍이 투자했다는 소문이 퍼지자 이력서를 들고 조조를 찾아오는 사람이 한둘이 아니다. 특히 하후돈(夏侯惇)과 하후연(夏侯淵) 형제는 각각 1,321명과 1,219명의 군사를 이끌고 조조를 찾아왔다.

조조는 그때부터 군마를 훈련시키고 위홍은 가산을 털어 무기를 마련하니 사방에서 투자자들이 모였다. 발 없는 소문이 발해에 있던 원소에게도 달려갔다. 원소가 조조랑 합치려고 군사 3만여 명을 거느리고 발해를 출발했다는 소문이 조조에게 다시 돌아온다. 이 소식에 힘을 얻은 조조는 각 군에 팩스를 날린다.

조조의 팩스를 전해 받은 각 진의 제후들이 의병을 일으키기 시작했다. 북평 지역을 다스리고 있던 공손찬도 부하들을 거느리고 덕주를 경유하여 평원에 이르렀다. 유비 일행이 황색깃발을 휘날리며 뽕나무 밭 아래에 마중을 나와 있다.

"형님, 고생이 많으시네요."

"아니, 이게 누구야 유현덕 아우 아니야!"

"전에 낙양에서 형이 저에 대한 칭찬의 글을 조정에 올린 덕분에 평원현령이 되어 지금껏 이곳에 있었지요. 형님께서 의병을 일으켜 이곳을 지나 간다는 소문을 듣고 이렇게 나왔습니다. 잠깐 성 안으로 드셔서 오룡차라 도 한잔하고 가시죠!"

"근데 저 사람들은 누구인가?"

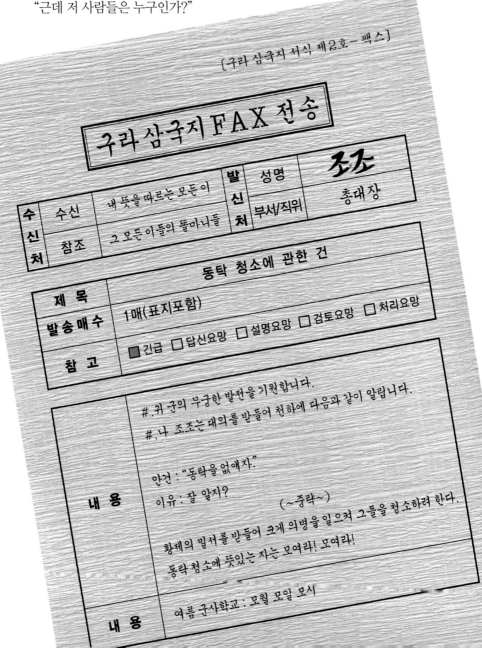

[구라 삼국지 서식 제2호-팩스]

구라 삼국지 FAX 전송

수신처	수신	내 뜻을 따르는 모든 이	발신처	성명	조조
	참조	그 모든 이들의 똘마니들		부서/직위	총대장

제 목	동탁 청소에 관한 건
발송매수	1매(표지포함)
참 고	■긴급 □답신요망 □설명요망 □검토요망 □처리요망

내 용	#. 귀 군의 무궁한 발전을 기원합니다. #. 나 조조는 대의를 받들어 천하에 다음과 같이 알립니다. 안건 : "동탁을 없애자." 이유 : 잘 알지?　　　　(~중략~)　그들을 청소하려 한다. 황제의 밀서를 받들어 크게 의병을 일으켜 그들을 청소하려 한다. 동탁 청소에 뜻있는 자는 모여라! 모여라!
내 용	여름 군사학교 : 모월 모일 모시

"아, 예! 인사드려라. 공손찬 형님이다. 관우하고 장비는 저하고 의형제를 맺은 사이입니다."

관우와 장비가 공손찬에게 공손하게 명함을 내민다.

"아이고 아까운 영혼들! 지금 동탁을 없애러 가는 길인데 같이 가는 건 어떤가."

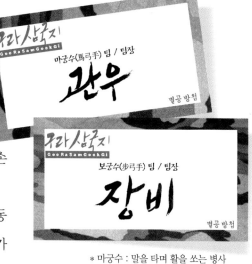

* 마궁수 : 말을 타며 활을 쏘는 병사
* 보궁수 : 그냥 걸어다니면서 활을 쏘는 병사

장비가 또다시 급한 성질을 못 참고 한마디 한다. "황건족 없앨 때 그놈도 없애려고 했는데 현덕 형님께서 말려서 살려줬더니…… 에이 분하다! 부드득!"

옆에 있던 관우도 "형님, 당장 같이 떠납시다!"라고 충동질한다.

유비가 아쉬운 듯 "들어가서 차도 한잔 안 드시고……."

장비가 조급증이 생겨 "차는 무슨 차요! 가다가 다방에서 마십시다. 짐보따리 챙겨라!"

그리하여 공손찬을 따라 유비, 관우, 장비가 같이 길을 나섰다.

근데 조조는 지금 뭐 하나? 조조는 여러 제후들을 만나 진영을 배치하니 그를 따르는 군사들이 삼백 리 길을 완전히 메운다.

하내지역을 관리하는 왕광이 "우리가 일사분란하게 움직이려면 총사령

(오늘의 회의)

1. 박양으로 진격할
   계획을 세운다.
2. 총사령관 밥차.

관이 있어야 합니다. 원소 장군을 총사령관으로 추천합니다. 그 이유는 4대에 걸쳐 세 명의 정승을 배출한 집안이고 한나라의 유명한 재상의 후예시니까요."

"옳소! 박수!"

원소가 사양했지만 대세는 원소가 총사령관이 되는 쪽으로 기울어졌다. 이튿날 3층으로 단을 쌓고, 동서남북 중앙에 청황적백흑의 오색기를 꼽고 총대장 원소를 무대에 오르게 했다. 원소는 향불을 사르고 하늘에 두 번 절하고 안주머니에서 '고천문(告天文)'을 꺼낸다.

원소가 고천문을 읽자 기립박수와 함께 비분강개한 군사들이 울음을 터트렸다. 그날 밤 조조가 여러 제후들에게 술을 한잔 대접하며 "오늘 총대장을 모셨으니 하는 말인데…… 우리가 할 일은 오직 힘을 합하여 나라를 바로 세우는 일이다. (내 거 세우려면 비아그라 먹으면 되지만 나라를 잘 세우려면 뭘 먹어야 하나.)"

이때 누군가가 "어이, 총대장, 한마디 해야지!"

원소가 "이거, 재주가 없는 사람을 총대장으로 추천해주시니 쑥스럽구만요. 나라에는 법이 있고 군대에도 군법이 있으니 법을 잘 지켜나갑시다. 잘하면 상을 내릴 것이고 못하면 벌 받는 거, 이거 중요하다고 생각합니다."

여기저기서 "옳소! 나도 옳소! 아멘! 할렐루야 그래, 법대로 합시다!"

제후들이 박수를 친다. 박수가 끝나자 다음 지시가 떨어진다.

"우리가 제일 먼저 사수관(汜水關)을 칠 텐데, 내가 누가 누군지 아직 잘 모릅니다. 그러니 각 제후들이 선봉장을 추천해주시오."

요거 중요하다. 살면서 잘 모르면 모른다고 하는 게 세상 살기 편하다.

* '나는 실제의 나보다 더 똑똑하게 보이려다 늘 손해를 봤어.'

　　─파울로 코엘료의 장편소설 『11분』 중에서, 주인공 마리아의 독백

장사 태수 손견이 손을 번쩍 들며 "제가 선봉에 서겠습니다."

원소가 다시 좌중을 둘러보고 "다른 의견은 없습니까?"

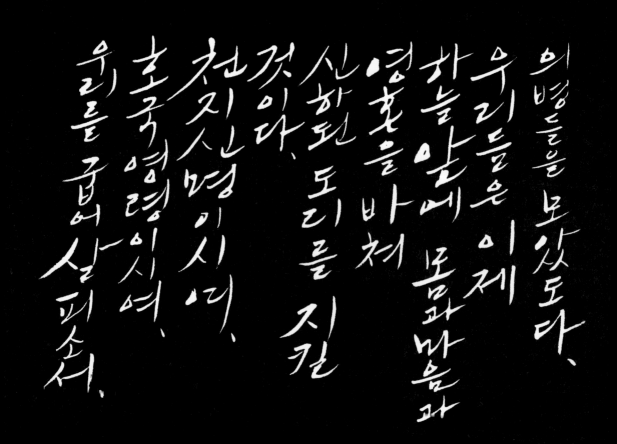

"없습니다. 손견! 손견! 손견!!(함성과 박수)"

이 소식이 낙양의 승상부에 안 알려질 리가 있나? 매일 밤이 신나는 동대문의 달밤이요, 껀수만 잡히면 나이트파티며 폭탄주에 빠져 있던 동탁. 어느 날 늦은 아침 11시 30분쯤 일어나 아침 겸 점심으로 해장국을 즐기고 있는데 이유가 이 소식을 전하니 밥상머리로 휘하 장수들을 불러 모아 대책회의를 한다.

여포가 "아버님 걱정하지 마시고 식사 마저 하세요. 제가 나가서 그 제후 놈들을 손 좀 봐주고 오겠습니다."

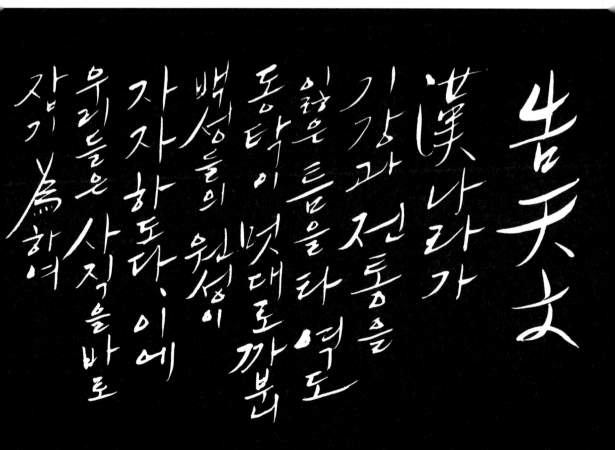

동탁이 기쁜 마음으로 멈췄던 숟가락질을 다시 하며 "그래, 니들은 아침은 먹고 왔냐?"

"중국집에다 짬뽕 한 그릇 배달시켜놨는데, 집합하라는 명령이 떨어져 부랴부랴 들어왔습니다."

그때 누군가가 "그럼 집에 가서 불기 전에 짬뽕이나 드세요. 여포 장군께서 이번 전투에 나가는 것은 짬뽕 한 그릇을 벤츠로 배달하는 격입니다. 짬뽕은 오토바이 배달이 제격이죠."

'아니, 이놈 봐라?' 하고 여포가 돌아보니 키가 9척에 얼굴이 호랑이 사촌같이 생긴 화웅(華雄)이란 놈이다. 동탁이 바로 "그럼 내가 너에게 효기교위(驍騎校尉)란 벼슬을 이 자리서 바로 내릴 터이니 명함 인쇄하도록 해라."

이에 화웅은 군사 5만 명과 이숙, 호진, 조잠 등의 장수와 함께 적진으로 떠난다.

한편 의병 측에선 손견이 선봉장이 된 걸 못마땅하게 생각하는 사람이 있었으니, 바로 포신이란 자다. 생각 끝에 포신은 자기 동생 포충에게 지름길로 나가 먼저 공을 세우라고 보병 3,000여 명을 붙여주었다.

포충은 형이 시키는 대로 사수관까지 지름길로 달려가 "역적 동탁의 잡견들아, 내 칼을 받아랏!" 하고 소리치니 화웅은 바로 철기 500여 명을 거느리고 포충의 군사를 포위해버렸다. 황급하게 '작전상 후퇴다.'를 외치고 도망가는데 화웅이 잽싸게 달려나와 포충을 찔러 죽였고, 많은 병사들이 포로가 됐다. 화웅이 포충의 머리를 잘라 퀵서비스로 동탁에게 보내니 동탁이 기뻐하며 소리친다.

"야! 명함 집에 연락해. 화웅의 벼슬이 도독(都督)으로 높아졌다고!"

도독은 각 주의 군사들과 주를 다스리는 오야지들을 관리하는 직책이다.

뒤이어 달려온 손견은 창과 방패를 잘 쓰는 정보(程普), 철채찍을 잘 쓰는 황개(黃蓋), 자루가 달린 큰 칼을 잘 쓰는 한당(韓當), 쌍칼을 현란하게 다루는 조무(祖茂)를 거느리고 사수관에 도착해 "역도 동탁의 조무래기들아, 이리 나와 항복하지 않으련!"

화웅의 부장 호진이 열받아 군사 5천을 끌고 손견에게 달려드니 정보가 창과 방패를 들고 맞섰다. 두어 차례 불꽃 튀는 싸움이 있더니 정보가 호진을 찔러 말에서 떨어트린다.

이 틈에 손견이 군사들을 지휘하여 사수관으로 쳐들어가니 동탁의 군사들이 활과 돌들을 비 오듯 쏟아부었다. 손견은 할 수 없이 군사들과 물러나 양동(梁東)에 진을 치고 원소 대장군에게 정보의 승리를 알린 다음 원술에게 군량미 보급을 부탁한다. 원술이 군량미를 보내려 하는데 부하 한 놈이 건의를 한다.

"손견이 낙양을 쳐서 동탁을 없애면 마음이 변하여 자신이 동탁을 대신할 것이니 어차피 그놈이 그놈입니다. 손견도 만만치 않은 놈이거든요. 장군께서 손견에게 군량미를 주지 않으면 어떨까요?"

"그래, 손견이 그런 놈이긴 해."

드디어 질투가 시작됐다. 동탁을 없애자고 한마음 한뜻으로 뭉쳤건만, 언제나 남이 잘되는 걸 배 아파하는 놈들이 있다.

● 구라 심리학 _ 남이 잘되었을 때, 진심으로 축하를 해주면 좋으련만 축하보다는 배가 아픈 이유는 뭘까? 기본적으로 시기와 질투가 벌어지는 이유는 한정된 자원 때문이다. 풍부한 자원에 대해서는 시기와 질투가 벌어지지 않는데, 자원이 한정되는 경우에는 필연적으로 자원을 소유한 사람과 소유하지 못한 사람이 발생하게 되고 이때 느껴지는 감정이 바로 시기와 질투가 되는 것이다. 예를 들어 자원이 풍부한 공기에 대해서는 시기와 질투를 느끼지 않는다. 그러나 한정된 자원인 돈이나 아름다운 여인에 대해서는 시기와 질투가 일게 된다. 그러나 더욱 중요한 것은 모르는 사람이 아닌 아는 사람에 대한 시기와 질투가 유독 강하다는 것이다. 그 이유는 자기 평가에 영향을 미치는 것 중에 하나가 타인과의 비교이기 때문이다. 주변 사람들과 비교해서 내가 어떤 위치에 있는가에 따라 나에 대한 스스로의 평가가 달라진다. 주변에 있는 사람들보다 내가 조금 더 나은 위치에 있으면 내 스스로가 높게 여겨지고, 더 낮은 위치에 있으면 내 스스로가 부족하다고 여겨진다. 즉, 내가 주변의 다른 사람들보다 많은 돈을 가지고 있으면 내 스스로가 부자로 여겨지는 것이

다. 이처럼 주변 사람들과의 비교에 의해 나에 대한 평가가 이루어
진다는 사실과 남보다는 더 잘난 사람으로 여겨지고 싶은 마음 때문
에 주변 사람이 성공을 하면 배가 아프게 되는 것이다.

원술이 그놈의 말을 듣고 군량미와 말먹이를 보내지 않으니 손견이 아
무리 기다려도 말먹이와 쌀이 올 턱이 있나. 군사와 말이 같이 배고파 날뛰
니 이거 참 환장할 노릇이다.

"쌀이 아니면 빵을 달라."

"짜장면 재료라도 보내라! 요리사는 여기 있다. 여기 있다~."

적군들이 배가 고파 길길이 날뛴다는 정보를 입수한 이숙은 화웅에게
"오늘밤 내가 손견을 잡을 아이디어가 있소이다. 속닥속닥."

화웅은 군사들을 배불리 먹인 후 어둠을 틈타 군사들을 이끌고 밖으로
나왔다. 달은 밝고 바람은 시원하다. 군사들이 갑자기 북을 치고 함성을 지
르며 손견 군사의 후방에 들이닥친다. 배고파 울면서 잠든 손견의 부하들
을 향해 바로 칼을 들이댄 것이다. 자다 말고 습격당한 손견이 갑옷을 걸치
고 말에 오르는 걸 화웅이 가로막고 한참 싸우고 있는데 손견의 후방에서
는 이숙이 크게 불을 지른다. 정말이지 중국집에 불나니 손견의 군사들은
어찌할 바를 모른다. 사태파악조차 안 된다.

손견의 부하 장수 조무가 위기에 몰린 손견을 발견하고 "장군님, 머리
에 쓴 붉은 두건을 제게 주시고 제 투구를 쓰세요."

손견은 투구를 뒤집어쓰고 샛길로 빠져 달아났다. 조무가 쓴 붉은 두건만 보고 화웅의 군사들이 맹렬히 쫓아갔다. 조무가 달아나다가 붉은 두건을 벗어서 타다가 만 한 민가의 기둥에 걸어놓고 달아나버렸다.

"저기 손견이 있다!"

헛것을 보고 화살을 쏟아 붓는데도 두건이 땅에 떨어지지 않고 바람에 날리니 마치 <u>손견이 계속해서 살아서 움직이는 것 같다.</u> 화웅의 군사들은 손견이 무서워서 가까이 다가갈 생각조차 못했다.

<u>상추 추가 구라</u> _ 1980년대 중반, 마포 삼창오피스텔에 연극기획 사무실이 있었다. 여름 어느 날, 오피스텔 옆 공터인지 민속장터인지 하는 곳에서 뭔가가 열렸다길래 단원들이랑 저녁에 구경을 갔다. 막걸리도 한잔하고 이것저것 주전부리를 마치고 사무실로 돌아오려는데 맥주캔을 쌓아놓고 야구공을 던져서 맥주캔을 많이 쓰러뜨리면 커다란 인형을 준다는 거다. 일명 '야바위'라는 건데 이게 사람 미치게 만드는 거다. 정확하게 야구공이 맥주캔에 맞아도 안 쓰러지는 거다. 나중에 알고 보니 맥주캔 속에 모래를 집어넣었던 것이다. 그러니 죽어라고 맥주캔에 야구공을 던져도 안 쓰러지지!!! 기둥을 손견으로 착각해서 죽어라 화살을 쏘아봤자 뭐 하겠나.

야바위의 수법은 다양하다. 어릴 땐 동네에 엿장수가 와서 '심지뽑기'라는 게임을 만들어놓고 사람들을 모았다. 두 개가 붙어 있는 심지를 뽑으면 전봇대만 한 엿을 준다는 거다. 몇 년에 걸쳐 그런 엿장수들을 관찰해봤

는데 심지 두 개 달린 걸 뽑는 사람을 한 번도 본 적이 없다. 손님들은 언제나 한 개짜리 심지만 뽑는 거다.

청계천에 가면 카드 석 장을 요리조리 섞고 그중에서 빨간 동그라미 그려진 카드를 찾으면 손님이 건 만큼의 돈을 주는데, 이것 역시 아무리 돈질을 해도 빨간 동그라미를 찾을 수가 없다.

조무가 손견을 위해 사용했던 빨간 두건의 야바위! 이게 바로 야바위의 원조가 아닐까. 기회가 되면 야바위에 당한 이야기를 다음에 더 하려 한다. 지금도 카지노장에 가보면 숱한 인간들이 빨간 두건을 맞춰보겠다고 네 돈 내 돈 가리지 않고 가져가 공격을 해댄다.

● 구라 심리학 _ 흔히 '중독'이라고 함은 '스스로의 힘에 의해 통제가 불가능한 행동을 하고 있는 상태'를 의미한다. 그만두고자 하지만, 자신의 의지와는 달리 지속적으로 동일한 행동을 반복할 때 우리는 그것을 '중독'이라고 한다. 따라서 도박 중독은 도박을 하지 않으려고 하지만 자신의 의지와는 달리 계속 도박을 하는 경우를 말한다. 그렇다면 왜 사람들은 도박에서 헤어나지 못하는 것일까? 사람들이 도박의 유혹에서 벗어나지 못하는 이유는 바로 '도박사의 오류' 때문이다. 우리는 흔히 도박을 하면서 '첫 끗발은 개 끗발'이라고 한다. 즉 처음에 돈을 딴다고 하더라도 나중에 잃게 된다는 것이다. 이 말은 다음과 같은 생각을 반영한다. 예를 들어 사람들은 네

명이 모여 고스톱을 치면, 각자 25% 정도는 승리의 가능성이 있으리라고 생각한다. 따라서 처음에 많이 이긴 사람은 나중에는 이길 확률이 낮아진다고 생각하는 것이다. 이것이 바로 도박사의 오류이다. 정말 그런가? 고스톱의 경우는 선행 사건이 후행 사건과는 독립적이다. 즉 앞서 이긴 사람이나 진 사람이나 다음 판에서 이기거나 질 확률은 동일하다. 즉, 매번 25%의 확률을 부여받게 되는 것이다. 하지만 도박 중독에 빠진 사람들은 지금까지는 자신이 많이 잃었으니 이제 곧 자신이 딸 가능성이 높아질 것이라고 잘못 판단한다.

부하들이 계속해서 손견의 붉은 두건을 두려워하자 화웅이 앞장서서 나무기둥으로 달려간다. 그때, 숨어 있던 조무가 쌍칼을 들고 나타나 공격을 한다.

"야, 이 자식아! 밤에 잠이나 자지 왜 쳐들어와!"

화웅이 "배고프니깐 헛소리가 나오냐!" 하며 번개같이 조무를 치니 조무는 칼에 맞아 말에서 떨어져 죽었다.

화웅은 동틀 무렵 승전보를 울리며 사수관으로 돌아간다.

8

안기부와 니미뽕
– 다시 일어서는 유비, 관우와 장비가 함께하다

날이 밝자 원소는 동지들을 모아놓고 회의를 한다.

"지난 밤에는 포충이, 이번에는 손견마저 화웅에게 지다니……. 우리 군사들의 사기가 땅에 떨어져 있으니 어떻게 하면 좋겠소?"

정적이 오랫동안 계속되자 원소가 답답하여 눈을 감는다. 침묵을 깨고 공손찬이 "저…… 소개할 사람이 있습니다. 이 사람은 저와 공부를 같이 한 친구로 평원 현령 유현덕입니다."

조조가 힐끗 놀라며 "그렇다면 황건적을 격파했던 그 사람입니까?"

"네."

이력서

성 명	유비현덕	現 벼슬	현령
특 기	틈틈이 활쏘기		
성 질	인덕을 중시여김	별 명	없음
족보관계	출신	탁군 탁현	조 상	한황제의 후손
집안환경	소년 가장 출신, 생계수단은 직접 짠 신발과 돗자리로서 경제적으로 매우 열악한 상황에서 자라왔음.		
학 력	15세 때부터 노식이라는 스승에게 사사함.		
전투경력	황건적의 난 때 여러 차례 공을 크게 세움.		
범죄사실	없음.		
특이사항			

유현덕은 대장군 원소와 여러 제후들에게 명함을 돌린다. 공손찬이 품속에서 유비의 이력서를 꺼내 돌린다.

명함을 받아든 조조가 다시 유비에게 "그러고 보니 한실의 종파시군요. 이리 와 앉으십시오."

유비가 몇 번을 사양하다가 말석에 가서 앉으니 관우와 장비는 유비의 등 뒤로 가서 손을 맞잡고 선다. 유현덕이 여러 제후들과 인사를 나누고 있는데 전령이 들어와 "화웅이 손견 태수의 붉은 두건을 장대에 꽂고 싸움을 걸어오고 있습니다."

원소가 화난 소리로 좌중을 둘러보며 소리를 지른다.

"짜식들, 신났군! 신났어! 누가 화웅과 한번 붙어보겠소?"

장수 유섭이 "제가 나가겠습니다." 하고 잽싸게 말을 타고 나가더니 잽싸게 죽었다. 그 후에도 태수 한복이 추천한 반봉이란 장수도 혹시나 했더니 역시나였다. 원소가 분함을 참지 못하고 있을 때 "제가 갔다 오겠습니다."라는 우렁찬 목소리와 함께 한 사내가 앞으로 나온다. 공손찬이 그 사내에게 "명함부터 드려라."

관우였다. 명함을 읽어본 원소의 아우 원술은 그 즉시 명함을 찢으며 공손찬에게 신경질적으로 말했다.

"공손찬 태수는 우리 장군들을 졸로 보는 거요?!!(관우를 쏘아보며) 건

방진 자식, 일개 궁수 나부랭이가 여기가 어딘 줄 알고 함부로 입을 나불대느냐?"

조조가 급히 말리며 "저 사람이 큰소리친 데는 나름대로 이유가 있을 테니 나가서 싸워보라고 합시다. 자자, 노여움을 푸시오. 나가서 이기면 다행이고 지면 그때 혼을 내도 늦지 않을 것이오!"

원소가 걱정스러운 듯이 "화웅이 일개 궁수를 내보낸 것을 알면 우리를 더 얕잡아 볼 텐데요."

"저 사람 덩치를 보시오. 우리야 궁수인 줄 알지만 화웅이 그걸 어떻게 알겠소."

묵묵히 있던 관운장이 드디어 입을 연다.

"제가 나가 이기지 못하면 제 목을 바치겠습니다."

조조가 막 출발하려는 관운장에게 술 한 잔을 따라주니 관운장은 "근무 중에 낮술은 사양하겠습니다. 근무 마치고 한잔하겠습니다." 하며 청룡도를 손에 말아 쥐고 바람처럼 날아간다.

잠시 후 북소리와 함성이 들리더니 관우가 화웅의 목을 들고 들어와 땅바닥에 내팽개치니 모두가 놀라 입이 벌어진다. 화웅은 아직 자기가 죽은 줄도 모르고 '내 몸은 어디 있지?' 하는 표정을 짓고 있다. 모인 사람들이 놀라 벌어진 입을 다물려고 하는데 장비가 큰소리로 "우리 형님께서 화웅의 목을 가져왔으니 벌린 입들 정리 끝나는 대로 당장 사수관으로 달려가 동탁을 생포합시다. 자, 출발합시다."

원술이 화가 나서 큰소리로 외치며 다시 입을 벌린다.

"일개 현령 부하 나부랭이가 너무 설치는구나! 건방지기 짝이 없는 놈!"

조조가 다시 나서며 "공이 있으면 상을 내리고 싸우고자 하는 사람에게는 싸우게 하면 되지, 이 자리에서 귀천을 따지지 맙시다."

원술이 "일개 현령을 우리보다 중요하게 생각하는 것 같은데, 그럼 우린 뭡니까? 당장 집으로 돌아가겠소이다! 얘들아! 짐보따리 챙겨라!"

조조가 "장군, 큰일을 치루어야 할 사람들이 이게 뭐 하는 짓들이오!"라며 원술에게 핀잔을 준 후 공손찬에게는 "세 사람(유관장) 모시고 잠시 물러가 있으시오."라고 한다.

얼마 전 지리산에 다녀오는 길에 경부고속도로 마지막 휴게소 화장실에 들러 소변을 보는데 작은 액자에 이런 글이 써 있었다.

＊ 가장 중요한 일들이 별로 중요하지 않은 일들에 의해 좌우되어서는 안 된다.
　－괴테

그날 밤, 조조가 은밀히 보낸 삼겹살과 고량주로 유관장이 술을 마시는 그 시간. 동탁은 화웅이 패했다는 전황을 보고받고 이유와 여포를 불러 의논했다.

"화웅이 죽으니 쟤네들 사기가 살아났단 말입니다. 원소가 적의 대장이 되니까 그의 숙부 원외가 걱정돼요. 원외는 현재 우리측 진영의 군수로 일하고 있는데 만일 원소하고 내통하면 곤란하게 되니 먼저 원외부터 처치하시고 승상께서 직접 대군을 거느리시고 적을 무찌르는 게 좋을 것 같습니다."

동탁은 이각(李傕)과 곽사(郭汜)에게 오늘밤 원외네 집으로 가서 남녀노소 가리지 말고 모두 죽이라고 명령한다. 다음 날 아침 원외의 목이 사수관에 매달린다. 동탁은 20만을 두 패로 나누어 이각과 곽사에게 군사 5만을 주어 사수관을 지키게 하고 자신은 직접 이유, 여포, 번조, 장제와 15만 대군을 거느리고 호뢰관(虎牢關)으로 진군한다.

공기밥 추가 구라 _ 내가 청운초등학교 다닐 때 학교 운동장에서 외국 서부영화를 한 편 본 적이 있었다. 줄거리는 기억이 안 나지만 주인공이 밥 먹는 장면이 한 번도 안 나오는 거다. 술집에서 술 마시는 장면은 몇 번 나온다. 영화가 끝나고 영화 본 소감을 선생님이 묻길래 "선생님, 저 사람들은 밥은 언제 먹어요?"라고 했다가 웃음거리가 된 적이 있었다. 그건 지금도 마찬가지다. 『삼국지』에도 군사들이 전투 중에 밥 먹는 이야기는 안 나온다. 밥을 언제 해먹었을까? 세 끼는 다 먹을까? 취사병은 부식비를 떼어먹었을까? 전투명령을 받고 '밥 먹고 합시다.'라고 말한 병사도 있었겠지!

남이야 밥을 먹었든지 말았든지 상관없다고 치고, 동탁의 군사들이 50리 길에 떨어져 있는 호뢰관에 도착했다.

동탁은 여포에게 오징어다리 짤라 주듯 3만의 군사를 주어 호뢰관 전방에 있게 하고 자신은 후방 망루 위에 있겠다며 망루로 군사들을 데리고 간다. 동탁이 쳐들어온다는 사실을 들은 원소는 여러 장수들과 대책회의에 들어간다. 회의는 자못 진지해서 누구 하나 휴대폰을 진동으로 해놓지 않은 자가 없었다.

조조가 먼저 전략을 내놓는다.

"지금 적들은 우리 군의 배후를 공격해 뒤통수를 치겠다고 하니 우리도 병력을 나누어 대처합시다."

원소는 곧바로 공손찬, 공융, 교모, 도겸, 왕광, 원유, 장양, 포신 등 8명의

청우각(聽雨閣) : 빗소리를 듣는 누각이란 뜻. 詩的으로 여자 화장실을 표현했다. 중국 계림.

고통스러울 때에는 자기보다 더욱 불행한 사람이 있다는 것을 생각하라

폴 고갱

제후에게 진격을 명하고 조조에게는 후원군을 이끌라고 작전지시를 내린다.

왕광이 제일 먼저 호뢰관에 도착하니 여포가 기다렸다는 듯 적토마를 타고 갑옷에 온갖 치장을 휘황찬란하게 하고 철기군 3천을 거느리고 짜잔! 나타난다. 원래가 속 빈 것들이 치장을 많이 한다.

● 구라 심리학 _ 사람들이 가지고 있는 고정관념 중의 하나가 '아름다운 것은 선하다.'라는 것이다. 즉 아름다운 사람은 성격도 좋고, 보다 지적이고, 인간미가 있으며, 리더십이 있는 것으로 생각한다. 반면에 외모가 신통치 않은 사람들은 성격도 별로고, 덜 똑똑하고, 리더십도 없을 것으로 생각한다. 이러한 현상을 후광효과(halo effect)라고 한다. 후광효과란 서로 관련이 없음에도 불구하고 하나의 특성으로 인해 다른 특성들도 동일한 성질을 갖는 것으로 여기는 것을 말한다. 즉, 외모는 성격과는 관련이 없음에도 불구하고 얼굴이 예쁘면 성격도 좋고, 얼굴이 안 예쁘면 성격도 좋지 않을 것으로 생각한다. 하지만 시간이 흘러 상대방에 대한 다양한 정보가 추가되면 상대방에 대한 평가가 외모보다는 다른 것에 의해 영향을 받게 된다. 사람들 간에 대인관계가 지속되면 그 관계 속에서 다양한 정보를 주고받으면서 서로 간의 관계를 유지해가기 마련이다. 따라서 많은 사람들이 자신의 외모보다는 다른 다양한 측면을 상대방에게 보임으로서 자신을 상대방에게 보다 긍정적으로 각인시키고자 한

다. 그러나 이때 자신이 능력 면이나 외모 면에서 특별히 상대방에게 내세울 것이 없다고 판단이 되면, 그때부터는 화려한 치장에 신경을 쓰게 된다. 이러한 이유 때문에 '속 빈 것들이 치장을 한다.'는 이야기가 나오게 된 것이다.

여포의 적토마가 '히힝! 히힝' 하는 콧소리를 우렁차게 낸다. 여포를 먼저 상대하겠다고 왕광의 장수 방열이 뛰어나갔지만 여포는 가볍게 한 방 먹여 방열을 말에서 떨어뜨린다. 군사들이 갈팡질팡하는 사이 여포는 홍길동처럼 동에 번쩍 서에 번쩍 하니 왕광의 군사들이 짚단 쓰러지듯 나자빠진다.

달아나던 왕광을 원소의 구원병들이 구해주니 여포는 더 이상 쫓지 않고 자기의 진지로 돌아간다. 원소네에서는 다시 대책회의가 열렸지만 여포가 워낙 센 놈이다 보니 별로 아이디어가 나오지 않는다. 다시 여포가 쳐들어온다는 전갈이 온다. (여포가 잠깐 돌아갔다 다시 온 건 적토마의 소변 문제를 해결해주기 위해서였다는 설이 없음.)

여포가 달려와 제일 먼저 태수 장양의 모가지를 뎅겅!한 다음에 북해 태수 공융의 부장 무안국의 철퇴 휘두르는 팔을 뎅겅!해버렸다. 이를 본 8명의 제후들이 일제히 달려들어 무안국을 구출하니 여포는 그제야 할 일을 마친 듯 자기네 본부로 돌아갔다.

"흠! 여포가 쎄긴 쎈 놈이야!"

조조가 다시 대책회의를 소집해서 "여포가 쎄긴 쎈 놈이지만 저놈을 생포할 방법을 생각해봅시다. 여포만 생포한다면 동탁을 잡아 죽이는 건 식은 동치미 마시기 아니겠소."

한창 회의에 열을 올리고 있는데 여포가 다시 적토마를 타고 쳐들어 왔다는 전갈이 왔다. (싸움을 밥 처먹듯 하는 놈! 저놈이 밤일도 잘할까?)

공손찬이 나가 여포를 맞이한다. 여포가 적토마 위에서 화극을 들어 공손찬의 등덜미를 내리치려는 찰나!

"야, 이 자식아! 이, 종놈아. 장비가 여기 있다. 장 받아라, 아니 창 받아라!"

장비가 1장 8척(오늘날의 단위로 환산하면 대략 4~5미터 정도가 된다고 한다)이나 되는 긴 창으로 여포에게 달려드니 여포는 공손찬을 내리치려던 자세에서 뒤를 돌아 바로 장비에게 맞선다. 둘이 50합을 싸웠으나 결판이 나지 않자 관운장이 청룡도를 휘두르며 같이 덤벼들었지만 역시 결판이 나지 않는다.

유현덕이 "뭐 저런 기 다 있노?" 하고 쌍고검을 휘두르며 말을 달려 여포를 포위하고 공격해댄다. 각 제후의 병사들은 이게 웬 주말의 명화인가 싶어 침을 꼴깍꼴깍 삼키며 그 광경을 시청한다. 여포가 혼자 셋을 상대하기에 힘이 부치자 자기네 진지로 얼른 말머리를 돌려 도망갔다.

삼총사가 여포를 쫓으니 방청객들이 부랴부랴 "저놈 잡아라!", "적토마

세워라!" 하며 고함을 지르며 뒤를 쫓는다. 삼총사가 호뢰관 아래 당도해 위를 올려다보니 서북풍에 푸른 비단 깃발이 나부낀다.

장비가 큰소리로 "저기 틀림없이 동탁이 있을 거요! 먼저 동탁을 잡아 악의 축을 제거합시다!"라고 소리를 친다.

<u>간장 추가 구라</u> _ 도둑의 무리를 잡으려면 먼저 두목부터 잡아야 한다. 이거 누가 모르는 말인가? 고등학교 때부터 싸움 좀 하는 애들한테 숱하게 들어온 말이다. 싸울 땐 누가 제일 쎈 놈인가를 먼저 파악한 후에 그놈을 제일 먼저 처치해야 딴 놈들이 꼬랑지가 내려간다는 거다. 야, 이런 훌륭한 명언이 어디 있나! 막상 그런 일을 닥치면 이놈도 쎈 놈 같고 저놈도 쎈 놈 같을 뿐만 아니라 다리가 후들후들 떨리고 심장이 쿵쾅거리면서 판단이 안 선다. 고등학교 시절 친구들 열댓 명하고 서오능에서 그 동네 아해들이랑 시비가 붙어서 싸웠다. 저쪽 놈도 그 이론을 알았는지 몰랐는지 내가 키가 크니까 내가 쎈 놈인 줄 알고 제일 먼저 나를 지목해서 때리는데 이거 이론하고 실진은 다르다. 전세가 밀려 막 도망을 가다가 돌을 던졌다. 누가? 내가! 그 돌멩이가 마침 상대방 한 놈의 대가리를 맞힌 거다. 그랬더니 나만 쫓아오는 거다. 죽어라고 달리면 영화에선 다음 장면이 나타나는데, 현실에서는 그놈들이 날 잡아서 팰 때까지 장면이 안 바뀌더라. 그때 깨우친 교훈 하나! 이왕 맞을 거면 힘이 남아 있을 때 **빨리 맞자.** 도망가다 힘 빠져서 맞으니까 골병만 더 들더라.

호뢰관 위에서 화살과 돌을 쏘아대니 정말 대가리에 뭐라도 한 대 맞으면 골병들기 십상일 것 같다. 할 수 없이 삼총사와 그 외 군사들은 그쯤 해두고 후퇴했다. 하지만 여포와 맞서 싸운 삼총사의 기개와 용기가 천하에 알려졌다. 삼총사가 본부로 돌아오니 제후들이 기립박수로 이들을 맞이하고 날랜 놈 하나를 보내 원소에게 전황을 보고했다. 원소 대장군은 손견을 보내 그들을 격려해주라고 했다. 하지만 지난번에 군량미가 오지 않아 기습을 당해 패했던 손견 보고 그들을 격려해주라니 심통이 나지 않을 수 없다. 손견은 분한 마음을 참지 못하고 군량미를 꽁쳐놓고 주지 않았던 원술을 찾아갔다.

"당신 말이야, 왜 전방에 나가서 싸우고 있는 우리한테 군량미를 안 보내준 거야? 동탁과 원한을 진 것도 아닌 내가 싸우러 나간 건 위로는 나라를 구하고 아래로는 당신의 가문과 나의 의리를 지키려고 그랬던 거 아니오! 대가리에 돌 맞아가며 나가 싸우고 있는 전방에 위문편지는 못 보내줄망정 쌀은 보내줘야 되잖아! (여기부터 슬슬 반말로 변해간다.) 내 말 틀려, 맞아? 배고파서 싸움을 못하고 졌다는 게 말이 돼? 안 돼?"

원술이 당황하면서 부하에게 "야! 그때 쌀 주지 말라고 했던 놈이 누구지? 그놈 좀 잠깐 보자고 할래!"

동작도 빨라라. 그놈이 나타나니 잠깐 보자던 말 그대로 잠깐 사이에 모가지를 뎅겅 자른 후 손견에게 잘못을 사죄한다.

손견의 부하7이 찾아와 "누군가가 장군님을 뵙자고 합니다."

"응? 누가 면회 왔지? 부대 앞 김 마담인가?"

동탁이 아끼는 이각이 베시시 웃으며 인사를 올리면서 "별일 없으시죠?"

"아니 네가 갑자기 웬일이냐?"

"바쁘신 거 같아 짧게 말씀드리겠습니다. 장군은 동 승상께서 존경하는 분이거든요!"

"그래서?"

"동 승상네 집에 귀여운 딸이 있는데 장군의 자제님과 결혼을 시켰으면 해서 제가 특사로 왔습니다."

"아니 이런 미친놈이 있나? 황실을 뒤엎은 역적 놈과 사돈이 되란 말이야! 내가 그놈의 일문을 깡그리 없애 천하 사람에게 보이려 하는데 너 지금 무슨 말을 그 따위로 하냐? 너 안 바쁘면 지금 죽을래?"

말을 마치자마자 이각이 쥐새끼처럼 잽싸게 도망가더니 동탁에게 쥐새끼처럼 고자질한다. 그것도 갖은 양념을 쳐서 동탁에게 손견의 이미지를 완전히 싸가지 없는 놈으로 만들어버렸다. 예전엔 매달 25일이 쥐 잡는 날이었는데!

동탁, 기분 드럽게 나빠진다.

"알았다. 물러가고……나가는 김에 이유가 있으면 내가 찾는다고 해라."

이유가 오자마자 엉뚱한 말부터 꺼낸다.

"요즘에 어린아이들이 고무줄놀이하는 동요 중에 이런 게 있다고 합니다. 한번 들어보실랍니까?"

서쪽에도 한나라

동쪽에도 한나라

사슴이 장안에 들어가야

난리가 안 나네

"……요런 내용입죠."

이각이 쥐새끼처럼 잽싸게 도망가더니 동탁에게 쥐새끼처럼 고자질한다. 예전엔 매달 25일이 쥐 잡는 날이었는데!

"그게 무슨 뜻인데?"

"이게 말입니다. '서쪽에도 한나라'라고 하는 것은 고조황제께서 서쪽 도읍 장안에서 열두 황제의 역사를 이루었다는 뜻이고 '동쪽에도 한나라'라고 하는 건 광무황제께서 똑같이 낙양에서 열두 황제의 역사를 이룩했다는 뜻이라고 생각합니다. 간단하게 결론부터 말하면 아버님께서 천운에 따라 장안으로 천도하라는 뜻이지요."

"정말이냐?"

"세상에 있는 얘기도 다 못하는데 없는 얘기를 왜 만들겠습니까?"

"고무줄놀이에 그런 심오한 뜻이 있었는지 네가 말 안 해줬으면 모르고 지나갈 뻔했구나! 고맙다. 이유야! 이리 와서 뽀뽀 한 번!"

"어쨌든 지금 여포가 전투에서 패한 후 우리 애들 사기가 많이 떨어졌으니 장안으로 천도를 해야 사기도 올라가고 잘살게 될 것이라고 바람을 잡으십시오."

"알아들었다. 애들 집합!"

이 자식들 하는 수작이 얼마나 웃기는 수작이냐!!! 장기 두다가 졸 하나를 옮길 때도 얼마나 머리를 굴려야 하는데! 천도를 지 마음대로 하다니. 백성들 알기를 장기판에 졸 대신 사용하는 칠성 사이다병 뚜껑만도 못하게 생각하잖아. 당연히 반대하는 목소리가 여기저기서 나온다.

양표가 "아니되옵니다."

황안이 "양표 말이 맞습니다. 그곳은 황폐한 황무지 같은 곳입니다."

동탁, 물러서지 않고 "관동에 도적들이 일어나 천하가 어지러운 이때에 장안에는 효산(崤山), 함곡관(函谷關) 같은 자연적 요새가 있고, 가까운 곳에서 궁궐을 지을 재료인 나무와 돌들을 쉽게 얻을 수 있어 대궐을 몇 달 내로 지을 수 있으니 그렇게들 알고 꽁알꽁알거리지 마라."

순상(筍爽)이 다시 "승상께서 천도를 하신다면 백성들이 혼란 속에 소동을 일으킬 것입니다."

"이미 결정났다. 입 아프다. 천하를 위하는 일에 백성이 무슨 상관이냐!"

"하오나……."

"하오나는 무슨 하오나야? 집에 가서 애나 봐! 넌 파면이야!"

동탁이 회의를 마치고 집으로 퇴근하는데 누가 수레를 막아선다. 주비와 오경이다.

"천도를 한다는 게 사실입니까?"

"사실이다. 왜?"

"드릴 말씀이!!"

"전에도 니들 말 듣고 원소를 살려줬는데 결국엔 원소가 배신의 블루스를 추지 않았냐? 니들도 같은 편이지? 내 편 아니지?"

뎅겅! 뎅겅!

그 다음 날부터 동탁 일당들은 얼시구! 절시구 !신났다! 천부당만부당한 공문을 날리며 천도를 위한 널뛰기가 시작된다.

동탁네 심복인 이각과 곽사는 똘마니들과 함께 길거리를 지나가다가 백

구라 삼국지 공문

명칭 : 천도 프로젝트-(1)
주관 : 나,동탁
제목 : 낙양부호 재산 몰수에 관한 건
일시 : 곧!
시간 : 언능언능

지시 사항

#. 천도를 한다.

#. 문제점 : 군사들을 먹이고 재울 돈이 필요하다. 근데 돈이 없다.

#. 해결 방안
낙양부호들이 가지고 있는 금은보화를 빼앗자.

#. 방법 : (1)주면 받고 안 주면 빼앗자.
(2)부호의 집 앞에 반신역당(反臣逆黨)이라는 깃발을 꽂고 재물을 빼앗으면 명분이 더욱 선다.

#.우리 모두 함께 만들어가는 뜻깊은 천도가 될 수 있도록 귀 기관과 군대 똘마니들의 많은 관심과 성원 부탁드립니다.

구라 삼국지 공문

명칭 : 천도 프로젝트-(2)
주관 : 똑같다, 동탁
제목 : 불바다 만들기
일시 : 지금 당장
시간 : 빨리 안 해?

지시 사항

\#. 천도를 하는 데 문제가 생겼다.
\#. 문제점 : 안 따라오겠다고 깨기는 놈들이 너무 많다.
\#. 해결 방안
　　현재의 궁궐, 종묘, 관청, 백성들의 집에다 불을 질러라.
　　(집에다 불을 지르면 지들이 안 따라오고 배겨?)

\#. 방법 : 앞뒤 따질 것 없다. 보이는 즉시 건물에 불을
　　지른다.

\#. 다시 한번 당부드리지만 이번 천도가 반드시 이뤄질
　　수 있도록 위 기관과 군대 똘마니들이 지금보다 더 노
　　력하지 않으면 너희들도 죽는다.

성들에게 온갖 구실을 붙여 장안으로 끌고 간다.

"너 임마 왜 쳐다봐?" — 쳐다본다고,

"너 왜 키가 커?" — 키 크다고,

"너 왜 나이 들어 보여?" — 나이 들어 보인다고,

"너 밥 먹었어?" — 밥 먹었다고,

머리 안 빗었다고, 걸음걸이가 마음에 안 든다고, 코 풀고 손 안 씻었다고, 노래 못한다고 등등 그 이유도 기상천외하다.

이때 신난 놈들 정말 많다. 유부녀, 처녀 가릴 것 없이 겁탈과 강간 등 온갖 못된 짓을 다 한다. 이럴 줄 알았다, 이놈들! 어째 병사들의 섹스문제에 대해 한마디도 없더라니!

불바다, 불의 바다, 물 대신 불이 출렁이는 바다. 불길 춤춘다~ 바다 위에서~.

정말 무시무시한 일이다. <u>보이는 곳마다 온통 불을 질러놓으니!!!</u>

숯불에 숯 추가 구라 _ 김영삼 대통령 시절 라디오 프로그램 진행을 마치고 나오는데 삐삐가 울어댔다. 전화번호를 확인해보니 낯선 번호다. 어딜까? 궁금해하면서 호출기에 찍힌 번호로 전화를 했다. 안기부였다. 당시 정치적으로는 북한의 '서울 불바다론'으로 한창 시끄러울 때였다. 당시 신문기사의 한 토막을 살펴보자.

북 대표 "전쟁 땐 서울 불바다" 위협 / 8차 실무접촉 험악한 분위기 54분

19일의 8차 남북실무접촉은 냉랭하고 험악한 분위기 속에 진행됐다. 회담 시작 54분 만에 북측대표들이 회담장을 박차고 나가는 순간까지 '전쟁'이라는 말이 거침없이 튀어나왔으며 시종일관 '말싸움'의 연속이었다. …(중략)… 그는 국제제재 문제에 대해 강하게 반발하면서 "대결국면은 충돌을 야기시키며, 충돌은 전쟁으로 번져가게 마련."이라면서 "우리 주체의 나라 북조선은 전쟁의 벌집을 터뜨리려는 남조선과 미국의 책동을 결코 수수방관 않겠다."고 경고. 그는 "대화에는 대화, 전쟁에는 전쟁으로 대응할 준비가 돼있다."며 "전쟁이 일어나면 서울은 불바다가 될 것이고 송 선생도 살아남지 못할 것."이라고 극언. 이에 대해 …(하략)… (출처 : 조선일보 1994년 3월 20일자)

　　호출했던 안기부 직원이 전화를 받았다.

　　"뭔데요?"

　　안기부에서 이번 사태에 어떻게 대응할 것인가에 대해 아이디어 회의를 하다가 누군가가 개그맨 전유성에게 물어보자는 얘기가 나왔단다. 이북 아해들이 남한을 불바다로 만들겠다는 발언을 했는데, 우리도 대처할 한마디를 해야 한다는 거다. 북한이 서울을 불바다로 만든다고 공갈을 치니 국민들이 얼마나 공포에 떨겠냐는 거지. 옛날 도끼 만행 사건 때는 박정희 대통령이 "미친 개한테는 몽둥이가 약."이라고 했고 그 말을 들은 국민들

南北관계

北대표 "전쟁땐 서울 불바다" 위협

〈8차 실무접촉… 험악한 분위기 54분〉

시종 말싸움… "이런회담 필요없다" 인사도 뿌리쳐

北기자 "목숨바칠 각오 없으면 美여권 준비하라"

19일의 8차 남북특사 접촉은 냉랭하고 험악한 분위기속에 진행됐다. 회담시작 54분만에 북측대표들이 회담장을 박차고 나가는 순간까지 「전쟁」이란 말이 거침없이 쏟아져 나왔으며 시종일관 「급박」을 강조한 북측 宋浩景수석대표 발언의 연속이었다. 꼭 1년만에 결렬된 이날 실무접촉의 순간들─.

─밖에서 들어가자 우리측 宋浩景수석대표는 손부채를 준비하고 부인 李仁模노인을 북측으로 압송해 수한 인도정신에 입각해…양쪽 대표들이 마주앉으면서 우리측 宋수석대표는 「우리측 최고당국자…

─주석대표가 몇차례 환한 표정을 나누려고 하자 北측 대표들은 냉랭한 표정. 회담이 진행되면서 宋수석대표는 박영수단장의 인사를 비롯해 「남측은 우리가 극동하게 『남측은 단호한 목소리로 시하고 있다면서 「이런한 그는 「대화에는 대화, 전쟁…

─이에 대해 우리측 宋수석대표는 「우리측 최고당국자…

【板門店=安熙昌기자】

은 통쾌하게 생각했었다.

　"……그러니까 국민들을 진정시키려는 멘트가 필요하다고요? 그거라
면 간단합니다."

　안기부 직원이 묻는다.

　"뭔데요?"

　내가 말했다.

　"니미 뽕이다, 이 새끼들아. 이렇게 말하면 됩니다."

　잠시 침묵이 흐른 후, 저쪽 수화기 속에서 웃음소리가
들려왔다.

묘 속에 묻히니 재화 먼저 본 놈 임자.
니것 내것 따지다 보면 빈털터리
못면한다. 험한 세도 필요없다.
돈만 나와라! 훑쳐서 남주냐! 대낮부터
7하한하여 밤에는 일찍 자자.
　　　　　　　　　　　　　- 동탁 -

"그건 품위가 떨어져서…… 그런 말인데, 하여튼 알았습니다. 더 좋은 생각이 떠오르면 연락 주십쇼."

그 후 우리 측에서 대국민 멘트로 뭐라고 대응했는지는 기억이 나질 않는다. 지금도 나는 "불바다를 만든다고? 니미 뽕이다, 이 새끼들아! (품위에 안 맞으면 '새끼들아'는 빼고)"라고 했으면 좋을 뻔했다고 생각한다.

동탁네 똘마니들은 허구한 날 공갈치고, 재물 뺏고, 선황제와 황후들의 묘를 파헤치고 그 속의 보물들과 현찰 다발을 꺼내 장안으로 보냈다. 한국 속담에 이런 말이 있다.

'화재난 데 도둑질.'

억울하지만 힘이 없으니 황제도, 황후도 할 수 없이 그들의 공갈에 못 이겨 장안으로 가는 수밖에 도리가 없다.

손견네 군사들과 조조, 유관장이 낙양으로 쳐들어왔지만 동탁 일당은 이미 천도를 하고 난 후였다.

"어! 이상하다. 한 놈도 안 보이네."

무덤은 모두 파헤쳐져 있고 불바다에 뒤이어 검은 연기만이 피어오르고 있었다. 손견은 아랫것들에게 "꺼진 불도 다시 보라."고 한 후 제후들에게는 일단 쉬라는 명령을 내렸다.

조조가 대장군 원소에게 "동탁이 지금 서쪽 장안으로 도망가고 있는데 이때를 놓치지 말고 쫓아가 동탁을 박살냅시다."

원소가 "지금은 제후들과 군사들이 피곤하니 좀 쉬게 놔둡시다. 피곤에 지쳐 있는 이들을 데리고 가봐야 별로 도움이 안 될 것 같은데……."

조조가 "아니, 지금처럼 민심이 흉흉할 때 동탁을 없애버린다고 하면 백성들도 우리 편이 될 텐데요. 이 좋은 기회를 잡지 못하면 천하평정의 기회를 놓친단 말입니다. 자, 빨리 쳐들어갑시다."

"명령은 내가 내린다. 그대도 쉬라고 할 때 쉬어라."

조조가 속으로 생각한다. '이런 십우럴! 같이 일할 그릇이 아니로구나!'

그리고 혼자서 출격을 해버린다.

"하후돈, 하후연, 조인, 조홍, 이전, 악진아! 우리끼리 하자. 지금 바로 출동이다!"

군사 만여 명이 조조의 명령에 따라 동탁의 뒤를 쫓는다. 조조의 군사들이 형양(滎陽)지방에 당도하니 여포가 기다리고 있다가 "얘들아, 전투대형으로 벌려라." 하며 한판 붙을 준비를 한다.

조조가 "야, 여포야, 한판 붙자. 천자를 욕되게 하고 불쌍한 백성들을 데리고 어딜 가느냐? 깡충깡충 뛰면서 어딜 가느냐?"

"주인아저씨 바꾸기를 밥 먹듯이 하는 놈이 무슨 말이 그 따우냐?"

장군 명군을 주고받고 있을 때 하후돈이 창을 들고 말을 달려 여포에게 직진한다. 몇 합을 겨루고 있는데 왼쪽에서 동탁네의 이각이 군사들을 이끌고 밀어닥친다.

조조가 외친다.

"후연아, 니가 저놈을 맡아라."

이번에는 오른쪽에서 곽사가 함성을 지르며 밀어닥치니 "조인아, 넌 오른쪽을 맡아라."

왼쪽 오른쪽에서 여포의 군사들이 달려드니 조조네가 당해낼 수가 없어서 지들 말로는 '작전상 후퇴'를 했다. 하지만 여포가 볼 적에는 도망가는 거다. '게 섯거라!' 하고 여포가 달려가니 조조는 꼬랑지를 말아들고 후퇴한다. '게 섯거라!' 한다고 도망가다 서는 놈 아무도 없었을 거다. 그때도 그랬지만 앞으로도 말이다.

도망가던 조조 군사들이 배가 고파 산기슭에서 겨우 밥이나 지어 먹으려고 쌀을 씻을 때에 사방에서 숨어 있던 동탁네 편인 서영의 군사들이 달려 나온다. 조조가 재빨리 말에 올라타 앞으로 달려나가는데 서영을 정면에서 만나게 된다. 말머리를 돌려 유턴을 하려는 순간 서영이 활을 쏘니 화살이 조조의 어깨를 파고든다. '아이고, 어깨야!' 아프다고 소리칠 틈도 없이 말을 몰아 언덕길로 내려가려고 하는데 그 순간 숲속에 숨어 있던 두 병사가 양쪽에서 조조의 말허리를 찍으니 조조는 땅에 나뒹군다. 병사 한 명이 조조를 베려는데! 조조의 부하 장수 조홍이 나타나 두 병사의 허리를 베어버린다. 조조가 숨을 헐떡이며 "고맙지만 난 여기서 죽을 것 같구나. 너나 빨리 이곳을 빠져나가라."

"죽긴 왜 죽어요? 제 말에 올라타세요."

"그럼 너는?"

"저는 걷겠습니다. 저야 이 세상에 있어도 그만, 없어도 그만인 몸 아닙니까? 자, 어서 말에 오르세요."

조홍이 갑옷과 투구를 벗어 주고 조조가 탄 말의 뒤를 천천히 쫓아가다 보니 새벽이 되어버리고 말았다. 지리도 모르는 새벽길을 달리니 조조의 눈앞에 강이 나타났다. 그야말로 앞은 강이요 뒤는 적병의 고함소리라. 어쨌거나 저쨌거나 조조는 그날 밤 많은 일을 겪었다. 다 죽었다고 생각하고 생을 포기했다가 조홍에 의해 살아났고, 다시 도망가다 큰 강을 만나 죽을똥 살똥 허우적거리다가 다시 살게 되었다. 한숨 돌리며 담배 한 대 피우려는 찰나에 또다시 서영의 군사들이 화살을 날리면서 강을 건너와 추격한다.

그때 조조는 하후돈과 하후연을 우연찮게 만나게 되어 서영을 말에서 떨어뜨리니 남은 군사들은 혼비백산해서 날파리떼처럼 날아가버렸다. 아슬아슬한 순간을 지난밤 몇 번이나 겪었다. 겨우 목숨을 건져 숨은 제대로 쉬어지는지, 팔다리는 움직여지는지 흔들어보는 중에 조인, 이전, 악진 등 같은 편을 만난다.

1만 명의 군사를 거느리고 왔지만 돌아갈 때 보니 500여 명의 군사밖에 남지 않았다. 조조는 꿀꿀한 기분으로 하내로 돌아왔다. 만 원으로 밤새 고스톱을 치다가 힘이 다 빠진 새벽에 세어보니 500원만 남은 꼴이다. 누구 말대로 돈 잃고 기분 좋아라 하는 놈은 없다. 그나마 500원이면 한 푼도 없는 것보다는 낫고 꽁지돈 쓰지 않은 게 다행이다.

9

'자신의 떡'에 대한 새로운 가치평가

- 옥새를 손에 넣은 손견의 착각

조조가 험한 고생을 하고 있을 때 손견은 뭐 하고 있었을까? 손견은 아해들을 시켜 불난 자리를 정리하고 동탁이 파헤친 묘지들도 손질하게 했다. 더불어 사당을 지어 역대 황제들의 위패를 모시고 위령제를 지냈다.

삼계탕 국물 추가 구라 _ 위령제, 이건 정말 중요한 감사의 인사다. 조상님들에게 자진해서 드리는 신고식이다. 다시 한번 강조하지만 이거 중요한 거다. 1970년대 초반 무교동 통기타 살롱에서 연예부장으로 일할 때였다. 당시에도 무교동에는 낙지볶음집이 한 집 건너 한 집이었다. 낙지를 먹으러 자주 들락거리던 어느 날, 바닷가도 아닌 도시에까지 붙들려와 볶음이 되어버리는 낙지에게 미안한 생각이 들었다. 단골집 주인에게 낙지 위령제를 1년에 한 번씩 지내주자고 제안했다. 낙지집 주인들은 진지한 내 말을 농담으로 흘려들었다. 결국 얼마 가지 않고 그 지역이 재개발되어 낙지집이 다 없어졌다. (지금 무교동에 남아 있는 집들은 그 이후에 생긴 집들이다.) 나는 지금도 낙지 위령제를 지내줬다면 아직도 그 지역이 개발제한구역으로 묶여서 낙지타운이 됐을 거라고 믿고 있다.

그 이후 대구의 어느 삼계탕집을 광고해주면서 닭 위령제 이야기를 꺼냈더니 주인이 좋다고 했다. 매년 닭 위령제를 지내다가 어느 한 해 위령제를 빼먹었는데 그해 조류독감 때문에 장사에 엄청난 손해가 닥쳤다. 내심 닭 위령제를 안 지내서 그랬을 거라고 주인에게 이야기를 했더니 주인은 다시 위령제를 준비했다. 위령제를 마치고 다시 장사가 원상태로 돌아왔다. 어쨌든 그 삼계탕집 주인은 닭 위령제를 계속할 것이다. 그 가게 이름은 금산삼계탕이다. 홈페이지도 있으니 한번 들어가보시기를! 음식점 홈페이지 치고는 꽤 재미있게 꾸며놨다. 닭 위령제에 참석했던 어떤 이는 사슴농장에 가서 사슴 위령제를 지냈다. 위령제는 자꾸 확대되어야 한다. 마포 소주물력 골목에선 소 위령제를 올려야 하고 돼지고기구이를 파는 홍대 앞 기차길 옆의 가게들은 돼지 위령제를 지내야 한다. 매년 이런 위령제를 지내주면서 지역축제로 발전시켜야 하고 관광상품화해야 한다. 나중엔

장어위령제, 밴댕이 위령제, 멍게 위령제도 생기지 않을까.

● 구라 심리학 _ 위령제는 정말 효과가 있는 것일까? 이에 대한 해답을 얻기 위해 우선 '오늘의 운세는 맞는가?'라는 문제부터 살펴보자. 예전에 SBS방송국 프로그램 중에 〈호기심 천국〉이라는 프로그램이 있었다. 시청자들이 궁금해하는 것들에 대해 전문가들의 도움을 얻어 궁금증을 해소하는 그런 프로그램이었다. 그 프로그램의 심리학 자문을 맡고 있을 때 '오늘의 운세'와 관련이 있는 재미있는 실험을 한 적이 있다. 즉 '과연 '오늘의 운세'는 맞는가?' 하는 것이었다. 이는 마치 '위령제는 효과가 있는가?' 하는 것과 같은 맥락의 질문이라고 할 수 있다.

어떤 사람들은 '오늘의 운세'가 잘 맞는다고 생각한다. 반면 어떤 사람들은 잘 맞지 않는다고 생각한다. 왜 이런 일들이 벌어지는가? 이를 밝히기 위해서 한 가지 실험을 실시했다. 먼저, 동일한 연령으로 오늘의 운세가 맞는다고 생각하는 남자와 여자, 그리고 맞지 않는다고 생각하는 남자와 여자를 각각 선정했으며, 또한 동시에 서로 다른 두 연령대를 선택했다. 따라서 모두 8명의 사람들이 실험에 참여한 것이다.

이들 8명에게는 아침 출근 전에 각기 자신의 연령에 해당하는 금전운, 애정운 등을 알려주었다. 그리고 몰래 카메라맨들이 이들 8명

위령제를 마치고 다시 장사가 원상태로 돌아왔다.

어쨌든 그 삼계탕집 주인은 닭위령제를 계속할 정이다.

의 하루를 밀착 취재했다. 저녁 7시가 되어 실험에 참여한 8명이 여의도 공원에 모여 오늘의 운세가 맞았는지 아니면 틀렸는지 답하도록 했다. 과연 어떤 결과가 나왔을까? 결과는 자신들이 믿는 바 그대로였다. 오늘의 운세를 믿는 사람들은 자신들의 하루 운세가 '오늘의 운세'에 나와 있는 대로 맞았다고 답했고 그 반대의 사람들은 또 그들이 믿는 대로 결과가 나온 것이다. 어떻게 이런 일이 가능한가? 사람들은 자신의 믿음과 일치되는 사건에 대해서는 기억을 잘하고 큰 의미를 부여하는 반면에 자신의 믿음과 위배되는 사건에 대해서는 기억을 잘 하지 못하거나, 부인을 하거나, 평가절하시킴으로써 자신이 가지고 있는 믿음이 실현된 것으로 생각하는 경향이 강하다. 예를 들어, '오늘의 운세'를 믿는 A씨의 경우 '금전운이 없다.'고 나왔다. 그는 '오늘의 운세'가 예측한 대로 아침 출근길에 버스를 타고 남은 잔돈이 고스란히 어디론가 사라져버렸다고 응답했다. 그러나 A씨는 직장 동료가 식후에 뽑아준 커피(즉, 공짜로 얻어먹은 '금전운')에 대해서는 기억을 하지 못했다. 이러한 현상은 믿지 않는 사람들의 경우에도 동일하게 나타난다. 결국 사람들은 하루를 생활하면서 이득이 되는 일들과 손해가 되는 일들이 동일하게 발생하였음에도 불구하고 자신의 생각과 동일한 사건들만을 기억하거나 중요하게 여기는 반면, 자신의 생각과는 상반되는 사건에 대해서는 기억하지 못하거나 과소평가함으로써 자신의 생각이 맞다

고 믿게 되는 것이다. 이를 심리학에서는 '자기-충족적 예언'이라
고 한다.

위령제도 마찬가지로 해석할 수 있다. 위령제라는 것이 결국에는
해당 대상물에 대한 죄송한 마음을 표현함으로써 자신의 복을 기원
한다는 점에서 '오늘의 운세'를 믿는 것과 크게 다르지 않다. 결국
위령제가 되었건, 오늘의 운세가 되었건 각각에는 순기능과 역기능
이 존재한다. 즉, 적당하게 믿는 것은 마음의 안정을 주고 자신감을
얻게 하는 반면 지나치게 맹종하게 되면 스스로의 힘으로 뭔가를 해
내려는 독립심이나 자립심이 사라지게 된다. 그러니 적당히 믿는
것이 여러 모로 좋다.

위령제를 지낸 그날 밤 손견은 잠을 이루지 못하고 군막에
서 밤하늘을 바라보았다. 달빛과 별빛이 비춰주는 폐허를 바라
보다가 문득 북쪽 하늘을 보니 별 주위가 뿌옇게 보인다.
'제왕성이 밝지 않으니 역적들이 나라를 어지럽히네. 백성
은 도탄에 빠져 있고 낙양은 폐허로구나!'

손견

감상에 빠지니 눈물이 주르르 흐른다. 옆에 있던 군사가 상관의 눈물을
보는 것이 민망해 손견과 눈을 안 마주치고 다른 곳을 보고 있는데 저쪽에
서 한줄기 영롱한 빛이 땅에서부터 솟아나오는 게 아닌가?

"장군님! 저기를 보십시오."

손견이 바라보니 남쪽 우물에서 나오는 거다. 즉시 아해들을 풀어 우물 속을 살펴보라 하니 한 여인의 시체가 있다. 시체를 끌어올리니 궁녀 차림인데 이름표가 없으니 이름은 알 수 없고 비단주머니를 차고 있었다. 주머니를 열어보니 다시 황금자물쇠로 잠긴 곽이 나오는데 이것을 다시 열어보니 다섯 마리 용이 새겨진…… 앗! 옥새다. 옥새! 한 귀퉁이가 떨어져나가 금으로 때워져 있긴 해도 옥새는 옥새다.

受命於天 旣壽永昌(수명어천 기수영창; 하늘로부터 명을 받았으니, 오래가고 멀리 뻗어라.)이란 여덟 글자가 새겨져 있다.

정보가 옥새에 대해 한바탕 설명을 시작한다.

"옛날 옛적의 일입니다요. 이 옥새는 옥돌로 만든 겁니다. 옥돌은 처음에 변화(卞和)라는 사람이 얻은 건데요, 봉황새가 옥돌에 앉아 있는 걸 보고 발견했다고 하네요. 이걸 발견한 변화가 초문왕(楚文王)에게 진상했고, 초문왕은 이 옥돌을 깨뜨려서 그 안에 있는 옥을 꺼냈다고 합니다. 그 후 진시황 26년에 이사(李斯)라는 글 잘 쓰는 사람이 여덟 글자를 쓰고 유명한 도장장이가 글을 새겼다고 합니다. 2년 뒤에 진시황이 동정호(洞庭湖)라는 호수를 지나치는데 풍랑이 크게 일어 배가 뒤집어지려고 하길래 급히 이 옥새를 집어던졌더니 풍랑이 가라앉았다고 하는 전설이 있습니다. 38년에는 진시황제가 사냥을 하려고 화음(華陰)이라는 지역에 들렀는데 어떤 사람이 이 옥새를 진시황제의 똘마니에게 건네면서 '이걸 진시황에게 드려라.' 하고 홀연히 사라졌다고 합니다. 그래서 이 옥새는 다시 진시황에

"진시황 26년에 이사라는 글 잘 쓰는 사람이
여덟 글자를 쓰고 유명한 도장장이가 글을 새겼다고 합니다."

게 돌아왔는데요, 이듬해 진시황이 세상을 떠나자 영제께서 한고조에게 바친 겁니다. 여기 금으로 때운 자리는 당시 왕망이란 자가 황제의 자리를 넘보려고 까부는 걸 효원(孝元)태후께서 이걸 던져 왕망의 똘마니 왕심과 소헌을 팼는데, 그때 한 귀퉁이가 떨어져나간 겁니다. 그 후에 광무제께서 이 옥새를 의양(宜陽)에서 손에 넣은 후 지금까지 왕위에 물려왔걸랑요, 근데 십상시들이 어린 황제를 이끌고 북망산으로 달아났다가 궁에 돌아오니 이 옥새가 없어졌답니다."

정보가 마지막 멘트를 날린다.

"이제 옥새가 나타난 건 공께서 천자의 자리에 오르라는 뜻일 겁니다. 이곳에 있지 마시고 얼른 강동으로 가서 따로 큰 계획을 세우십시오."

이런 말 들으면 흐뭇해하는 인간들. 혈액형, 출신학교에 관계없이 엄청 많다.

"나도 그럴 생각이야, 정보야! 이런 소중한 정보를 줘서 정말 고마워. 내일 사람들에게는 몸살기가 있다고 둘러대고 강동으로 가야겠다."

이거 말이야, 아파트 열쇠를 길거리에서 주웠다고 아파트가 자기 거라고 생각하는 놈 아냐?

"얘들아, 부탁이 있는데 이 옥새 주은 거 아무한테도 말하면 안 된다. 알았지? 자, 약속!"

옛날에 개그맨들끼리 'A라는 방송국 PD가 부당한 짓거리를 너무 많이 한다, 그 집에 찾아가서 따지자.'고 회의를 한 적이 있었다. 회의 끝나

고 저녁 먹고 PD집으로 따지러 간 적이 있었는데 저녁 먹으러 갈 때 슬쩍 빠져서 PD집에 먼저 가서 고자질한 녀석이 있었다. 아마 이렇게 이야기했겠지?

'저는 그렇게 생각…… 안 하는데요. 어쩌구 저쩌구!'

우리가 들이닥치자 그놈은 화장실로 숨어들었다가 우리에게 걸린 적이 있었다. 이름은 밝히고 싶지 않다.

개그맨 사회뿐만이 아니다. 손견 당시에도 그런 놈이 있었다는 거다. 원소와 같은 고향 출신인 한 병졸이 출세에 도움이라도 될까 해서 그날 밤 바로 탈영하여 원소에게 손견이 옥새를 가지고 있다고 고자질을 해버렸다. 원소는 그놈에게 술 한잔 먹이고 진중에 숨겨주었다.

다음 날 아침 손견이 원소에게 "제가 몸에 병이 있어서 고향에 돌아가 요양을 좀 했으면 해서 이렇게 찾아왔습니다."라고 하자 원소가 미소를 띠며 "공이 병든 이유는 옥새를 가지고 있기 때문에 생긴 병인 거 같소이다."

알면서 이렇게 말할 때 상대방의 반응을 보는 재미 죽인다. 서로 공방이 벌어진다.

"옥새라니요? 옥새는 아무나 갖는 게 아니지 않소?"

"옥새가 생기면 제후들에게 보여주고 동탁을 없앤 후에 조정에 돌려줘야 할 것 아니오. 근데 그걸 슬쩍 해서 고향으로 가려고?"

"옥새를 본 적도 없는 사람에게 무슨 소립니까?"

"우물에서 꺼냈잖아? 생눈깔 부라리지 말고 내놔, 이 새끼야."

"내가 옥새를 가지고 있다면 이 자리서 바로 날벼락 맞아 죽을 것이오!"

하지만 날벼락은 내리지 않고 오히려 손견이 날벼락처럼 날뛰기 시작한다. 난리가 아니다. 하는 수 없이 원소는 진중에 숨겨줬던 병사를 불러낸 후 "이 사람이 우물에 들어가서 옥새를 꺼냈던 병사가 아니오?"라며 3자 대질심문을 한다. 손견이 화가 치밀어 칼을 뽑아 그 군사의 목을 베려는 찰나! 원소도 칼을 뽑아들며 "이 자식아! 니가 이 병사를 죽이려고 하는 건 옥새를 가졌다고 시인하는 거 아니냐!"

원소의 등 뒤에서 폼잡고 있던 안량과 문추도 칼을 뽑는다. 손견의 부하 장수들이라고 가만히 있을쏘냐. 정보, 황개, 한당 등도 모두들 챙! 챙! 챙! 하고 칼을 뽑으니 상황은 일촉즉발!

제후들이 우르르 몰려와 두 장수의 싸움을 말리는 틈을 타 손견은 재빨리 말을 타고 자기 진지로 돌아와 세면도구를 챙긴 뒤 낙양을 떠나버렸다.

원소는 일단 찬물에 밥 한 그릇 말아먹고 열 받은 속을 달랜 뒤, 믿을 만한 똘마니에게 편지 한 통을 주어 형주지역을 다스리고 있는 유표(劉表)에게 배달시켰다. 찬물에 밥 말아 먹으니 속은 좀 식었지만 소화는 잘 안 됐다.

다음 날 혼자 동탁에게 싸우러 갔던 조조가 형양에서 본전도 못 건졌다는 소식이 원소에게 전해졌다. 원소는 제후들과 함께 조조를 불러 위로주를 한잔 낸다. 조조는 싸움에 대패한 것을 심하게 쪽팔려하며 "내가 말이오, 역적을 물리치고 나라를 구하자는 마음으로 여러분들에게 투자설명회를 했고 여러분들도 나랑 뜻이 같았소이다. 내가 첫 작품으로 하내의 군사를 데리고 나가 우선 맹진(孟津)과 산조(酸棗) 땅을 확보하고…… 이렇게 저렇게 해서 싸움에 이기고 싶었지만, 그게 적들이 저렇게 나와서…… 그만 패하고 말았소. 수치스럽습니다."

조조의 괴로운 토로가 끝났지만 제후들은 침묵만 지킬 뿐 아무 말도 없었다. 뭔가 좀 이상했다. 질타를 하든지 아니면 위로를 해주든지 뭔가가 있어야 할 것이 아닌가! 이때 조조의 뇌리를 스치는 번개 같은 생각.

'어쭈! 이것들 봐. 사람을 초대해놓고 내 말은 안 듣고 딴청들을

이력서

성 명	유표		現 벼슬	형주자사
특 기	친구사귀기			
성 질	약간 우유부단함		별 명	없음
족보관계	출신	산양 고평	조 상	황족출신
집안 분위기	공인된 명문가로서 분위기 좋았음			
가입 동호회	강하팔준(江夏八俊)			
동호회 명단	진상, 범방, 공욱, 범강, 단부, 장검, 잠경			
친한 장수	고량, 괴월, 채모			
특이사항	천하를 재패하겠다는 야망을 공공연히 천명하지 않았고 나이가 들면서 점차 소극적으로 변함.			

부려?'

술자리가 끝나자 조조는 이놈들이 딴 생각들을 하고 있다는 걸 예견하고 남은 돈 500원을 들고, 아니 남은 군사 500명을 이끌고 양주로 떠났다. 원소와 제후는 조조에게 <u>술을 사고도 바보 취급을 당한 것이다.</u>

깻잎 추가 구라 _ 나도 술 사고 쪼다된 인간을 몇 명 알고 있다. 내가 아는 어느 회사 사장이 있었다. 어느 날 내 개그맨 후배의 사진을 광고에 거저 한번 쓰겠다고 해서 어렵고 어렵게 후배에게 말해서 승낙을 받았다. 괜찮다는데도 부득부득 자기가 술 한잔 사겠다는 거다.(여기까지는 그럴 수 있다고 치자. 고마우니까.) 후배와 나는 소주 한잔하고 헤어지자는데 지가 룸살롱 가자고 우기더라구. 술을 잘 먹고 밴드 불러서 노래도 불렀다. 근데 문제는 여기서부터였다. 갈 때쯤 해서 계산서가 들어왔는데 갑자기 인상을 쓰더니 입에 게거품을 문다.

"왜 이렇게 비싼 거야! 사장 오라고 해! 불 키고 전무 오라고 해! 이런 집은 신문사에 고발해야 돼."

길길이 날뛰는 거다. 술 얻어먹은 나와 후배는 그 통에 술이 다 깨고 '뭐 저런 미친놈이 다 있나?' 하고 생각했다. 좀 심하다 싶어 나중엔 내가 내겠다고 했고, 마담도 "그 계산서의 30%는 내가 먹는 건데요, 까짓것 안 먹을 테니까 나머지만 주세요."라고 말하는데 그것도 비싸다고 입에 거품을 물던 그 인간, 우리는 그 인간을 다시는 안 만난다. 사람 앞에 앉혀놓고 개망신당하는 기분이었다. 괜히 술 사주고 욕 먹는 헛짓은 하지 말자. 그런 일이 있은 후 그 인간을 내 인생의 '출석부 명단'에서 삭제시켜버렸다. 옛날부터 알았던 인간이라고 해서 잘못을 용서해줄 시간이 없다. 그냥 그런 인간들은 삭제하는 게 제일 좋다.

조조가 떠났다는 소식을 듣자 공손찬이 유관장에게 제안했다.

"우리도 여기를 떠납시다. 겪어보니 원소는 정말 무능한 인간이네요! 우리가 여기 더 있다가 무슨 덤터기를 쓸지도 모르니 우리도 돌아갑시다."

평원에 도착한 현덕은 예전의 생활로 돌아갔고 공손찬도 자기네 동네로 돌아가 다음 날을 기약했다. 제후들도 다 떠나니 원소도 군사들을 지휘하여 낙양을 버리고 관동으로 돌아갔다. 황실을 구하겠다는 거창한 대의명분으로 모였던 '동탁 타도를 위한 연합군'은 이렇게 허망하게 해체되고 말았던 것이다.

한편, 달아나는 손견에게 옥새를 뺏으라는 밀서를 받은 유표. 바로 명령을 내린다.

"괴월(蒯越), 채모(蔡瑁)야, 내가 지금 원소한테 밀서를 받았는데 군사 1만을 데리고 나가 손견을 잡도록 해라."

손견이 형주 땅에 나타나자 괴월이 그의 앞길을 막아서며 "잠시 검문이 있겠습니다."

"나 손견인데, 검문은 무슨 검문이오?"

"당신 말이야, 한나라의 신하가 왕의 옥새를 가지고 있으면 되겠소? 신하면 목도장이면 됐지!"

"뭐 이 자식아! 황개야, 뭐 하냐?"

황개가 달려들어 철채찍으로 괴월 옆에 있던 채모의 가슴팍을 후려치니 채모가 기겁을 하고 달아난다. 신이 난 손견은 군사를 이끌고 채모가 도망간 계구산 입구까지 뒤쫓아가는데 갑자기 함성과 북소리가 울려퍼지면서 유표가 짜잔! 하고 나타난다. 사면초가에 부딪힌 손견이 정색을 하고 "경승께선 어째서 원소의 편지 내용만 믿고 가까운 이웃에 사는 나를 이렇게 대접하는 겁니까?"

"대접받을 짓을 해야 대접을 해주지. 네가 옥새를 가지고 내놓지 않는 건 국가를 배신하는 행위잖아!"

"내가 옥새를 가지고 있다면 벼락을 맞아 죽을 것이다."

"애들아! 뭐 하니?"

"지금 나하고 한번 해보겠다는 거요?"

손견이 한 판 붙을 자세를 취하자 유표가 슬그머니 말을 돌려 도망치는 시늉을 한다. 그 다음 순서는 삼국지에 제일 많이 나오는 작전교과서 1페이지의 상황이 다시 펼쳐진다. 유표가 물러나고 손견이 뒤를 쫓자 갑자기 양편에서 병사들이 나타나고 채모와 괴월이 뒤에서 몰아대니 손견은 앞으로도 뒤로도 옆으로도 가지 못하는 진퇴양난, 좌우협공의 상황에 빠진다.

여기서 노래 한 곡조 들어간다.

'옥새가 무어냐고 물으신다면~ 욕심의 씨앗이라고 말하겠어요~.'

물수건 추가 구라 _ 재물도 마찬가지다. 소유해야 할 사람이 갖지 않으면 쓸데없이 화근만 생긴다. 요건 좀 다른 이야기지만 인사동에서 찻집을 개업할 때 많은 사람들이 개업선물을 가져왔다. 그중에 유명한 도예가 한 분이 나에게 커다란 물항아리를 선물해줬다. 받을 땐 고맙게 받았으나 보관을 소홀히 하는 바람에 그 물항아리가 선물 받은 지 3년여 만에 허드레 물건을 보관하는 광에서 발견됐다. '아니 이 비싼 도자기가 여기 있었구나! 도자기를 선물한 도예가가 이 사실을 알면 얼마나 나를 원망할 것인가!' 하는 생각이 뇌리를 스쳤다. 미안한 마음이 부글부글 끓어올랐다. 이제부터라도 잘 닦아서 보관해야지. 어디 상한 곳은 없는가 살펴본 후에 정성스레 닦아서 찻집에서 제일 잘 보이는 곳에 진열을 해두고 찻집에 갈 때마다 물항아리의 이상 유무를 살피며 물항아리에 신경 무진장 썼다.

그런데 어느 날 한 사나이가 찾아와 자기가 그 도자기를 너무 갖고 싶다는 거다. 이게 어디 사는 누구 작품이 아니냐? 이 사람 작품 중에서도 이 물항아리가 아주 오래전부터 갖고 싶었다. 어디서 구했냐? 작가랑 어떤 사이냐? 완전 물항아리 스토커였다. 내가 찻집에 없을 때에도 찻집에 와서 물항아리를 닦아주질 않나! 일하는 알바생들에게 물항아리 조심스레 다루어야 한다며 허구한 날 찻집으로 찾아온다는 거다. 물항아리가 깨질까봐 밤잠을 설쳤다나? 미친놈! 남의 물항아리 때문에 지가 왜 밤잠을 설치냐구! 별 구라를 다 치는구나 했는데……!?

'그래, 저 물항아리의 주인은 저 사람이야……' 하는 생각이 슬슬 내 머릿속에 스며드는 거다. 어느 날 그 사람에게 말했다. "정말 저 물항아리가 좋으냐? 그럼 당신이……."

그 사람이 얼씨구나 고맙다며 돈을 주겠다는 거다. 돈을 받으면 내가 파는 게 되어 돈을 받으면 안 된다고 했더니 그럴 수 없다고 펄펄 뛰길래 나도 돈 받고는 줄 수 없다고 방방 날았지! 근데 그 사람은 기어코 나 없을 때

그 후에는 어떻게 됐을까. 팔아먹었을까? 가격으로 치면 200만 원도 넘는 거였는데, 개새끼!

찻집에 찾아와 알바생에게 30만 원인가 얼마를 주고 갔다는 거다. 문제는 다음에 일어났다! 여기서부터 '이 사람'이 아니고 '이 자식'으로 바뀐다. 이 자식이 지가 좋아한다고 해서 그냥 줬으면 집에 모셔 놓고 아침저녁으로 물항아리에 문안 인사나 올리지! 이 자식이 그 물항아리를 만든 도예가한테 냉큼 달려가 "이거 진짜 당신이 만든 거우?" 하고 물어봤다는 거다. 도예가는 황당하지! 자기가 선물한 물항아리를 엉뚱한 놈이 가지고 와서 "이거 진짜요?" 하고 물으니 말이다! 바로 그 도예가가 나에게 전화를 해서 "이게 어떻게 된 일이냐!?" 하고 물었다. 나는 얼굴 벌개지면서 사실대로 말해줬지! 여차 여차해서 저차 저차했는데 물항아리에게 미안한 터에 정말 좋아하는 자식이 나타났길래 내 물건이 아니구나 하고 줬다고 말이다.

어쩌면 내가 그 물건의 주인이 아니듯이 그 자식도 그 물건의 진짜 주인이 아닌지도 몰라! 그 후에는 어떻게 됐을까. 팔아먹었을까? 가격으로 치면 200만 원도 넘는 거였는데, 개새끼!

손견이 포위된 이야기까지 했었다. 손견은 그 와중에 정보, 황개, 한당세 장수가 도와주어 목숨은 구했다. 하지만 가진 병력은 거의 다 잃고 쓸쓸하게 강동으로 돌아가고 유표와 손견은 원수가 됐다.

하내로 돌아온 원소는 당장 밥해먹을 쌀도 없으니 기주 지역을 다스리고 있던 한복(韓馥)이 쌀을 보내줘 겨우 입에 풀칠을 했다. 밥 먹고 트림하고 있는 자리에서 모사꾼 봉기(逢紀)가 "이렇게 남의 쌀을 얻어먹고만 있을 게 아니라 우리가 밥통째 뺏어야 사나이 대장부 아니겠습니까? 기주가 원래 땅도 넓고 자연자원이 풍부하거든요!"

"말을 듣고보니 나도 그러고 싶지만……."

"제 생각에는 공손찬에게 기주를 같이 뺏어서 나누어 갖자고 하면 반대할 이유가 없다고 봅니다. 공손찬이 쳐들어온다고 하면 한복이란 자는 장군에게 구원을 청할 것이고 그 기회를 잘 살리면 기주를 빼앗을 수 있을 거 같습니다."

공손찬에게 편지 바로 날아간다. 기주 뺏어서 같이 나누자는데 신이 난 공손찬은 주저 없이 군사를 일으켰다. 원소는 한복에게 '공손찬이 쳐들어온다.'는 소문을 은밀하게 알렸고 한복은 당황해서 회의를 소집 안 할 수 없다.(회의 많은 회사가 잘되는 회사냐? 회의 없는 회사가 잘되는 회사냐? 영원한 숙제다.)

'원소에게 도움을 요청하자.'고 하자 이에 찬성하는 부하들의 논리 : 공손찬이 연(燕)나라와 대(代)나라의 군사를 이끌고 여기에 플러스해서 유비, 관우, 장비 삼총사가 같이 힘을 합치면 우리 힘으로 막아내기가 힘들다. 그러므로 원소 장군께 도와달라고 합시다.

원소

반대파들 : 이제 원소는 개털이다. 우리 눈치만 살살 보고 있다. 우리가 과자라도 던져주지 않으면 굶어 죽을 처지에 있는데 원소에게 기주를 부탁

하는 것은 말이 안 된다.

옳소! 맞소! 옳소! 틀리소! 말들이 많다. 양쪽이 같은 표가 나오면 주인이 정하는 거다. 한복이 "내가 둘 다 이야기를 들었는데……나는 원씨 집안에 신세를 진 사람이다. 원소는 아직도 '썩어도 준치'다. 원소에게 기주를 부탁하겠다."

기주는 이제 망했구나! 반대파의 한숨소리가 들린다. 바로 그날로 관직을 그만두고 기주를 떠나는 자가 30여 명이 넘었단다. 며칠 뒤 원소가 군사를 거느리고 거드름을 피우고 나타나자 '원소개털론'를 주장하던 경무와 관순이 길을 막아 원소를 죽이려 하니 원소의 부하 안량과 문추가 각기 한 명씩 맡아 뎅겅 뎅겅 해버린다.

원소가 기주로 들어가 한복을 제 밑에 두고 자기 부하들에게 행정을 맡겨 한복의 권한을 모조리 뺏어 밥통을 차지했다. 뒤늦게 한복이 자신의 어리석은 결정을 한탄하며 처자식은 놔둔 채 진류지방을 다스리는 관직에 있는 장막을 찾아간다. 기주가 원소에게 넘어갔다는 사실을 알게 된 공손찬은 동생 공손월(公孫越)을 원소에게 보내 기주땅을 반만 떼어달라고 부탁했다.

"야, 이런 걸 부탁할 땐 본인이 와야지 동생을 보내면 되겠냐? 니 형이 온다면 내가 한번 생각해볼게."

공손월이 열받는 걸 꾹 참고 되돌아선다. '형한테 일러야지!'

공손월이 시내를 빠져나가니 양쪽에서 군마가 나타나 "야, 우리는 동탁

군대다."라며 굳이 '동탁군대'임을 강조하면서 화살을 쏘아 공손월을 죽여버렸다. 아이고 놀래라, 말걸음아 나 살려라! 공손월의 비서가 공손찬에게 이 사실을 보고한다. 공손찬은 화가 머리끝까지 올라 "원소란 놈이 나를 꼬셔서 군사를 일으켜 기주의 한복을 치자고 하더니 뒷구멍으로 딴 짓을 하고 동탁군을 가장해 내 동생을 죽이다니!!! 내 이 새끼를 가만히 두면 사람이 아니다. 가자!"

원소도 공손찬이 당연히 올 줄 알고 군사들을 준비하고 반하(磐河)라는 지역에서 기다리고 있었다. 원소의 군사는 다리 동편에, 공손찬의 군사는 다리 서편에 진을 쳤다. 공손찬이 말을 달려 다리 가운데로 나가 소리치며 "야 이 자식아, 의리도 없는 놈아, 기주를 차지하려고 내 이름을 팔아먹냐. (이거 초상권 문제다. 요즘 같으면 법정에서 가려질 문제다.)"

원소가 "야, 한복이 무능해서 내게 기주를 맡아달라고 사정사정해서 내가 맡아주기로 했는데 니가 무슨 상관이야."

"내가 사람을 잘못 보고 한때는 너를 맹주로 추대한 적이 있었는데 정말 X탱이 같은 놈이구나. 그 얼굴을 어떻게 들고 다닐래? 뻔뻔스러운 놈!"

"뻔뻔스럽긴 니가 더 뻔뻔스러운 놈이지. 내가 어떻게 먹은 기주 밥통인데 니가 밥주걱을 들이대냐?"

가래떡 추가 구라 _ 화장실 들어갈 때 다르고 나올 때 다르다는 건 어제 오늘 일이 아니다.

1970년대 코미디 중에 이런 게 있었다. 월남전이 한창일 때 월남위문 공연에서 코미디언 대선배님 박응수, 이영일, 이순주, 민해숙이란 분이 했던 〈공처가 애처가〉란 코미디 중에 이런 부부싸움 장면이 있었다.

여자 : 결혼하기 전에 세 가지 조건이 있었잖아?

남자 : 뭐야, 그게?

여자 : 결혼하기 전에는 월급을 타면 월급봉투째 내 무릎 앞에 갖다 놓는다고
　　　안 그랬어? 안 그랬어?

남자 : 아니 이런 날강도 같은 년이 있나! 그게 어떻게 번 돈인데 니 아가리에
　　　다 쑤셔 넣니? (지금 생각하니까 대사가 살벌하다.)

나는 가끔씩 주례를 맡기도 하는데, 이런 말을 꼭 한다.

'남자가 결혼 전에 한 약속의 3분의 1만 해주면 행복한 줄 알고 살아라. 그거 다 믿으면 제 명에 못 산다.'

결혼할 때 마음하고 결혼하고 나서의 마음이 왜 이렇게 달라지는 걸까?

● 구라 심리학 _ 가치가 높다고 여기는 물건과 가치가 없다고 여기는 물건에 대한 사람들의 행동은 완전히 다르다. 가치가 있는 골동품은 애지중지 다루는 반면 요강은 푸대접을 받는다. 결혼을 하고 나서 아내를 대하는 남편의 태도가 변하는 이유는 결혼 전과 비교

해 아내의 가치를 낮게 평가하기 때문이다. 왜 결혼을 하면 남편들은 아내의 가치를 낮게 평가하는 것일까? 배우자와의 관계에서 결혼이라는 사건으로 인해 발생하는 가장 큰 변화는 무엇일까? 이제 남이 아닌 내 사람(내 것)이 되었다는 것이다. 이 사람 저 사람이 서로 기웃거리는 남이 아니고 내 것이 된 것이다. 또한 사람들은 자신이 가지고 있는 것보다는 타인이 가지고 있는 것을 보다 더 가치 있게 여기는 경향이 있다. 즉, 남의 떡이 더 커 보인다는 속담이 바로 이에 해당한다. 결혼을 하기 전(자신의 것이 아닌 상태)에는 상대 여성에게 높은 가치를 부여하고 그에 상응하는 대우를 하는 것이 당연하다고 생각한다. 그러나 결혼을 하고 나면 배우자에 대해 평가절하가 이루어지고 그에 상응하는 행동을 하게 되는 것이다. 남편이 나이 들어 아내에게 사랑받기 위해서는 남의 떡에 신경 쓰지 말고 자신의 떡에만 신경을 써야 하며, 자신의 아내에 대해 평가절하하는 일이 없어야 한다.

원소의 뻔뻔한 태도에 공손찬은 게거품을 문다. 원소가 "문추야, 네가 나가서 공손찬 입에서 게거품이 쏙 들어가도록 때려줘라."

문추가 공손찬에게 달려드는데 문추 이놈이 생각보다 쎈 놈이라 공손찬이 뒤로 물러날 수밖에 없다. 공손찬 부하들이 네 명이나 나가서 문추를 막아보려 했지만 이게 제대로 안 된다. 문추는 공손찬만 악착같이 추격을 했다. 어디선가 날아온 화살이 공손찬이 타고 있던 말에 적중해 공손찬이 벼랑 아래로 구르고 말았다. 문추가 공손찬의 목을 베려는 찰나! '어디선가 누구에게 무슨 일이 생기면 짱가가 나타나듯이' 한 장수가 왼쪽에서 나타나 창을 휘두르며 문추를 막아선다. 50여 회나 싸워도 결판이 나지 않자 문추는 말을 몰아 제 진영으로 돌아갔다. 공손찬이 벼랑에서 기어 올라와 "넌 누구니?"

"제가 원래 원소 밑에 있었는데 원소가 나라를 구하고자 하는 마음이 없어 보여서 제가 공을 따르려고 이렇게 왔습니다."

조자룡(趙子龍)이다.

백마(白馬)들만 5,000여 필을 모아 백마부대를 만들었다.

공손찬이 이 말을 듣고 기뻐하며 진지로 돌아와 백마(白馬)들만 5,000여 필을 모아 백마부대를 만들었다.

공손찬이 백마부대 만들 때 원소는 국의(麴義)를 시켜 화살부대를 만들어 문추와 안량을 선봉에 두고 좌우에 진을 치게 한다. 원소는 후방부대를 맡는다. 공손찬은 조자룡이 자기 편이 되긴 했지만 속마음을 알 수가 없어 따로 부대를 떼어주어 뒤에 있게 하고 엄강(嚴綱)을 선봉장으로 삼고 자신은 중군을 지휘하며 붉은 바탕에 수(帥)라고 새긴 깃발을 앞세웠다. 공손찬이 아침부터 점심시간까지 북치고 장구치고 싸우자고 외쳐도 원소 쪽에선 아무런 반응이 없다. 엄강의 군사가 원소네 진지로 달려들자 매복해 있던 궁노수들이 일제히 화살과 쇠뇌(활을 보다 멀리, 그리고 한꺼번에 많이 쏠 수 있도록 만든 장거리 공격용 신무기다.)를 쏘아댄다. "어마 따거워!" 엄강이 달아나다 화살을 맞고 말 아래로 떨어진다. 공손찬의 군사들이 패하여 도망가니 기세가 오른 원소의 장수 문추와 안량은 다리 근처까지 쳐들어간다. 선봉장인 국의가 잽싸게 달려가 공손찬네 대장기를 든 장수의 목을 베니 대장기가 쓰러진다. (당연하지, 깃발 지가 혼자 서 있을 수는 없지.) 대장기가 쓰러지자 공손찬이 말머리를 돌려 다리 아래로 달려 나오니 다시 국의가 군사를 거느리고 공손찬의 뒤를 치려고 달려 나온다.

그때 누군가

"스톱!"

"니가 뭔데 스톱이냐."

"조자룡이다, 임마."

국의가 조자룡인지 임하룡인지 헷갈려하는 사이 목이 잘려나간다. 조자룡이 미친 듯이 칼춤을 추고 또 이 춤에 맞춰 공손찬이 합세하니 이번엔 원소의 군사가 말꼬리를 말아들고 도망가기에 바쁘다. 원소는 공손찬의 대장기가 부러졌다는 보고만 받고 그 다음 보고는 받지 않았는지 조자룡과 공손찬이 쳐들어오는 줄도 모르고 주말의 명화 한 편 감상하는 기분으로 싸움구경을 나왔다.

"공손찬 이거 별것도 아닌 게 까불고 있어!"

그런데 느닷없이 조자룡과 공손찬의 군사들이 달려드니 원소 군사들이 화살을 쏴대며 혼비백산 물러난다. 공손찬의 군사들이 원소의 군사들을 포위하며 물밀듯이 쳐들어오니 전풍이 원소에게 긴급하게 "지금 상황이 위급하니 이 자리를 피하십시오."

원소가 쓰고 있던 투구를 내팽개치며 "야, 이 자식아! 사나이 대장부란 싸움터에 이르면 싸우다가 죽는 것이지 어찌 도망간단 말이냐."

이거 정말 중요한 말이다. 연기자의 꿈은 무대에서 연기하다 죽는 거고 가수의 꿈은 무대에서 노래하다 죽는 거라고 한다. 나도 이십대 초반에 그런 말을 하고 다녔던 거 같다. 무대에서 연기하다 죽는 게 꿈이라고! 하지만 가만 생각해보면 이거 정말 말도 안 되는 소리다. 연기하다 죽고, 노래 부르다 죽으면 그 공연하려고 돈 쏟아부은 제작자는 쫄딱 망하라는 이야기냐?!!

이번에는 원소의 군사들이 죽기 살기로 덤빈다. 죽기 살기로 덤비면 힘이 더 쎄진다. 보통 아해들의 '죽기 살기'는 '십팔기'보다 강하다. 조자룡이 조금 주춤해지자 원소 군사들이 양쪽에서 협공하니 다시 밀린다. 조자룡이 공손찬을 보호하며 포위망을 뚫고 다리 끝으로 밀려난다. 여기에서 탄력 받은 원소 군사들이 맹렬하게 쳐들어오니 다리 아래 물에 빠져 죽은 아해들이 부지기수다. 신이 난 원소가 앞장서서 "저놈, 저, 공가 놈 잡아라!" 하고 소리치는데 더 큰소리로 "저놈, 저, 원가 놈 잡아라!" 하는 소리가 들린다. 원소네 편의 그 누군가 우려했던 대로 유관장이 나타난 것이다. 그놈, 한 치 앞은 본 놈이네.

원소가 '어마 놀래라, 저것들이 누구야?' 하고 멀뚱히 바라본다. 세 호걸이 원소를 향해 달려드니 원소는 들고 있던 <u>보검을 놓쳐버리고 그 귀한 칼을 줍지도 못하고</u> 다리 건너 도망가 버렸다.

다방 커피 추가 구라 _ 인기 그룹 '봄 여름 가을 겨울'의 팀원이었던 김종진이란 친구도 원소와 같은 경험을 했다고 한다. 그 친구가 외국 여행을 갔다가 한국으로 돌아오는 길에 발생한 일이었다. 공항에서 커피가 먹고 싶어서 스타벅스 커피 8잔을 사들고 뛰어오는데 비행기 탑승 마감시간이 다 되었더란다. 그는 커피를 일행들에게 사주려고 했고 시간이 조금 여유가 있는 줄 알았단다. 커피 8잔을 양손으로 받쳐들고 뛰는데 순간 오른쪽 남방에 꽂혀 있던 몽블랑 만년필이 툭 떨어지더란다. 비행기를 향해 달

려가던 뜀박질을 멈추고 돌아서서 들고 있던 커피를 내려놓고 만년필 있
는 데로 몇 걸음 달려가 만년필을 줍고 다시 커피 있는 데로 와서 8잔을 들
고 비행기를 향하면 비행기 시간을 놓칠 것 같더란다. 물론 그렇게 했
으면 비행기 놓치는 건 기정 사실이고!!!! 그 비싼 만년필이 저기
떨어져 바로 눈앞에 보이는데도 속도를 멈추지 못하고 비행
기 입구를 향해 달렸던 심정이 바로 원소의 심정일 거다.
말에서 내려 칼 챙기고 다시 말 위로 올라가 도망가기
엔 다급한 상황!!!!

10

출세의 키워드, 리더를 파악하라
– 초선, 연환지계의 미션을 맡다

    원소의 패배로 어느 정도 전투가 정리되자 공손찬이 조자룡을 유비에게 소개하고 명함을 건넨다. 유현덕이 첫눈에 조자룡을 맘에 들어한다. 될 놈 안 될 놈은 첫눈에 알아본다. 개그도 한 30년 이상 하다보니까 면접에서 바로 알아본다. 저놈은 크게 될 놈! 되는 듯하다가 안 될 놈! 연예인 됐다고 폼만 잡다가 뒤처질 놈! 지들끼리 눈 맞아서 연애하다가 사라질 놈! 원소처럼 한 번 꼬랑지를 내리면 계속 꼬랑지의 털 개수만 세고 있을 놈!

    원소 이놈은 한 번 지고 나니까 방어만 하면서 싸우러 나오질 않으니 양쪽 군사는 한 달 이상을 서로 노려만 보고 있었다. 원소가 떨어뜨린 칼은 누가 주워갔을까? 김종진이 흘린 몽블랑 만년필은 어느 놈이 주워서 땡잡았을까?

여기서 카메라를 동탁 일당이 있는 곳으로 옮겨보자.

동탁이 아침상을 물리고 재스민차 한 잔 마시고 있을 때 이유가 "원소하고 공손찬이 꽤 괜찮은 재목들인데 지금 서로 대치 중이라고 합니다. 천자의 조서를 내려 두 사람을 화해시켜 우리 편을 만들어야 하지 않겠습니까?"

사실 말려주는 사람이 없어서 그렇지 중간에 누가 나서주면 끝나는 싸움도 많다. 동탁의 편지 한 통 받고 원소는 바로 찬성! 공손찬도 찬성하며 화해하고 싶다고 답을 보냈다. 공손찬은 북평으로 돌아가면서 유현덕의 계급을 평원상(平原相)으로 올려달라고 건의했다. 동탁이 곰곰이 생각해보니 공손찬이 자기 휘하에 들어온 것은 손 안 대고 코 푼거나 마찬가지였다. 까짓것 현덕의 직책 하나 올려주는 것쯤이야 일도 아니다. 이리하여 공손찬은 현덕에게 진 빚을 갚게 됐다. 그러나 공손찬과 원소의 화해에 대해서 조자룡은 불만이 있어서 볼멘소리로 "현덕이형, 나 형 따라가면 안 돼? 손찬이 형이나 소형이나 그게 그거야! 동탁의 편지 한 장에 고개 숙이고 그 밑으로 들어간단 말이야? 말도 안 돼! 내가 사람 잘못 본 거 같네!"

유비도 조자룡이 마음에 들었으나 어쩔 수 없는 상황이다.

"우선 그 사람한테 가 있고 언젠가 기회가 되면 다시 만날 날이 있지 않겠냐."

둘은 서로를 위로하며 눈물을 흘리며 헤어지는 걸 아쉬워했단다.

누가 돈 좀 생겼다고 소문이 나면 예나 지금이나 손 벌리는 인간들이 여기저기서 나타난다. 심지어는 코미디극단에서 '고료 1,000만 원 코미디 원고 모집합니다.' 하고 신문에 광고를 내니 이런 뜬금없는 편지가 오기도 했다.

'안녕하십니까. 귀사의 광고는 잘 보았습니다. 정말 좋은 일을 하시는구려. 하지만 그런 원고 모집하는 것보담은요, 저한테 좋은 사업 아이템이 하나 있는데, 그 돈 천만 원을 저한테 투자 한번 안 하실래요?'

이런 편지가 한두 통이 아니다.

마찬가지 심보다. 기주를 원소가 먹었다는데 동생 원술이 가만 있을 수 없지! 냉큼 달려가 "형, 나한테 말 천 필만 줘."

"이 자식이 말 천 필이 누구 애 이름인 줄 아나? 안 돼, 임마."

형제끼리도 원수되는 건 금방이다. 이런 사연으로 원소와 원술은 원수가 된다. 원술이 하는 수 없이 이번엔 형주의 유표에게 군량미 20만 석을 빌려달라고 하니 "이 자식이 군량미 20만 석이 누구 애 아버지 이름인 줄 아나? 없어, 임마."

원술의 입장에서는 돌아가는 꼴이 꼭 왕따 당하는 분위기다. 원술은 애초에 원수지간이 돼버린 손견과 유표의 사이를 잘 알고 있었으므로 손견에게 양심 고백을 하며 유표를 치도록 충동질을 한다.

가만 보면 양심 고백에도 다 이유가 있다. 진짜로 '양심'을 속이지 못해 고백을 하는 경우도 많지만 때로는 '자폭의 심정'으로 양심 고백을 하는 경우도 있다. 예를 들자면 부패경찰과 그 부패경찰에게 돈을 상납했던 성매매업주 사이의 돈독했던 우정(?)이 금이 가자 어느 날 업주가 양심 고백을 해버린 거다. 그 경찰이야 '전혀 모르는 일'이라고 발뺌하겠지만, 당한 놈이 불었는데, 빠져나갈 방법이 있겠냐.

원술도 양심 고백을 하고 자기 살 길을 찾아 나선다. 자폭의 심정으로 손견에게 편지를 써내려 간다.

"전에 있잖아요, '동탁 타도를 위한 연합군'이 해체될 당시에 공께서 낙양으로 돌아가실 때 유표가 돌아가는 길을 끊어 옥새를 빼앗으려고 했던 건 우리 형 원소가 시킨 거예요. 지금도 우리 형하고 유표가 같이 공을 치려고 준비하고 있거든요! 먼저 선수를 쳐서 유표를 치면 내

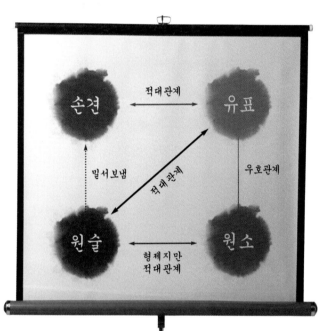

가 우리 형을 공격할게요. 어때요? 이렇게 되면 공께서는 한꺼번에 두 원수에게 복수하는 거잖아요. 형주랑 기주랑 하나씩 나눠갖자고요. 어쩌구 저쩌구 할 말은 북한산 같으나……."

속이 빤히 들여다보이는 편지를 보고 손견이 낼름 좋아하지는 않았을 것이다. 정보, 황개, 한당을 불러서 회의를 시작한다.

"원술이 이놈은 원래 간사한 놈이라 믿을 만한 놈이 못 되는데요."

하지만 손견은 이미 마음속에서는 결정을 했다. 결심이 서면 반대의견은 귀에 안 들어온다.

"우리 스스로가 보복을 하자는 거지, 내가 원술 이놈의 도움을 받자는 건 아니잖아! 다시 한 번 좋은 패가 내 손에 들어온 거야."

손견이 싸움터에 나가려 하니 아우 손정이 조카들을 데리고 나타나 "지금 동탁이 국권을 손아귀에 쥐고 있고 천자는 나약해서 천하가 어지럽습니다. 오직 형님이 그나마 건장하셔서 강동이 무사한 거 아닙니까. 근데 작은 원한을 풀려고 군사를 일으키는 건 별로 보기가 안 좋습니다. 한 번만 더 생각을 깊이 하셔서……."

"야야, 동생아, 1절만 해라! 내가 장차 천하를 다스려야 할 몸인데 걸리적거리는 방해물이 있다면 처치해야 되지 않겠냐?"

손견의 큰아들 손책이 "그럼 아버지, 제가 아버지를 모시고 같이 가겠습니다."

아이들 싸움에 엄마들이 나서는 경우는 많이 봤지만 아버지 싸우는 데

아들이 나서는 경우도 있던가? 있지, 있고말고! 아버지 회장하고 아들 사장하는 데 많더라구!!! 이 세상은 온통 전쟁터니까!

손견이 쳐들어온다는 소식이 유표에게 전달되니 작전회의가 즉시 소집된다. 괴량이 "걱정하지 마세요. 손견 군사들이 강을 건너오기 때문에 개네들하고 싸우기는 식은 죽 먹기보담 쉬운 일이거든요."

손견이 아들 손책과 함께 배에 올라 번성(樊城)을 향해 배를 출발시킨다.

<u>"애들아, 출발이다. 돛 달아라!"</u>

<u>오징어 땅콩 추가 구라</u> _ 오래전 국립극단에서 〈만선〉이란 연극을 공연한 적이 있었다. 바닷가 마을의 이야기인데 극중에 동네 주민들이 큰소리로 '돛 달아라.' 하는 대사가 있었단다. 박정희 역할로 유명해진 이진수란 연극배우가 있었는데 이 사람이 워낙 장난꾸러기라서 '돛 달아라!' 하고 외치는 장면에서 혼자서 '좆 달아라!' 하고 소리를 지른다는 거다. 많은 동네사람들이 '돛 달아라!' 하고 외치니 '좆 달아라!' 하는 소리는 큰소리에 묻혀 관객들은 알 수가 없고, 그저 배우들끼리만 낄낄거리고 웃었다. 어느 날 어느 배우가 이진수를 골탕 먹이려고 다른 배우들에게 제안을 했다. '돛 달아라!' 하는 장면에서 모두들 대사를 하지 말자고 했던 것이다. 배우 이진수만 모르게!

다시 연극이 시작되고 그 대사를 할 차례가 됐다. 이제 우렁차게 '돛 달

아라!' 하는 소리가 퍼질 때이다. 아무것도 모르는 배우 이진수는 그날도 여느 때처럼 큰 소리로 외쳤다.

"조~옷! 달아라아아아아아아아!"

그의 얼굴은 벌겋게 달아오르고 다른 배우들은 호호깔깔, 우혜혜, 키득 키득. 배우 이진수는 그날 이후 국립극장의 전설이 되었다.

어쨌든 돛단배에 좆 단 놈들을 태운 손견의 배는 강을 건너 강기슭에 이른다. 그때 황조가 아해들을 시켜 화살을 소나기처럼 퍼붓는다.

손견이 아이디어를 낸다.

"조~옷! 달아라아아아아아아아!"

"전달! 전달! 내 말 잘 들어라. 뱃전에 몸을 숨기고 노만 저어서 그냥 왔다 갔다만 해라."

에야노! 야노야! 에야노 !야노~오! 어기어차!
뱃놀이 온 것처럼 강 위를 왔다 갔다만 하고 강기
슭에 배를 대지 않고 3일을 버티니

황조는 화살이 떨어져 더 쏠 수가 없다.

화살이 더 있으면 뭘 하나? 팔이 아파서 도저히 활시위
를 당길 힘도 없다. 손견이 뱃전에 떨어진 화살을 주워 모으니 화
살이 10만 3개나 되었다. 상대의 활이 떨어진 틈을 타서 손견네
군사가 활을 쏘며 강변으로 오르니 황조는 화살에 맞을까 번성을
버리고 등성(鄧城)으로 도망가버린다. 손견이 "황개야, 전함은
네가 지켜라. 나는 등성으로 쳐들어가겠다."

손견이 직접 대군을 이끌고 등성에 가보니 황조가 평야에 나와 진을
치고 기다리고 있었다. 황조가 큰 소리로 외친다.

"강동의 쥐새끼야! 니가 어떻게 한실 종친의 땅을 갉아먹으려고 하느
냐?"

황조의 외침이 신호가 되어 장수 장호가 손견네를 향해 뛰쳐나간다. 손견의 진지에서는 한당이 박차고 달려온다.

두 인간이 30여 합을 싸우다가 장호가 힘에 부치게 되자 진생이 장호를 도우려 말을 몰고 나타나 두 사람 사이에 끼어든다. 이때 손견 옆에 있던 손책이 활을 쏘아 진생의 얼굴에 정통으로 맞힌다. '아이고, 콧잔등이야.' 진생이 말 위에서 떨어진다. 인간 아픈 건 삼국지 시대나 지금이나 마찬가질 텐데!!!

장호가 그 모습을 보고 깜짝 놀라 주춤하는 사이에 한당이 칼을 들어 장호의 얼굴을 내리쳤다. 싸움 구경하던 손견네의 정보도 놀 수 없지. 황조를 막 생포하려는 찰나, 당황한 황조는 다급한 마음에 투구고 뭐고 다 벗어버리고 말에서 내려 군졸들 틈으로 달아나버렸다. 손견이 군사들을 이끌고 패잔병들을 토막내가면서 양양성의 서북편 한수(漢水)에

손책이
활을 쏘아 진생의
얼굴에 정통으로
맞힌다.
'아이고, 콧잔등이야.'

도달한다.

손견의 군사들을 피해 도망갔던 황조가 누렇게 뜬 얼굴로 유표 앞에 가서 풀이 죽은 표정으로 "손견이 너무 쎄서 우리가 당할 수가 없습니다요."

유표가 당황하자 괴량이 "지금 우리 군사들은 사기가 너무 떨어져 싸울 엄두도 못 내고 있습니다. 당분간 성안에서 시간을 끌면서 원소에게 구원병을 청하는 게 어떨까요?"

채모가 "괴량의 말은 말도 안 됩니다. 지금 적들이 성 밑에까지 왔는데 싸워보지도 못하고 죽을 수는 없습니다. 군사를 주시면 제가 나가 한번 붙어보겠습니다."

여기서 우리는 한 가지 교훈을 놓치면 안 된다. 어떤 의견이든 반대 의견을 낼 수 있다. 문제는 반대 의견을 낼 때도 요령이 있어야 한다. 채모처럼 반대 의견을 낼 때 절대로 자기와 반대 의견 가진 사람의 이름을 꼭 집어서 말하면 안 된다. 채모는 여기서 그런 실수를 저질렀다. '괴량의 말은 말도 안 됩니다.' ― 이게 문제인 거다. 그냥 이름 대지 말고 '그 의견에 저는 반대합니다.'라는 정도만 했어도 상대방은 기분 나쁠 텐데 거기다 이름까지 거론하니 기분은 드럽게 더 나쁠 거다. 이름을 앞에 부치는 거, 이거 앞으로 하면 안 된다.

● 구라 심리학 _ 다른 사람의 의견에 반대 의사를 표현한다는 것은 여간 곤욕스러운 일이 아니다. 먼저 의사 표현을 한 상대방과 감정

이 좋지 않은 경우라면 덜 하겠지만, 상대방과 가까운 사이인 경우에는 더욱 어려움을 겪는다. 이처럼 어려운 일도 요령을 알면 조금은 더 편하다. 반대 의사를 표현할 때는 상대방을 거부하는 것이 아니고 상대방의 의견을 거부한다는 사실을 명확하게 밝혀주는 것이 좋다. 위에서 이미 언급했듯이 거부를 할 때, 'ㅇㅇ가 한 말은 말도 안 됩니다.'라고 상대방을 지칭하게 되면 상대가 한 말뿐만 아니라 상대방 자체를 부정하는 것으로 받아들여진다. 따라서 반대 의견을 제시할 때는 상대방을 언급하지 말고 '이러 저러하자고 한 의견에 대해서 저는 조금 다른 생각을 가지고 있습니다.'라는 정도로 말하는 것이 좋다. 인간관계에서 명심해야 할 한 가지 사실은 적을 만들지는 말아야 한다는 것이다.

유표가 허락하니 채모가 군사 1만 6명을 이끌고 양양성 밖으로 나가 현산(峴山)에 진을 쳤다. 만 명, 이거 보통 많은 숫자가 아니다. 손견이 "정보야, 니가 나가서 손 좀 봐줘라!"

정보가 창과 방패를 들고 달려든다. 채모는 몇 번 겨뤄보지도 못하고 달아나고 말았다. 대가리가 달아나니 밑에 있는 군사들은 작살나고 만다.

괴량은 '저런 나쁜 놈은 당장 사형을 시켜야 한다.'며 채모를 죽이자고 길길이 날뛰었다. 하지만 유표는 얼마 전에 채모의 여동생을 후처로 맞았기 때문에 채모를 살려주었다. 후처도 빽이 되는 건 이미 삼국지 시절부

터, 아니 그 이전시대부터 있어왔다. '후처의 빽'은 빽의 원조일지도 모른
다. 후처 한 명이 몇 천 명의 군사를 죽게 만든 오빠를
살렸다.

부대찌개 햄 추가 구라 _ 어렸을 때 〈전설따라 삼천리〉라는 TV프로
그램이 있었다. 나는 나중에 시간이 나면 〈'후처의 전설'따라 삼천리〉를
써보고 싶다. 어느 날 술좌석에서 누군가가 내게 물었다.

"우리 어렸을 때 본 〈전설따라 삼천리〉라는 프로 참 재미있었는데 요즘
은 그거 왜 안 해요?"

내가 대답해줬다.

"전설따라 삼천리에는 용하고 처녀귀신이 꼭 나와야 하는데 용은 환경
오염 때문에 다 죽어버렸고 처녀귀신은 구하기가 힘들다. 말만 처녀귀신
이 아니고 진짜 처녀귀신 구하기가 얼마나 힘든 줄 아냐? 그것도 일주일에
한 명씩 구하기가?!?"

분위기가 업된 손견이 군사들을 시켜 다양한 방법으로 양양성을 공격하
는데 뜬금없이 '깃대가 부러졌다.'는 보고가 들어온다.

한당이 손견에게 "이거 불길합니다. 군사를 거두어 며칠 쉬게 합시다."

하지만 손견은 말을 듣지 않는다.

"임마, 내가 지금까지 연전연승을 해왔고 지금 양양성을 뺏기 일보 직

전인데, 깃대가 부러졌다고 군사를 쉬게 한단 말이냐."

유표네 진영에서는 괴량이 아침에 일어나자마자 다급히 유표에게 건의한다.

"어젯밤에 보니까 장군별이 하나 떨어지던데요. 아무래도 그게 손견의 별인 거 같아요. 어서 빨리 원소 장군에게 구원을 청하시죠."

손견은 부하의 말을 안 듣고 유표는 부하의 말을 듣는다. 유표는 원소에게 구원병을 청하는 <u>편지를 바로 쓴다.</u>

<u>청양고추 추가 구라</u> _ 편지 쓰는 이야기가 나와서 하는 말인데, 독자 여러분도 이메일을 받으면 답장을 바로 써주는 게 좋다. '성공을 하려면 보는 즉시 바로 답장을 보내라.'는 말이 있다. 이메일이 오면 읽어보고 바로 답장을 보내라는 거다. 왜냐하면 상대방은 당신에게 편지를 보내면서 유무형의 뭔가를 기대하고 있다는 것이고, 그것이 즉각적으로 이뤄지지 않는다면 아무리 가까운 사람이라도 점차 멀어질 수밖에 없다. 당신이 누군가에게 말을 걸었는데, 그 사람이 아무 말도 하지 않는다고 치자. 기분 나쁘지 않겠는가? 당신은 그런 사람과 앞으로 일을 같이 하려고 하겠는가? 좋은 기회란 이렇게 '대답'을 하지 않으면 차단되고 마는 것이다. 편지란 바로 상대방에게 말을 거는 것과 마찬가지의 일이다.

편지를 다 쓰자 여공이란 자가 퀵서비스맨이 되겠다고 나선다. 하지만

이거 포위망 뚫기가 여간 쉽지 않다. 유표가 포위망 탈출 방법을 알려준다.

"네가 가겠다면 이렇게 한번 해보는 게 어떠냐? 현산으로 어쩌구, 석포가 저쩌구, 양파 좀 다지구, 파를 송송 썰어서…… 그 다음에 알겠냐?"

여공이 단박에 알아듣고 해질녘에 은밀히 성을 빠져나간다.(아무리 은밀하게 빠져나간다고 해도 500여 명의 군사들이 말을 타고 나가니 조용할 리가 있나? 말울음소리, 말발굽소리, 말방구소리!)

낌새를 챈 병사가 손견에게 "지금 기마병이 쳐들어오다가 현산 쪽으로 달아나고 있습니다."

"도망가면 잡아야지. 보고만 하고 있을 게 아니라."

손견이 애들 몇 명만 거느리고 여공을 쫓아가며 "이놈아 어딜가?" 하고 물어도 여공은 못 들은 척 말머리를 돌려 숲이 우거진 산길로 뺑소니친다. 한참 쫓아가다보니 여공은커녕 여공 그림자도 보이지 않는다. 손견이 여공의 그림자라도 찾아볼까 여기저기 둘러보는데 난데없이 산꼭대기에서 징소리가 천지를 진동시키며 큰 돌이 양파 쏟아지듯이 굴러 떨어지고 화살이 국수가락 쏟아지듯 내리 퍼붓는다. 불의의 습격에는 손견도 어쩔 수 없다. 손견도 돌에 맞아 머리통이 깨져 죽고 그가 탄 말도 현산 골짜기에서 같이 죽는다. 여공에게 '어쩌구 저쩌구' 했던 유표의 작전에 걸려든 거다.

그리고 보면 <u>손견은 아랫사람의 이야기를 안 들어 손해를 많이 본 케이스다.</u> 끝내는 적들의 손에 죽었으니 인생의 가장 큰

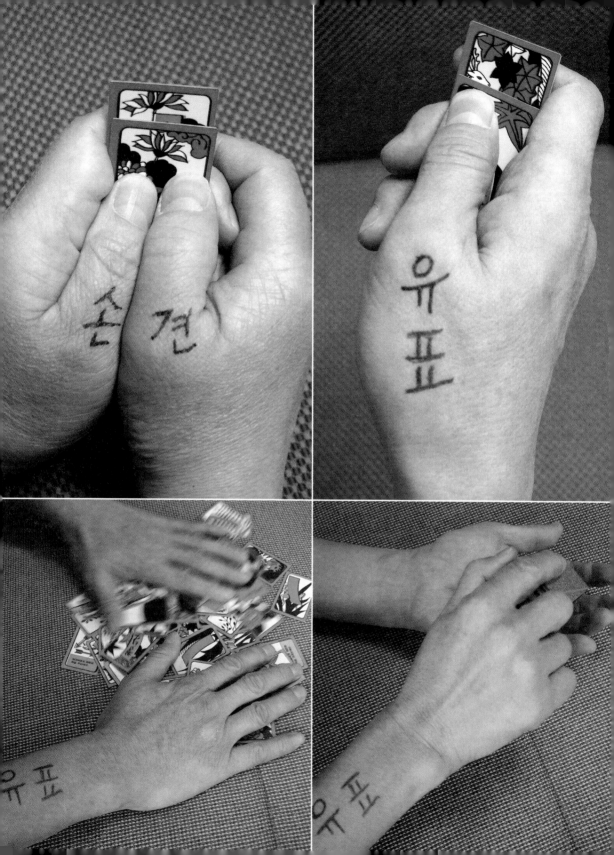

손해를 봤다고 할 수 있을 것이다.

<u>순두부찌개 날계란 추가 구라</u> _ 대장 스타일에도 여러 가지가 있다. 우선 뭘 하겠다고 선언부터 하고 물어보는 스타일이 있다. 예를 들면 "우리 집 울릉도로 이사 가기로 했다. 어떻게 생각하냐?"라고 물어보기는 하지만 결과에 관계없이 이사를 가버리는 스타일. 두 번째는 물어보고 결정하는 스타일이다. "우리 거제도로 이사 가는 게 어떠냐? ─ 찬성 2표 반대 5표. 그럼 이사가는 거 보류!"

세 번째는 좀 특이하다. 물어보긴 물어본다.

"우리 토함산으로 이사 가는 게 어떠냐? ─ 찬성 2표 반대 5표. 근데 토함산에다가 이미 집 구해놨거든, 그러니까 이사 가자."

아랫것들은 지금 어떤 스타일의 대장하고 있는가를 빨리 파악해야 출세에 도움이 될 것이다. 물어본다는 게 비슷비슷한 거 같아도 잘 읽어보고 살펴보면 각기 다른 놈들이다.

여공이 석포를 쏘아 신호를 보내니 성 안에 있던 황조, 괴월, 채모가 군사들을 이끌고 나와 손견의 군사들을 습격한다. 군사들은 몹시 당황한 데다가 손견이 죽었다는 소문이 퍼지면서 아수라장이 되고 만다. 화투 끝났다. 패 다시 섞어야 한다.

손견이 죽기 며칠 전에 이미 지시를 받고 전함들을 이끌고 한수로 가 있던 황개는 천지가 진동하는 징소리, 꽹과리소리, 군사들의 함성소리를 듣고 '이게 뭔 일이야?' 하며 양양으로 들어오던 차에 황조와 정면으로 마주친다. 황조는 칼싸움 두어 번 끝에 황개에게 잡히는 몸이 되어버렸다.

정보는 손견의 아들 손책을 보살피면서 살아나갈 구멍을 찾아 이리저리 헤매던 중에 여공을 만났다. 수합 만에 정보가 여공을 칼로 찌르는 데 성공하니 그대로 <u>말에서 떨어져 나동그라졌다.</u>

<u>**피자 치즈가루 추가 구라**</u> _ 말에서 떨어져본 사람은 안다. '나동그라진다'는 표현이 얼마나 기똥찬 표현인가를!!! 나도 말을 한 번 타봤는데 말 위로 올라탈 땐 몰랐는데 한참 달리다보니까 고삐를 놓쳐버리고 말았다. 말에서 떨어질 것 같아 말모가지를 잡으려고 버둥대는데, 이놈도 살아 있는 동물이 아니던가. 나 혼자 살겠다고 살아 있는 놈의 목을 움켜잡으면 이놈도 답답할 거 아니야! 순간 아스팔트 아래를 쳐다보는데 말이 왜 이렇게 높은 거야. 말 목을 필사적으로 잡은 상태였지만 오른쪽으로 휙! 미끄러져 떨어지는데, 표현 그대로 '나동그라지고' 말았다. 내가 볼 땐 나동그라지는 거고 남들이 볼 땐 나뒹구는 거다!

다음 날이 밝자 손책은 돌에 맞아 처참하게 죽은 아버지 이야기를 들었다. 잘려진 머리는 장대 끝에 매달리고 시체는 놈들이 가져갔다는 것이다.

"아이고, 아버지, 아버지!" 하며 통곡을 해대니 모여 있던 군사들도 같이 흐느껴 운다.

"아버지 아버지, 꺼이! 꺼이! 불쌍한 우리 아버지 돌에 맞았을 때 얼마나 아프셨을까? 아버지이—."

돌에 맞으면 네 아버지만 아프냐? 네 아버지가 예전에 전쟁터에서 칼로 찌른 놈도 아프고 네 아버지가 쏜 화살에 맞은 놈도 아프고 그 전쟁통에 말에서 떨어진 놈도 아프다. 옛날 놈이나 지금 놈이나 다 마찬가지다. 병자호란 때 칼 맞아 죽은 놈이나 임진왜란 때 조총 맞고 죽은 놈이나 아프긴 다

訃告

손견 별세

장지 .. 곡아
발인 .. 내일 새벽

어머니 .. 오국태

마찬가지다.

녹차 추가 구라 _ 우리 후배 중에 김진해란 이름을 가진 가수가 있다. 이 친구가 군대에서 이발병이었는데 어느 날 사단장님이 이발을 하러 오셨단다. 이발소에 별 둘이 떴으니 얼마나 긴장되고 살벌한 분위기였을까는 상상에 맡긴다. 어쨌든 최고의 기술을 자랑하는 최고참이 사단장님의 머리를 조심스레 깎고 이제 머리를 감기는 순서가 왔다. 여기에서 김진해 일병의 역할은 난로에 데워진 물에 적당하게 찬물을 타서 '따끈하게' 만들어 사단장님의 머리에 있는 거품을 씻는 일이다. 하지만 김진해 일병이 너무 긴장했다. '실수 안 해야지.' 할수록 아무것도 생각 안 날 수 있다. '실수 안 해야지.' 하는 생각 그 자체에 몰입하다보니 아무 생각이 없어진 거다. 사단장님이 개수대에 머리를 숙이는 순간, '이제 내 차례군.' 사단장님 머리에 물을 붓기 시작했는데, 아뿔싸. 그 펄펄 끓는 뜨거운 물에 찬물을 섞는 걸 잊어버렸다!!!

"아―, 앗!! 뜨 거―!!"

사단장님이 용트림을 하며 벌떡 일어나 러닝 바람으로 이발소를 뛰쳐나가더라는 거다. 남들 같으면 "아이고, 죽었구나!!" 하고 복창을 할 텐데, 우리의 엽기인물 김진해 일병은 '사단장도 뜨거우니까 못 견디네! 정말 신기하네!!' 라는 이 따위 생각을 하며 그 자리에 우두커니 서 있었단다. 아픈 거도 마찬가지고 뜨거운 거도 마찬가지다. 사단장도 뜨겁고 일등병도 뜨

'사단장 물 100℃ 사건'의 주인공. 코믹한 인상으로 재담을 섞어 노래하는 김진해. 앞니 하나를 금이빨로 해넣었다. 예명 금한돈.

겁다. 그래서 김진해 일병은 그 다음에 어떻게 됐냐고? 그건 나도 잘 모른다. 제대한 후 지금은 아들 하나 낳고 잘살아!

손견 아들 손책은 아버지를 부르며 꺼이꺼이 울음을 멈추지 않는다. 옆에 있던 황개가 "적장 황조란 놈을 생포했는데 살아 있는 그놈의 목숨이랑 돌아가신 주군의 시체랑 교환하자고 해보면 어떨까요? 더불어 강화도 맺구요."

옆에 있던 환해(桓楷)가 손을 들면서 "제가 원래 유표랑 친분이 있는데요, 제가 한번 갔다 올까요?"

유표를 만난 환해가 출장 사유를 설명하니 유표가 꽤 신사적으로 나온다.

"손견의 시신은 내가 정중히 입관시켜 모셔두었소. 빨리 황조를 보내주시면 우리도 시체를 보내드리겠소. 그리고 이제부터 우리끼리는 싸우지 말고 사이좋게 지내도록 합시다."

괴량이 "안 됩니다. 손견의 군사는 한 놈이라도 살려 보내선 안 됩니다. 저놈 목을 쳐야 합니다."

유표가 "야, 야, 그래도 죽은 시체 보내고 살아 있는 황조를 찾아오는 건 별로 손해가 아닌 것 같은데."

"아닙니다. 강동의 손견은 벌써 죽었고 아들이라는 손책은 이마에 피도 안 마른 애송이 아닙니까? 저쪽이 허약해진 틈을 이용해서 군사를 몰아 강동을 쳐부수면 쉽게 강동을 얻을 수 있습니다. 만일 시체를 돌려보내고 싸움을 그만두면 고양이를 길러 호랑이를 만드는 격이 되고 이는 뒷날 형주의 두통거리가 될 것입니다."

"황조가 저쪽에 살아 있는데 그대로 둘 수는 없잖아."

"황조 하나쯤 이번 전투에서 죽었다 생각하시고 대신 강동 땅을 먹어버리는 게 좋지 않겠습니까?"

"그래도 임마, 황조가 내 심복이었는데 그럴 순 없어. 네가 잡혀가도 나는 너를 구할 거야."

유표는 환해를 살려 보내고 손견의 시체와 황조를 맞바꾸었다. 손책은 장례를 치르기 위해 싸움을 포기하고 강동 땅으로 돌아갔다.

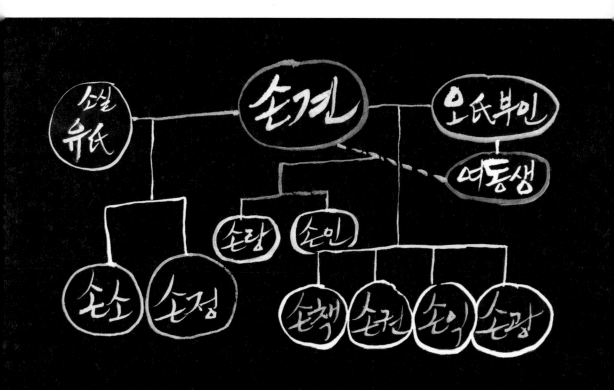

부친을 곡아에 묻은 손책은 강도 지역에 머무르면서 사방의 어진 선비들을 불러 모아 후하게 대접하니, 이름 좀 있는 천하의 영웅호걸들이 손책의 휘하에 모여들었다더라는 소문이 사방에 퍼졌다.

남들은 한참 싸움을 하고 있을 때 동탁은 또 뭐 하고 있었을까. 뭐 하긴 뭐 했겠어, 그 동안 싸움구경하고 있었겠지. 동탁은 손견이 죽었다는 말을 듣고 가슴이 벌렁벌렁하며 신이 났다. 근데 마음에 하나 찔리는 게 바로 손견의 아들 손책이다. 동탁이 "손견 그놈 아들이 지금 몇 살이라더냐?"

누군가가 "열일곱 살이랍니다."

"아이고 열일곱이면 이제 고1 아니냐? 이제 한참 숙제하고 컴퓨터 게임이나 할 나이구먼."

여기서 잠시 손견네의 가계도를 살피고 넘어가자.

동탁은 손책을 '애들 취급' 하니 안심이 됐다. 동탁의 교만방자함이 이제 그 기세를 떨칠 태세다. 스스로 지위를 '상보(尙父)'로 높이고 의상도 천자가 애용하는 맞춤 의복집에서 같은 스타일로 맞춰 입었다. 상보는 중국 무왕을 도와 은나라를 멸하고 세상을 평정한 인물이다. 우리가 흔히 '강태공'이라고 알고 있는 사람이 바로 이 사람이다. 또 동탁은 아우 동민에게 대장 아래 직속 장군인 좌장군이란 직책을 주고 마치 선심 쓰듯이 조카며 동씨 일문 모두에게 높은 직책을 주었다.

또 장안성에서 250리 떨어진 곳에 '미오(郿塢)'라는 별궁을 짓게 했다. 사람들이 잘 모르는데, 서울에 '별궁동'이라고 있다. 인터넷 검색 포털사이트에도 잘 나오지 않는 '별궁동'이 마치 별궁처럼 있다. 종로경찰서 길 건너편 '아름다운 가게' 골목으로 들어가면 바로 거기가 별궁동이다.

미오를 짓는 데 동원된 인원만 25만 명이고, 성곽의 높이와 크기를 장안성이랑 거의 비슷하게 지었다. 궁실과 창고를 짓고 20년간 먹고도 남을 만한 곡식으로 채우고 황금비단에 현찰을 가마떼기로 챙겨놓고 한참 이쁜 소년소녀 802명을 뽑아 들이고 지네집 식구들을 그 안에서 살게 했다. 동탁은 일하는 사람들 돈도 안 주고 호화별장을 지었는데 문제는 이런 게 나중에 관광지가 되어 관광수입을 올리게 된다는 거다. 역사의 아이러니다. 나중에 올리게 될 관광수입 중 일부가 별궁 지을 때 공짜로 동원됐던 부역자들의 후손들에게 조금이라도 혜택이 돌아가기를 바랄 뿐이다.

⬤NABER 지식검색™

| 지식iN ▾ | 별궁동 ▾ | 검색 |

통합검색 | 웹 | **지식iN** | 카페·블로그 | 사전 | 이미지 | 동영상 BETA | 음악 | 뉴스 　　 책 | 쇼핑 | 내 PC

'별궁동'에 대한 지식iN 검색결과 입니다. 　검색어 저장 | 보기

⬤ 전체　　○ 지식 Q&A　　○ 전문자료

'별궁동'에 대한 검색결과가 없습니다.

· 단어의 철자가 정확한지 확인해 주세요.
· 검색어의 단어 수를 줄이거나, 다른 검색어로 검색해 보세요.
· 보다 일반적인 검색어로 다시 검색해 보세요.

만족스러운 검색결과를 찾지 못하셨다면 아래 기능도 이용해 보세요.
▸지식iN에 질문하기　▸검색 도움말보기　▸검색 만족도 설문조사

네이버 신규 검색 서비스가 궁금하세요? 검색블로그에서 모두 알려드립니다.　　　　　원하는 정보를 찾지 못하셨나요? 네이버 지식iN에 물어보

동탁은 보름이나 한 달에 한 번 정도 장안으로 나들이를 하며 연회를 베풀었다. 만조백관들은 장안의 성문인 횡문(橫門) 밖까지 마중 나가 눈도장을 찍어야 하니 이거 참 죽을 맛이다.

　　어느 날 만조백관들과 점심 후에 낮술이 몇 잔 돌아가고 있는데 북지군(北地郡)에서 투항해 온 포로들 수백 명이 도착했다. 동탁은 그 자리에서 손과 발을 자르고 눈알을 후벼파고 혀를 뽑고 가마솥에 삶아 죽였다. 만조백관들은 겁에 질려 먹던 숟가락 젓가락을 떨어뜨리는데, 동탁은 태연히 먹고 마시고 떠들었다. 또한 만조백관들에게 폭탄주를 돌리며 '완샷!'을 외쳐대기도 했다.

동탁은 그 자리에서 손과 발을 자르고 눈알을 후벼파고 혀를 뽑고 가마솥에 삶아 죽였다.

● 구라 심리학 _ 사람으로 태어나서 이렇듯 잔인한 행동을 과연 할 수 있을까? 속이 뒤집히는 것이 비단 만조백관들뿐일까? 동탁은 속이 괜찮을까? 만일 심리학적으로 이러한 일이 가능한가에 대해 묻는다면 정답은 '얼마든지 가능하다.'는 것이다. 사람들은 지속적으로 동일한 자극에 노출이 되면 자극에 대한 민감도가 떨어지게 되는데, 이를 감각순응이라고 한다. 즉, 냄새가 나는 방에 처음 들어가면 고통스럽지만 한동안 앉아 있으면 처음의 냄새를 거의 느끼지 못하게 된다든지, 처음에는 정말 이상하게 생겼다고 여겨졌던 사람도 자주 보게 되면 처음의 느낌이 무뎌지는 것도 같은 이유이다. 동탁도 처음 전쟁터에 나가 죽은 사람을 보거나 실제 자신이 사람을 죽였을 때는 적지 않은 충격도 받고 속도 뒤집어졌을 것이다. 그러나 숱한 전쟁에 참여하여 실제 많은 사람들을 죽이면서 점차 감각순응이 생겨 죽는 사람에 대한 반응이 무뎌지게 된 것이다. 따라서 만조백관은 속이 뒤집히지만 동탁은 아무렇지도 않게 식사를 즐길 수 있는 것이다.

동탁과의 술자리에 참석했던 왕윤은 돌아오는 길에 구역질이 나는 걸 참느라 혼났다. 늦은 밤 쓸쓸히 정원을 거닐며 오바이트할 자리를 찾는 외로움을 그대들은 아는가? 그날 달빛은 교교히 마당을 비추고 정원의 황색 장미에서는 은은한 장미꽃 향기가 퍼져나오고 있어 시라도 한 수 나올 법

한 분위기인데…… 왕윤은 고독하게 웩—! 웩—! 하면서 속을 게워내고 진저리를 치고 있다. 그때 어디선가 긴 탄식 소리가 들려온다.

'이게 무슨 소리지?' 하고 귀 기울여보니 연못 건너 모란정에서 나는 소리다. 모란정이라면 초선(貂蟬)이 있는 데가 아닌가? 초선은 어렸을 때부터 왕윤의 크고 작은 파티에서 노래를 불러왔던 가인이다. 왕윤이 노기 띤 음성으로 "잠 잘 시간에 잠 안 자고 웬 한숨소리가 이토록 크냐? 무슨 일이냐?"

＊ 외치는 소리보다 한숨이 더 멀리 들린다. – 아일랜드 속담

초선

초선이 고운 얼굴에 눈물을 글썽이며 "지금까지 먹여주시고 재워주시고 노래 가르쳐주시고 춤 배우게 해주시고 귀여워해주시고 밀어주시고 겟돈 내주시고 협찬해주시고 당겨주시고 스폰서해주신 은덕으로 제가 있으니 이년의 뼈가 가루가 되고 몸이 부서진다고 해도 어찌 이 은혜를 갚을 수 있겠습니까?"

"그래서?"

"요즘 대감님의 얼굴엔 언제나 수심이 가득 차 있으니 저도 덩달아 한숨이 나올 수밖에요. 미루어 짐작컨대 국가에 안 좋은 일이 있는 것 같으나 저 같은 천한 첩 주제에 여쭤볼 수도 없으니 더더욱 답답하기만 합니다. 방금 전에도 대감님께서 오바이트를 하시면서 괴로워하시니 분명 무슨 일이 있

는 거 같아 저도 모르게 그만 탄식이 나왔습니다. 제가 뭔가 힘이 될 수 있는 일이라면 <u>이 한 목숨 바치는 것도 사양치 않겠습니다."</u>

<u>충무로 골뱅이 추가 구라</u> _ 여기서 우리 한번 생각해보자. '이 한 목숨을 바친다.'는 말, 역사극에서 많이 나오는 대사다. 그렇지만 한 목숨 바친다는 게 어디 그리 쉬운 일인가? 독자 여러분들은 어떤 일에 목숨을 바칠 수 있다고 생각하는가? 목숨만큼은 상하좌우, 빈부, 학벌, 혈액형 관계없이 다 귀한 건데 살면서 어디다 목숨을 바칠 것인가? 쉽지 않으리라! 그렇다면 다음 질문! 만약에 목숨이 두 개라고 가정한다면?? 하나는 당연히 자기를 위해 쓰고 하나는 어디에 쓸 것인가? 한번 생각해보자. 목숨이 두 개라면 한 목숨 바치는 것도 수월해질 것이다. 우리나라 사람들 성질 급해서 어릴 때 다 써버리는 거 아닐까? 하여튼 빈칸을 놔둘 테니 목숨이 두 개라면 한 개는 자연적으로 죽는 거에 쓰고 나머지 한 개는 어디에 쓸 것인가 생각해보자!

생각 안 나면 말고!

왕윤이 초선의 말을 듣고보니 번쩍! 한 가지 아이디어가 떠오른다. 왕윤이 다급하게 "초선아, 어서 저기 저 누각 안으로 들어가서 내 아이디어를 들어보거라."

왕윤은 초선을 데리고 누각 안으로 들어가 누각 안에 있던 사람

왕윤

들에게 "너희들은 나가 있어라."

단둘이 되자 헛기침을 몇 번 한 후 의관을 추스르며 정중하게 초선에게 큰절을 올린다. 초선이 깜짝 놀라 "대감, 왜 이러십니까? 이 천한 계집에게 큰절을 다 하시다니요!"

"초선아! 한나라의 장래가 너한테 달려 있다. 부탁 한번 하자."

"무슨 일인진 모르겠지만 이 천한 계집이 한 목숨 바쳐서 될 일이라면 만 번 죽는다 해도 대감의 뜻에 따르겠습니다. 어서 말씀해 보십시오."

초선의 당시 나이 16세였다. 근데 춘향이 나이도 16세였으니 말 그대로 이팔십육, 이팔청춘이다.

왕윤이 "너도 나이 먹어 알겠지만 (사실 16세면 춘향이도 초선이도 알 건 다 아는 나이다. 지금의 16세도 마찬가지다.) 지금 나라가 나라가 아니다. 역적 동탁놈이 천자 행세를 하면서 천자의 자리를 노리고 있어도 문무백관들은 한마디도 못하고 있다. 오늘도 밥상머리에서 여포란 놈이 속닥거리니 바로 그 자리에서 신하의 목을 베어버려 다들 부들부들 떨고만 있었단다. 상황을 이렇게 내버려두면 얼마가지 않아 나라는 동탁 놈에 의해서 망할 게 틀림없다. 내 오늘밤 너를 보고 아이디어가 떠올랐는데 그게 바로 연환지계(連環之計)라는 거다. 동탁과 여포는 아버지와 아들 같은 사이인데, 이놈들이 호색한들이란 말이다. 이놈들 사이에 네가 끼어서 이간질을 시켜 둘 사이를 갈라놓아 여포가 동탁을 죽여버리게 만들자는 시나리오다. 네 미모 정도면 충분히 이 두 놈을 후릴 수 있으니 나를 도와 나라를 구하지 않겠느냐?"

　"걱정하지 마옵소서! 시키는 대로 다 하겠나이다."

　왕윤은 다시 한 번 초선에게 큰절을 올리며 <u>"한나라의 운명은 너에게 달렸으니 잘 부탁한다."</u>는 말을 마치고 안방으로 돌아와 오랜만에 깊은 잠자리에 들었다.

<u>배추 겉절이 추가 구라</u> _ 여기서 우리는 교훈을 하나 얻고 가자. 언젠가 여성 국회의원 중에 한 사람이 높은 자리에 오르더니 여기저기 돌아다니면서 아이들을 만나 "훌륭한 사람이 되세요." 하고 웃으면서 머리도 쓰다듬어주고 악수도 하던데! 텔레비전 뉴스에 나오는 그 장면을 보면서 저

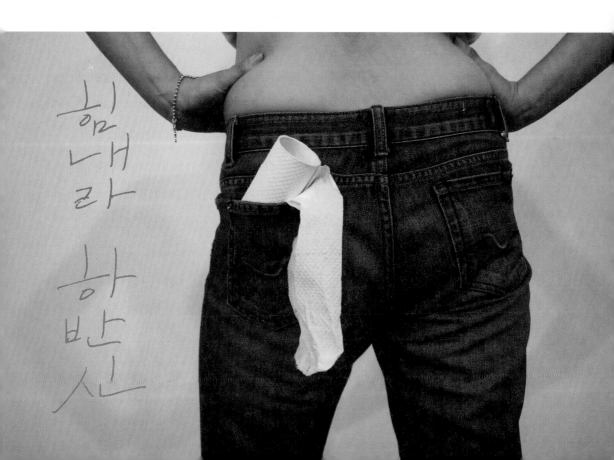

초선아, 힘내라

각본·감독/왕윤

♡

주연/초선

사람이 생각하는 '훌륭한 사람'은 어떤 건지 정말 궁금하더라니까. 자기같이 되라는 건지, 자기같이 되지 말라는 건지!

정치에 관한 재밌는 우스개가 있다. 국회의원 선거에 여러 번 낙선한 한 사람이 어느 날 목욕탕을 가게 됐다. 한 꼬마가 벌거벗고 뛰어다니길래 그 남자가 고추를 만지며 '요게 뭐니?' 하며 장난을 치더란다. 그 꼬마가 화를 버럭 내며 이렇게 이야기했다.

"좆도 모르는 게 정치를 할려구 했어? 나 원 참!"

언젠가 본 일본 초등학교 교복광고의 광고카피가 오랫동안 기억에 남는다. 초등학교 입학생들이 교복을 입고 환하게 웃고 있는 사진에 '어린이 여러분, 일본을 잘 부탁해요.'라고 쓰여 있었다. 그때 그 여성 정치인이 아이들을 보고 "앞으로 이 나라를 잘 부탁해요." 하고 말했다면 어땠을까? 또 다른 일본 변비약 광고에는 이런 카피도 있었다. '힘내라 하반신!'

우리의 초선이도 힘내야 한다. '힘내라 초선아!'

– 휘황찬란한 구라의 세계, 2권에서 계속 펼쳐져요! –

전유성의 *구라 삼국지*
1권 조심하라, 첫인상은 영원하다

펴낸날 2007년 3월 30일 초판 1쇄

지은이 전유성
펴낸이 이태권
펴낸곳 소담출판사
　　　　서울시 성북구 성북동 178-2 (우)136-020
　　　　전화 | 745-8566-7　팩스 | 747-3238
　　　　E-mail | sodam@dreamsodam.co.kr
　　　　등록번호 | 제 2-42호(1979년 11월 14일)

ⓒ 전유성 2007

ISBN 978-89-7381-883-9 04810
　　　978-89-7381-882-2 (세트)

* 책 가격은 뒤표지에 있습니다.
www.dreamsodam.co.kr

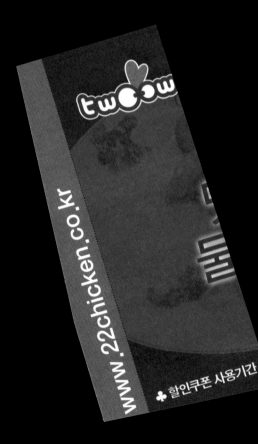

www.modetour.com

모두투어
www.modetour.com

자격있는 여행전문가
모두투어와 구라삼국지
저자 **전유성**이 함께하는
2007년 중국여행

응모권을 보내주시면 추첨을 통해
회차당 15명씩 총 60분께
공짜중국여행의 기회를 드립니다.

여행일정

1차(15명)_ 5월 31일 ~ 6월 3일(북경 4일)
2, 3, 4차는 추후 공지예정(2007년 중)

● 여행일정 및 코스는 변경될 수 있습니다.
● 무료여행과 별도로 전유성 씨와 함께하는 중국여행에 참여
   하실 수 있습니다.

예약문의 모두투어 (www.modetour.com)
☎ _1544 - 5252
당첨자 발표 소담출판사(www.dreamsodam.co.kr)
☎ _ 02 - 745 - 8566

"니들이 중국을 알어"

우 편 엽 서

보내는 사람
_____

Tel.
_____

□□□ - □□□

우 표

『전유성의 구라 삼국지』
공짜 중국여행 응모 엽서

소담출판사

서울시 성북구 성북동 **178-2**
구라 삼국지 이벤트 담당자 앞
136 - 020

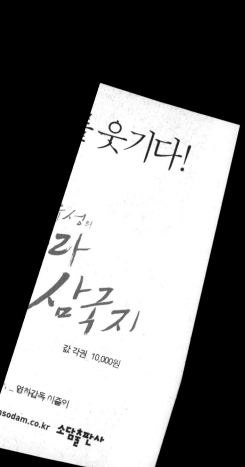

자격있는 여행전문가 **모두투어**

『전유성의 구라 삼국지』
공짜 중국여행 퀴즈

★『전유성의 구라 삼국지』에서는 조조, 유비, 제갈공명도 (   )를(을) 친다.

❶ 마빡 ❷ 구라 ❸ 꽹과리 ❹ 헤엄

정답:

＊정답을 적어서 보내주시면 추첨을 통해 중국여행의 기회를 드립니다.

※ 당첨자는 소담출판사 홈페이지(www.dreamsodam.co.kr) 공고 및 개별통지.